人文
诗散
丛书

沈 苇◎著

书斋与旷野

河北出版传媒集团

花山文艺出版社

河北·石家庄

图书在版编目（CIP）数据

书斋与旷野 / 沈苇著. —石家庄：花山文艺出版社，2021.3

（"诗人散文"丛书）

ISBN 978-7-5511-5437-6

Ⅰ.①书… Ⅱ.①沈… Ⅲ.①散文集－中国－当代 Ⅳ.①I267

中国版本图书馆CIP数据核字（2020）第247039号

策　　划：曹征平　郝建国

丛 书 名："诗人散文"丛书

主　　编：霍俊明　郁　葱　商　震

书　　名：**书斋与旷野**
Shuzhai Yu Kuangye

著　　者：沈　苇

责任编辑：林艳辉
责任校对：李　伟
装帧设计：王爱芹
美术编辑：胡彤亮
出版发行：花山文艺出版社（邮政编码：050061）
　　　　　（河北省石家庄市友谊北大街330号）
销售热线：0311-88643221
传　　真：0311-88643234
印　　刷：河北亿源印刷有限公司
经　　销：新华书店
开　　本：880mm×1230mm　1 / 32
印　　张：8.875
字　　数：170千字
版　　次：2021年3月第1版
　　　　　2021年3月第1次印刷
书　　号：978-7-5511-5437-6
定　　价：58.00元

第二季总序

◎ 霍俊明

　　花山文艺出版社在2020年1月推出《"诗人散文"丛书》（第一季），收入翟永明《水之诗开放在灵魂中》、王家新《1941年夏天的火星》、大解《住在星空下》、商震《一瞥两汉》、张执浩《一只蚂蚁出门了》、雷平阳《宋朝的病》以及霍俊明的《诗人生活》，共计七种。《"诗人散文"丛书》（第一季）推出后，立刻引发诗歌和散文界的高度关注并成为现象级的出版个例。

　　庚子年是改变世界的一年，我在和一些诗人以及作家朋友的交谈中注意到，很多人的文学观甚至世界观正在发生调整和变化。在写作越来越强调个人而成为无差别碎片的写作情势下，写作者的精神能力、写作经验以及文体观念都受到了一定的忽视或遮蔽。由此，"诗人散文"正是应对这一写作难题的绝好策略或路径之一。

　　此次《"诗人散文"丛书》（第二季）的入选者是国内具有影响力的老中青年三代诗人，包括郁葱《江河记》、傅天琳《天琳风景》、李琦《白菊》、沈苇《书斋与旷野》、路也《飞机拉线》、邰筐《夜莺飞过我们的城市》、王单单《借人间避雨》。

由这些面貌殊异、文质迥别的文本，我们必须强调"诗人散文"并非等同于"诗人"所写的"散文"，而是意味着这近乎是一个崭新的话语方式。这一特殊话语形态的散文凸显的是一个写作者的精神难度和写作能力，它们区别于平庸的日常化趣味，区别于故作高声的伪乌托邦幻梦，同时也区别于虚假的大主题写作和日益流行的媚俗的观光体和景观游记。甚至在一定程度上这些"诗人散文"因为特殊的诗人化的语调、修辞、技艺以及个人化的历史想象力和求真意志的参与而呈现出别样的文本质地和思想光芒。

他们让我们再次回到文体和写作的起点和初心，如果没有持续的效力、创造力以及发现能力，文学将会沦为什么样的不堪面目？

然而吊诡的是我们越来越迫不及待地谈论和评骘此刻世界正在发生的、作家们急急忙忙赶往现实的俗世绘。与此同时，人们也越来越疲倦于谈论文学与现实的复杂关系。由此，我们读到的越来越多的是"确定性文本"，写作者的头脑、感受方式以及文本身段长得如此相像却又往往自以为是。

蹭热度的、媚俗的、装扮的、光滑的、油腻的文本在经济观光带和社会调色板上到处都是。这既是写作者个人的原因，也是整个文学生态和积习使然。一个作家不能成为自我迷恋的巨婴，不能成为写作童年期摇篮的嗜睡症患者。尤为关键的是文学的"重""轻"以及作家的自我定位和现实转化的问题。无论文学是作为一种个人的遣兴或"纯诗"层面的修辞练习，还是作家试图做一个时代的介入者和思想载力的承担者，我始终相信语言能力和思想能力缺一不可。

2017年8月到2018年8月，一年的时间我暂住在北京南城胡同区的琉璃巷。每天上下班我都会经过南柳巷的林海音（1918~2001）故居（晋江会馆旧址），院内的三棵古槐延伸、蔓延到了墙外。偶尔我也会闪现出一个念头，历史和现实几乎是并置在一起的，甚至有时候面对一个事物我们很难区分它到底是历史的还是现实的。而胡同附近就是大栅栏，在翻新的街道以及人流熙攘的商业街上我看到鲁迅当年喝茶、小酌、聊天的青砖小楼青云阁（蔡锷在此结识了小凤仙）。以暂住地为中心，我惊奇地发现在北京生活了十四年之久的鲁迅几乎就在当下和身边——菜市口附近的绍兴会馆、虎坊桥附近的东方饭店、西单教育街1号的民国教育部旧址、赵登禹路8号北京三十五中院内的周氏兄弟旧址……每天在中国作协上下班，我都会与一楼大厅的鲁迅铜像擦肩而过。几十年之后，先生仍手指夹着香烟于烟雾中端详着我们以及当下这个时代。毫无疑问，每一个重要作家都会最终形成独一无二的精神肖像。"多少年来，鲁迅这张脸是一简约的符号、明快的象征，如他大量的警句，格外宜于被观看、被引用、被铭记。这张脸给刻成木刻，做成浮雕，画成漫画、宣传画，或以随便什么简陋的方式翻印了再翻印，出现在随便什么媒介、场合、时代，均属独一无二，都有他那股风神在，经得起变形，经得起看。"（陈丹青：《笑谈大先生》）

鲁迅是时代的守夜人，是黑夜中孤独的思想者，但鲁迅留下的远不止于此。他留下的是一本黑暗传和灵魂史。

我想，这正是先生对后世作家的有力提醒。"诗人散文"，同样如此！与此同时，我也近乎热切地期盼着《"诗人散文"丛书》（第三季）的尽快面世！

2020年11月9日于团结湖

目 录
CONTENTS

◎下辑　浪迹

上辑

维度

尴尬的地域性

弗罗斯特说"人的个性的一半是地域性",这就是说,地域性对人个性的形成和塑造是至关重要的。它几乎是一种源头般的力量。一个人一生下来,就被打上了地域的印记——出生地和父母都是无可选择的。有的人一辈子都像带着地方口音一样带着"地方习气"的印记,而又有的人,一生的努力就是为了抹去这一耻辱的"该隐的印记"。

一个南方人和一个北方人,一个新疆的少数民族和一个云南的摩梭人,他们的个性往往有所不同。这是地域性的造就——每个人都是"地域的孩子"。同样是南方人,四川人的性格与江浙人就有区别,与江浙人的温和克制相比,他们身上多了一味辣椒,有时就变成了一只沸腾的火锅。鲁迅和丰子恺都是浙北人,但鲁迅勇猛尖锐,丰子恺温暖慈悲。这是同一地域性中的差异性。然而,当这种"勇猛尖锐"和"温暖慈悲"转化为独特的文学风格时,他们(它们)就超越了地域性。

通常,我们认为地域性是一个空间概念。的确,不同的地域包含了不同的地理、习俗、人文、历史等，呈现出不同的风貌与魅力。空间意义上的地域性是一个容器，盛满克利福德·吉尔兹所说的"地方性知识"，这种"地方性知识"也正是他一再强调的"在解释之上的理解"和"深度描写"的对象。作为文化资源的地域性，只有一小部分是直观的、显现的，而大部分则是隐秘的、缄默的。就像自然的奥秘总是隐藏在风景背后一样。这种时候，诗人和考古队员的工作就变得同样重要了，前者借助想象力直取事物的核心，后者则以科学的方法获取实证的第一手资料。在这样的深度挖掘中，诗人和考古队员形成了新的联盟、新的亲缘关系。这是根与翅的依存关系。

空间是地域性的一种慷慨的显现方式（如同风景对大自然的泄密），是"物"的影像手段，"物"的乌托邦，因而也可能是地域性的虚晃一枪。但空间，无疑是我们进入地域性的第一道门槛，"物"的显现成为一个从混沌到清晰、从黑暗到敞亮的过程。一个人走在空寂无人的旷野上，他已走了整整一个晚上，终于看到了地平线上熹微的晨光，看到了几棵树、黄泥小屋、咩咩叫的羊群，还有刚刚起床的挤牛奶的妇女……这种黎明的显现是"物"的开放，是异乡的故乡，是拯救与慰藉。

在黎明，世界醒来——世界恰恰是我们苏醒的身体的一部分。这样，我们的身体就有了空间感，有了空间里的尘土和早露、温度和光亮。我们的身体也成了一个容器，与地域性的容器相比，它是渺小的，但毕竟可以去容纳了。虽然小，有时却能够装下整个大千世界。

所以，面对地域性以及地域性对人的影响，人对空间的感知首先是一个前提。它有着某种决定性的意义。别尔嘉耶夫曾谈到空间对俄罗斯灵魂的统治，他说，一望无际的空间在俄罗斯命运中具有巨大的意义：一方面，俄罗斯灵魂被俄罗斯无边的冰雪压垮了，被淹没和溶解在这种一望无际里，使俄罗斯人的灵魂和创造难于定型；另一方面，俄罗斯无垠的空间也保护了俄罗斯人，给了他们母性般的安全感。他指出："从进一步的观点来看，这些空间本身就是俄罗斯命运的内在的、精神的事实。这是俄罗斯灵魂的地理学。"

当一个人置身于地域色彩很强——譬如新疆——这样的地方时，这是他的有幸，也是他的尴尬。在铺天盖地的地域的赏赐中，人的个性被淹没了。他被抽空、缩小，变成了秋风中飘零的一片胡杨叶，变成了塔克拉玛干"恒河沙数"中的一粒，他的挣扎比不上一棵红柳在沙海中的沉浮，他的低吟比不上天山雪豹的一声长叹。地域性曾经是"启示录式的风景"，对他有抚育、教导之恩，但此时，地域性更像一个"迷人的陷阱"。

诗人徘徊在这个巨大的陷阱边，他无疑遇到了困惑和危险。由于对地域性的过分仰仗，他变成了地域主义的"寄生虫"，一个自大又自卑的"寄生虫"。他一厢情愿地认为，地域的"优势"就是他个人的"优势"。他曾经为这种"优势"

而沾沾自喜。他贩卖地域资源，包括那些迷人的地域符号，成了彻头彻尾的地域性的二道贩子。他的诗越写越像地方土特产，"人文地理写作热"的兴起似乎有他的"大旗"和"虎皮"。他陷于这种兴奋和沮丧之中不可自拔。有时在痛苦的沉思中抬起头来，问：一旦抽去这个强大的地域背景，只剩下一种空无、一个赤裸裸的灵魂，我在哪里栖身？诗人又能何为？

> 沙漠像海：一个升起的屋顶
> 塞人、蒙古人、突厥人、吐火罗人
> 曾站在那里，眺望天空
>
> 如今它是一个文明的大墓地
> 在地底，枯骨与枯骨相互纠缠着
> 当他们需要亲吻时
> 必须吹去不存在的嘴唇上的沙子
>
> 风沙一如从前，吞噬着城镇、村庄
> 但天空依然蓝得深不可测
>
> 我突然厌倦了做地域性的二道贩子
> ——拙作《沙漠，一个感悟》（2003年）

"我突然厌倦了做地域性的二道贩子"，是因为我更愿倾听潜藏在地域性之下的普遍人性，更愿自己对地域性的发掘是向外的，又是向内的。"我已学会用冷眼旁观自然，／不再像那无思无虑的青年；／我常听到人性那无声而凄凉的召唤。"（威廉·华兹华斯诗句）可以设想，如果你有一把铁锹，在中国随便找一个地方，一直不停地挖，也许可以挖到美国密西西比河流域或者墨西哥沙漠地带。一个中国人的人性与一个美洲人的人性有太多的共同点，而一个美洲人的孤寂可以在一个中国人的孤寂那里找到共鸣。昌耀先生的一首短诗精准写到了那种跨过地域、超越空间的人性共通的孤寂："静极——谁的叹嘘？ ∥ 密西西比河此刻风雨，在那边攀缘而走。／地球这壁，一人无语独坐。"（《斯人》）在这种空寂中，地域性被取消了，只听见人性的唏嘘、无语。

昌耀的这首诗通常被归入"西部诗歌""西部文学"的范畴。但我对"西部诗歌""西部文学"的提法一直持保留意见。它的提出，是社会话语、政治话语和经济话语在文学领域的概念偷换，而不是文学本体论意义上的命名、定位。在中国，既然有"西部文学"，为什么没有"东部文学"呢？也没听说过有"南部文学"或"北部文学"。常识告诉我们：文学不是由地域划分的，而是由时间来甄别的。从这个意义上来说，任何时代的"当代文学"都在经历无情的死亡，都在经受时间苛刻的淘洗。"西部诗歌""西部文学"概念之所以存在，或许是评论界的某种偷懒行为，是为了谈论的方便。从我们自身来说，因为刻意强调了地域性，反而将自己矮化了、边缘化了。使一个个具体的人"去中心化"了，失去了此在的立足点，在可疑的潮流涌动中风雨飘摇。

地域性首先是一个空间概念，然而不仅仅是空间概念。在我看来，空间中不同的地域性往往有着惊人的一致性，或者说不同的地域往往是同一事物的多个侧面。我们注意到，从来没有人从时间的角度去考察过地域性。似乎地域性只是时间之外的某种东西，是独立于时间之外的另类空间。那么我们不禁要问：难道《诗经》时代不是一种地域？盛唐时期不正是一种地域？而且你也不能武断地说，《诗经》时代和盛唐时期已经消失了，与此时此刻没有了任何关联。这样一问，地域性的问题就变得复杂了，同时也变得有趣多了。

我去过楼兰。那是一个梦境中的遗址，遥远得如同在另一个星球，更多属于想象力的范畴。在楼兰的沙尘暴中，我坠入了正午的黑暗。一切都是影影绰绰、如梦似幻。著名的三间房，高耸的佛塔，横七竖八的梁木，倒地的枯死胡杨，随处可见的碎陶片……仿佛我们来到了另一个时空。曾经的经验、阅历和生活是那么脆弱、虚幻，只消楼兰的一阵狂风就能将它们吹跑。当一个人突然出现在千年前的遗址，内心的不真实感就像置身于幻觉中的幻觉。沙暴肆虐，狂风劲吹，楼兰遗址置身于风与沙的旋涡中。一个巨大的呜咽，亡灵们的呜咽，死去的胡杨的呜咽，徘徊在楼兰废墟，经久不散。

一种失去了的地域性，时间的地域性，我是在楼兰的沙尘暴中认识到某种地域性的启发的。楼兰作为一个遗址，它是过去与现在、虚幻与真实、消失与呈现的同在。简而言之，它的地域性是时间与空间的混融。正因为这种混融，使"楼兰"一词具有了比地域性更重的分量、更深的内涵，并带着这种丰盛与饱满去轻盈地飞翔。

在世界文学中，我们还很难找到上述意义上的非地域性作家、诗人。即使像卡夫卡、普鲁斯特这样内倾型的作家，地域性已转化为个人的独特性，转化为"灵魂地理学"意义上的"城堡"和"似水流年"。当然，还有更多地域色彩鲜明的作家、诗人，他们借助对地域性的表达而抵达普遍人性。福克纳"邮票大的地方"是一种地域性，而惠特曼歌唱的新大陆也是一种地域性。加西亚·马尔克斯的地域性取自拉丁美洲魔幻的现实，而福恩斯特的地域性来自家乡干旱平原上一滴又肥又大的雨水。艾利蒂斯的地域性是向上的，是爱琴海上空"光明的对称"，而赛弗里斯的地域性是向下的，是对希腊文化充满想象力的深度挖掘。童话的地域性是有翅膀的，总在飞翔，行吟诗人和流浪汉小说则体现了一种漂泊的地域性。我们还有更近的例子：奥尔罕·帕慕克的《我的名字叫红》和卡勒德·胡赛尼的《追风筝的人》，为我们打开了中亚西亚文学的地域性，伊斯坦布尔和喀布尔的地域性，一张阿富汗地毯或一幅波斯细密画中透露的地域性。

"人的个性的一半是地域性"，弗罗斯特强调了地域性的重要，但他的潜台词是"人的个性要大于地域性"。问题又回到了一个个具体的人，回到了他们的智慧与才情、想象力与独创性。当有人自信地说"我表达了地域"的时候，我更愿谨慎地说"地域通过我，或许已得到了恰当的表达"。我还想说，诗人不是地域主义的寄生虫，他的独创性可以超越地域性。在普遍的人性的深处，在时空的混融与同在中，地域性不是一个孤立的问题，伴随它的还有一连串的问题：自性与他性、理性与感性、特殊性与普遍性，经验与超验，等等。现在，摆在我们面前的是一个综合的问题，需要我们用综合的方法和手段去写作、去创造。

东方和西方曾经代表了不同的传统、不同的地域性。但时至今日，东方的传统和西方的传统已是一种综合的传统——"母奶"和"狼奶"都需要喝一点儿的，这样，才有益于写作者的身心和体魄。当传统在创造我们的同时，我们也在创造传统。正如父母生下了儿女，而儿女同样可以重塑他们的父母。问题又回到了每个人手中，回到了每天的"日课"与"创始"。

诗人是"地域的孩子"，也是"地域的作品"。他如同混沌的蚕蛹，陷入椭圆形茧子中宿命与轮回的长夜，当终有一天从地域性的禁锢中破壳而出时，他就是自由的飞蛾。——地域性是我们的起点、囚笼和方舟。在我们头顶之上，天命与自由的风帆正徐徐降落。因此，面对一位被现实困扰、被地域性折磨的诗人，我不禁要问：难道你不就是一片正在起航的地域？

2012年6月28日于乌鲁木齐

西 东 碎 语

从地域出发的诗

从地域出发的诗，恰恰是从心灵和困境出发的。语言是唯一的现实和可能的未来。回到常识：诗人不是用地域来划分的，而是由时间来甄别的。地域性写作既是地域的，更是人性的。地域性当然重要，因为人性的一半由地域性造就，但——人性要大于地域性。

放羊人与放牧文字的人

几年前，在北疆，遇到一位牧民，他去过北京。我问他北京怎么样，他想了想，说："北京好是好，可惜太偏僻了。"他的回答使我想起阿摩司·奥兹的一句话："你身在哪里，哪里就是世界中心。"放羊人和放牧文字的人，原来是心有灵犀的兄弟，道出了异曲同工的心声。

寄 生 地 域

存在一种寄生地域的写作，如同文学的贴牌、自我的标签化。瞧，地域主义的迷人陷阱里居住着如此多的诗歌寄生虫，他们要么狐假虎威地变成了一个地域自大狂，要么甘愿做一只失去"蛙皮湿度"的井底之蛙。他们将地域主义变成地方主义了。米兰·昆德拉对"大民族的地方主义"和"小民族的地方主义"均持批评态度。为了与这样的地域主义者划清界限，十年前我就在诗中写过："我厌倦了做地域性的二道贩子。"

中心与边缘

什么是中心？边缘的边缘。什么是边缘？自我生成的中心。"边缘不是世界结束的地方，恰恰是世界阐明自身的地方。"（梭罗语）

热爱"偏僻"

我热爱真正意义上的"偏僻"。我愿意坚定地与"偏僻"站在一起，从帛道与沙漠、废墟与蜃楼中，探寻自己的身世、起源，从草原行吟者和高原隐修者身上，辨认精神的兄弟，这大概是我置身偏僻得到的一点儿馈赠与回报。如果可能，就让我们为虚构的"中心"输送一点儿"边疆精神"吧，并且在说出足够的"不"之后，更加有力地说出"是"。

做一名西域三十六国的诗人

如果时间的地域性是存在的，我更愿逆流而上，做西域三十六国随便哪个小国的一名诗人。在数千人甚至只有几百人的绿洲上，母亲们将我的诗谱成摇篮曲，情侣们用我的佳句谈情说爱；我的诗要给垂死者带来安宁，还要为亡灵们弹奏；我要走村串户朗诵诗歌，在闲暇季节到旷野去给全体国民上诗歌课。当然，我还要用诗歌去影响和感化国王，使他的统治变得仁慈、宽容而有人性。如果能做这样一名诗人，我认为是幸福的。

灵魂客观物

置身其中的现实：地域，时代，边疆处境，对潮流的旁观，个人命运与他者命运的同一性，等等。在"他者自我化"和"自我他者化"过程中，地域诗人的客观性诞生了。作为灵魂的客观物，一种向内、向外的艺术，诗歌仍是"言之寺"和"尘世宗教"，是这个高度媒介化、极度现象化的变幻莫测的时代里，反抗遗忘，抵御野蛮裹挟，确立并更新自我，免于心灵碎片化、齑粉化的一种力量。

故乡与他乡

故乡与他乡造成了一个人的分裂。其实这种分裂并不可怕，有时还十分令人着迷。即使一个故土不离、终老家乡的人，身份感的认同和确立也要经历困惑和矛盾，要经历常态与梦境的双重困扰。生活总是第一现实（现实）和第二现实（梦想）的交织，甚至还存在第三现实（疯癫）。"在异乡建设故乡"是一个漫长的过程，与此同时，一个一分为二的人总怀着重新合二为一的憧憬和渴望。

移民经验和故乡记忆，在心灵的天平上有着同等的分量，都是"我"之所以构成"我"的因子。有时，天平会倾斜，刻度表会乱跳，重和轻会相互颠倒，但在它们之间，依靠心灵的力量，总会达到一种微妙的平衡。

差　异　性

差异性是一种美，每一种异质经验都弥足珍贵。人的差异性，社会的差异性，地域的差异性，才构成了这个世界的多元、丰富与活力。趋同就是死亡，是自己把自己提前送进了坟墓。西域之所以令人迷恋，就是因为它保留了这种差异性——文化的、风土的、族群的差异性。它可能是差异性的残留物，很脆弱，很边缘，但弥足珍贵。它是不退却、不祛魅。我称西域是"多元文明的圣地""启示录式的背景"。

差异性构成了西域的大美。抹去了这种差异性，西域就不成为西域了。

移　　民

移民与原住民，他们的处境和心境是有不同的。原住民是一棵扎根下来的树，移民是一片飘零的叶。移民是经常回望故乡的人，是试图与远方结合的人。所以，移民一辈子都在路上，在没有尽头的路上。

勒维纳斯说"上帝是最杰出的他者""我是所有他人的人质"。移民将自己抵押在了远方，所以他是远方的人质、他人的人质。异乡是移民们的课堂。移民的一生就是学子的一生。作为一个移民，最值得骄傲的地方大概是：他正从一个单向度的人，变成一个多维度的人。

混 血 的 诗

我提出过"混血的诗"的概念，认为它是一种杂糅、隐忍、包容的诗。与此同时，我还提倡"综合抒情""边地风格""立体写作"，与"混血的诗"是同一层面的概念。根据法国遗传学家谢松的说法，我们现在的每个人身上，都流淌着公元1000年的两千万人的血液。每个人都有父母，父母有自己的父母，父母的父母有自己的父母……这是用倒金字塔的方式推算的。人的身上不单流淌着人类的血，还可能流淌着动物的血、植物的血、银河的血、星际的血。我们都是"混血的人"，为什么不能写出"混血的诗"？

所谓"混血的诗"，它的诗学基础仍是自我与他者的关系问题。如果自我是一个混血的人，自我与他者则是一个更大的混血儿，是一个密不可分的整体。这样一个整体的建设，才是性命和未来攸关的。

诗 之 诞 生

对于一个诗人来说，一首诗的诞生是一个重要而神圣的时刻，但我们往往忽略了它。当一个诗人坐下来写作时，他绝对是一个本质的人，一个焕然一新的人，同时是一个忘却了时间与焦虑、得到了诗歌庇护与救赎的人。这样的瞬间，丰盈高过了贫乏。这个瞬间会持续，会穿越漫长的贫乏，与另一个丰盈的瞬间相遇。正是这种诗与人相遇的瞬间、诗与人的奇遇记，使我们辗转反侧、夜不成寐，并且精神振作、一跃而起。

六分之一的骄傲

在新疆，我的骄傲有六分之一国土那么大，我的孤独和无知也有这么大。

一　封　信

他给西域的一株葡萄树写信："我将时间之灰埋在你下面，如同放下一个负担、一份债务，不是为了索取秋后的果汁和美酒。"

他给楼兰的一位女士写信："在梦里，你是一只上了釉的陶罐，几次将你打碎，只是为了将你重塑为一名女婴、一朵小小的花。"

石头·戈壁

三个人走在戈壁上，一地乱石铺向远方。第一个人说："瞧啊，多么丑陋的石头！"第二个人蹲下来，捡了几颗小石子装进口袋："对我来说，每一块石头都是珍贵的。戈壁也是家乡啊。"第三个人看着另外两位，用感叹的口吻说："还是哈萨克谚语说得好，石头你咬不动它，就去吻它。"三个人继续赶路。第一个是偏见，第二个是情感，第三个是智慧。

诗人与散文

诗人们纷纷去写散文了，就像少女转眼成了中年妇女，身上出现了太多的赘肉、脂肪，骨质也有点儿疏松。十个字能写好的东西非要用一百个字去说。这是饶舌主义和稀释学的一次大胜利。

就其本质而言，散文更接近"智慧的老年文体"。"散文是用来养生的"，这话说得有一定道理。那么，莫非诗歌是用于"轻生"的？——"不知死，焉知生？"

现 实 主 义

现实主义是一只脏兮兮的大口袋，什么都在往里装：黄金、琉璃、泥土、石头、钢铁、塑料、尸体、粪便、污水、雾霾……这只口袋太大了，它的胃口也实在太好了。但真正的现实主义是否在里面？倒需要把口袋翻过来仔细瞧一瞧。

文学与死亡

文学起源于对死亡的恐惧。写作虽不能抗拒死亡，但至少可以缓解对死亡的恐惧。文学本质上是绝望者的事业，试图反抗死亡，进入不朽。人类全部文学凝聚的精神能量足以超过原子弹，从而一而再、再而三地推迟死亡的提前来临。

因此，一个写作者的生涯是一场晨昏不明的恶战，怀着一种对时间不在场的渴望。他与时间角逐、搏斗、谈判、言和，规劝焦虑的心回到安宁的胸怀。他可能已获得某种神秘的魔法。他从时间中窃火，以便看见未来和死亡。他知道现实生活有种种不公，死亡对每个人来说却是平等的。而精神的生命，正是始于死亡。精神的生命，是物理时间和死亡之躯盛开的花朵。

乌　托　邦

乌托邦任何时候都不过时，它说明世界可以是另一个样子，人还有别的活法。乌托邦脱胎于人类的理想之梦。——谁没有自己的乌托邦？问题是你爱着哪一个乌托邦。是一座空中楼阁，还是既有根又有翅的那一个？

西　行　者

最伟大的西行者不是穆天子，而是老子和玄奘。前者骑青牛出函谷关，留下五千言《道德经》后不知去向；后者是中国历史上最杰出的"留学生"，为东土大唐运回六百五十七部佛经。一千多年后，学者兼文物大盗斯坦因从印度出发，反方向沿"玄奘之路"闯入西域。两千多年过去了，却不见一人沿"老子之路"来到东方。每当我重读《道德经》，不敢认同《后汉书》上说的老子已转化为释迦牟尼佛的推测，宁可相信奇思妙想的西晋人有关他化身为胡人的传闻。——也许他的后裔正在我去过的草原放羊，或在南疆的某个绿洲种瓜、打馕……

荒漠中的修士

海涅在《自白》一文中引用了《林堡编年史》中一则中世纪的故事：一位身患麻风病的年轻修士悲哀地坐在荒漠

中，愁容满面，痛苦不堪。与此同时，整个德国都在欢呼庆祝，唱他的歌，用口哨吹他的曲调。海涅说："荣誉是我们非常熟悉的嘲讽，是上帝开的残忍玩笑。"晚年的海涅疾病缠身，常在深夜的目光模糊中看见这位荒漠中的修士。

"西部"

统摄在"西部"这一概念之下的是西部独特的地理与人文、历史与传统、族群与信仰。西部最宝贵的地方是它的丰富性、多样性和差异性，也即我们经常强调的"多元一体"，这种差异性是中国东部地区难于匹敌的，只要简单对照一下一位唱信天游的陕北汉子和一位走婚的摩梭男人的生活习性，对照一下塔里木盆地与四川盆地的迥异气候，对照一下天山与梅里雪山的动植物分布，这种差异性就不言自明了。去向青藏高原，置身"世界的肚脐"帕米尔，阅读《山海经》，追溯昆仑神话……西部不是一个地理概念，而是一种精神向度。西部是精神的物化，是一门心灵的地理学。《易经》上说，西从秋、从羊、从口，分别指的是西部的肃杀性、游牧与漂泊，以及歌咏般的感性色彩。从从前的荒远之地，到20世纪初的西部探险热，再到21世纪以来中国最具魅力的旅游目的地，西部正在经历一个被审美化、被消费的过程。今日西部，更像一种"被"，它的主体性并未足够显现。

"西部诗歌"

"西部诗歌"是个羊圈，老的少的、男的女的、胖的瘦的、黑的白的羊群，被统统赶进了里面。地域风格的刻意化、趋同化，是"西部诗歌"的痼疾和化妆术，这是一个貌似壮汉的病人，这是一个破败不堪的羊圈，只能勉强收留走散的羊群。"西部诗歌"遮蔽了"诗"，正如"羊群"遮蔽了"羊"。不存在"西部诗歌"，只存在一个个具体的诗人写下的一首首具体的诗。在羊群的合唱中，更值得我们倾听的是每一只羊的独唱，饱含了牺牲与隐忍、经验与天真的"咩——"。

"西部诗人"

有一个人，在我面前滔滔不绝地谈论"西部诗歌"和"西部诗人"，时而亢奋，时而沮丧。亢奋是因为他感到自己是一个"创世者"，沮丧是自视伟大的诗作不被关注。我缄默不语，身上有一个尴尬的灵魂在尴尬地忍受话语的轰炸。当他终于离开时，我告诉他：我不是"西部诗人"，只是一个此时此刻生活在西部的——诗人。

2013年6月27日于乌鲁木齐

边地沉思录（选四）

书斋·旷野

一度我爱着旅行：水乡，西藏，云贵，天山南北。尘土飞扬的路。长途汽车里的汗臭、咳嗽、烟味。方言与流行歌曲。车窗外后撤的风景像20世纪的一部黑白电影，渐渐灰暗、模糊……一次旅行就是一份食谱到另一份食谱的漂泊，从背包里的一块馕、几粒干果，到路边小店里的一瓶烈酒——高潮是酒鬼们的歌；从一张床到另一张床，将自己卸下、放平，直到翌日，个人的气息才能驱散陌生人留下的孤独的余温。

在路上，我记住一个微笑、一株古树、一条小径、一次转折，还有倾听、眺望和凝望……如此丰盛的景物、闪烁的面影、尘埃的芬芳。我在其中保存一些不会结束的片段：那位白髯飘飘的和田老人，他的安详弥漫在整座明媚的葡萄园；大理的清晨，老街区散发杀牛宰羊的血腥味，一时间忘了自己正置身于苍山洱海间；而在苏南水乡一座名叫陈墓（锦溪）的小镇，无名的妃子在水底已沉睡了三百年，时至今日，我仍对她怀着超现实主义的爱情……

有时，我厌倦了旅行。不，是旅行厌倦了我，旷野厌烦了我，奔波厌烦了我。我逃跑，从无限的远方抽身而出，躲进书斋：最后的精神旅店，还是纸质的墓穴？现在，我的室内徘徊都带着旷野气息，翻翻这本书，又读读那本书。五千册藏书积着五千种古老的或新鲜的灰尘、五千种呼吸的包围。五千块砖足以砌好一座幽深的墓穴。我感到从书中、从死者那里递来的锐利目光，在时光中，在多维空间，亡灵们走过的路比我的旅行更加漫长、艰辛。他们嘀咕、呢喃、交头接耳，显然，对我灵魂的去向了如指掌。……我枯坐。抽烟。洗澡。听音乐。杀死一只蟑螂。接听打错的电话。然后去厨房，为自己煮一碗面条。在室内，窗户取下的风景过于深远，只适合窥探，不能用来眺望。——够了，这世界不用再看了。

"你写作时生龙活虎，不写时萎靡不振。"一位女士这样对我说。不知是赞扬还是嘲讽。难道我生来就是为了写作？但写作并不一定爱着只爱它的人，写作爱的是无限的创造。我同样会说，旷野是户外的阅读，书斋是室内的旅行。但总觉得自己过于轻描淡写了。

有一种人已被书斋和旷野瓜分了，陷入两者的悖论和困境中，像一只破损无言的球，不能驾驭自己的滚动和准确射门。他成了另一个，旁观的另一个，看着自己被书斋和旷野粗暴地踢来踢去。在这场角逐中，没有最终的胜利者。仔细一看，他并不在那里。

那么，他在何处？

我在哪里？

写作：种植

人被种植，在生活的泥淖中。这正是他的无辜命运。一阵风吹来，他摇曳，倾斜，伤痕累累，裸露杂乱的根须——一团纠缠的晦涩的内脏。他要承受的还会更多：雨水之鞭，闪电之斧，干旱，凋零……因此有些树学会了顺从，精通昼夜更替、四季轮回、生老病死的法则。我的父母和亲人被种植在南方平原上，我的祖先和祖先的祖先也种植在那里，像一株水稻或一棵桑树那么平静，充满耐心。他们的叹息从来都是自言自语，他们的愤怒只说给草木鸟兽听，没有一次采摘使他们慌乱，没有一次收割不被视为命定。而我，将自己移植到异乡，从此可能丧失了他们忍耐的智慧——一份祖传的教诲。

有的树是从死亡那边移植过来的，当它重返此岸时已对脚下的大地了如指掌。有的树在静止中走了很多的路。有的树会做梦，梦就是它的脚步、它的铃铛。有的树在干旱中舞蹈，所需的是那么少，太多的水会将它杀死。有的树天生古老，正如有人说过的，古老的树显着野兽身上的斑纹。更多的树是一些谜团、一些幻觉。……我在西域的三位好友，从前的放浪形骸者，突然悬崖勒马，转身去修佛：吃素，禁欲，持戒，诵经……当感官的门窗关闭，事物渐渐失去形状、重量、色彩、声音、气息，向着澄明和空廓投胎转世。他们从生活中抽身而出，将生活变成无，变成一种抽象的存在或非存在。作为一株抽象的树，不需土壤、水分和空气，只需要"抽象"的养育。再也没有一种苦恼去打扰他们了。苦恼也抽象化了。

而我，在生活的泥淖中越陷越深：困惑、迷惘、焦灼、怀疑、挣扎……一堆感官与经验的杂糅谜团。"今生"这个词卡住了喉咙，既无法吐出，又难于下咽。那么，我的宗教感在哪里？人与诗是一种互信吗？我能让一株树学会攀登、飞翔，带着自己的根吗？

那么，写作是什么？写作是一株树朝着信仰艰难地移动，一步步、一寸寸地移动。写作使词回到物，使抽象重新拥有形状、重量、色彩、声音、气息，重新拥有温暖和人性。这是写作的疾病，写作的拜物教。它是一个反方向。写作者执意要做一个既有根又有翅的人，但不能使一株无言的植物拥有"有言"的特权。穷尽一生，也许我能学到一点儿将生活之毒酿成诗歌之蜜的小小的技艺。这是对的："写作，就是投身到时间不在场的诱惑中去。"（莫里斯·布朗肖：《文学空间》）

等待一首诗

冬天的乌鲁木齐，雪的首府。满天飞舞的雪花不是我期待的来客。我在等待一首诗，渴望一首诗。我被我的等待困扰着、激励着。大雪过于散漫、随意，不能代表灵感的突降——无限的孤单中大雪也不能助我一臂之力。

"在寒冷的辽阔的雪原上，心一阵阵收紧了，身子开始发抖，似乎要抖出金子……"不，我渴望的不是幻觉的金子。我在等待一首诗。如同等待一个命里注定相遇却尚未相遇的人。一个男人或一个女人，但更像一个孩子或一个老者——那个天生的无知者，那个历经磨难脱离了经验之海的无知者。它正无知无觉走在自己路上，东张西望，茫然四顾——它要去哪儿投胎转世吗？而我，也许会与它擦肩而过（与更多的它们失之交臂），也许会被它选中，成为它命里注定相遇却尚未相遇的人。

我在等待一首诗。等待它的温情与仁慈，它们的蹂躏与暴戾。我就是它的精与卵，它的子宫，它的产床，它们的接生婆。我要用青菜、笋、大米喂养它，用馕、葡萄、牛奶喂养它。如果它衣衫单薄，就为它披上苏菲的羊毛毡，再戴上一顶雪莲的花冠。用摇篮曲抚慰它的啼哭，用童话治疗它的叹息。我要比世上所有的母亲做得更好，更尽心尽力。因为它的到来，我身上古老的女性在复活——我已经雌雄同体了。也许它来到我身边时已疾病缠身、奄奄一息，那么为了减轻它的痛苦，就让我为它唱上一首安魂曲吧。——一首诗的尸骸也是我的骨肉、我的孩子！

我在等待一首诗，寻找一首诗。大雪也不能遮蔽我神往的远方和国度：名词的茂密森林，动词的有力翅膀，无名之美，隐秘之善，阳光与泉水摆脱了形容词的纠缠……词的栅栏，我试着越过去。我感到自己身上困兽犹存。但我困境犹斗。我要说："请允许我在林中躺一躺，请让我卸下感伤与愤怒的负担。"

我在等待一首诗，等待我的送葬队，我的一口棺木。如果它的大小正好符合我悲哀的尺寸，我要躺进去——让最美的诗句做我的裹尸布吧。我觉得这真是个好地方。我要心满意足地告别："再见，雪花！再见，世界！"

诗 人 散 文

文学中的等级观念听上去像纳粹的种族优先论一样荒诞不经，令人难以接受，但它在私下的标准中是存在的，特别是在那些苛刻的作家身上。我不想以轻蔑的口吻谈论散文，尽管已有不少诗人表达过对它的怠慢。约瑟夫·布罗茨基就说过："诗歌的地位高于散文，从原则上说，诗人的地位也优于散文作家。……一个诗人无须求助于散文。"老实说，诗人从散文那里的确学不到什么东西，诗歌"散文化"是诗人的极大忌讳。而散文，从诗歌身上获益良多，譬如：激情，警觉感，风格的简洁，思的深度，对细节的珍视，以及笔墨纸张的节约，等等。哈代似乎是一个反方向的作家，从散文转向诗歌成为大诗人，这在20世纪文学中是一个特例。而纳博科夫致力于语言的肌理和密度，可以说是一个用散文和小说写诗的人。

　　然而诗人们纷纷去写散文，已成为普遍现象，如今似乎是一种时尚。这是诗人们在向散文缴械投降吗？是一种文学上的"对卑俗的向往"，还是更多出于策略上的考虑？的确，散文能为一个人带来较多的实惠，譬如名声、稿酬、易于出版等，他可以变得像其他人一样，以便重返人群（而诗人的命运就没有这么好，常被视为"异端"，只能面向"广大的少数人"）。他可以去上电视、做访谈、教育文学青年，而且他会拥有众多的读者，以便为自己未来的"名流"身份打下一个基础。诗歌是静默的，散文是喧闹的。有的诗人已对静默缺乏耐心，觉得忍无可忍。他必须从中跳出来，脱胎换骨，去新生。当一个散文家在电视上夸夸其谈时，人们能够接受，并习以为常，而一旦一位诗人出现在电视上谈诗时，看上去总有点儿不伦不类。诗人一边看着电视中自己变形的模样，一边羞愧地低下头去问："这个人是我吗？"而散文家永远不会这样盘问自己，他们从来不为难自己。

　　除了对静默的背叛，还有对速度的怀疑。已有诗人提前被加速度的、自焚式的写作毁了，这是"幸存者"保持高度警惕的一个重要原因。如果说诗歌是冲刺，散文则是减速，是散步——诗人用散文去控制速度，去解救加速度冲刺的危险。"啊，诗人在散步……"这听上像是一声叹息。那么，诗人就没有散步的权利了吗？

　　诗人当然有散步的权利，他是抓住趔趄的惯性，也即抓住诗歌加速度的一个尾巴，在散步。事实上，诗人散文是一种自相矛盾的文体，既要增肥，又要瘦身，既要放纵，又要禁欲。诗人将十个字的诗句演绎成一百字的散文，以发言代替无语，以杂草丛生反对天高云淡，诗人散文家便诞生了。他看上去有点儿古怪，有点儿未老先衰的样子，却受到了时代的欢迎和宠爱。

诗人犹如语言栅栏中的困兽，有时需要去散文的绿草地上放放风。有的诗人在两者之间收放自如、游刃有余。在他眼里，诗仍是语言存在的最高形式，他维护这个形式，这个最终必须回去的"囚笼"。这样的诗人，是用散文在写诗。而更多的诗人，随着自己的惯性信马由缰，在不负责任的自暴自弃中越走越远。

需要警惕的是，诗人散文，如果不是诗的延伸，不是诗人"激情的自传"（苏珊·桑塔格语），不能有助于诗人使命感的形成，那么，最终将流于大众散文的平淡。其结果是：心灵的松弛导致文体的松弛，散文成了诗人的"养生术"，而非诗的又一次凯旋。

2012年9月

远去的自然

对大自然的沉思和观察是一门持久的功课。正如荷尔德林所言"如果人群使你却步，不妨请教大自然"。大自然是一册无法穷尽的书，先人们已将这门功课做得很深、很透——几乎所有伟大的古典作品都包含了伟大的自然主题，直到浪漫主义的"诗意栖息"，这个传统一直笼罩着澄明的自然之光。要知道，古人是在自然之光下写作的，而今天，我们则在光污染中思考，下笔艰涩，文字暗哑。我们的现实处境和心灵处境已经变了，已经不再像《诗经》《山海经》和唐诗宋词时代那样去言说和书写大自然了。我们置身的当代，使我们在朝向大自然时变得疑虑而尴尬。换言之，这个当代性将人与自然的原生态关系剥离了。

脱离了当代性去谈论大自然文学，只是一次空谈。我们今天所说大自然文学是当代性之下的文学，如同我们今天面对的大自然已是一个受伤的大自然。我们在伤害和冒犯大自然的同时，成了大自然的弃子，与此同时，当代性将我们接纳了。这是一个古怪的拥抱，也是一个必须接受的讽刺。工业化、化学品污染、季候错乱、生态危机乃至种种反自然行为、大量赝品般的人造景观，等等，这种切身的现实境况，每天进入我们视野，成为常态性的新闻事件，并在四面八方包围了我们。我们不是现代化的反对者，更不是梦寐以求回到原始人的生活状态。只是，每一次对大自然的伤害都伤害到了人类自身，每一次对大自然的冒犯都打了我们自己一记响亮的耳光。

要知道，我们是在当代性中眺望远去的大自然，看它一点点隐匿。我们丧失了曾经"仰望"和"对视"的姿态。曾经，我们把自己放得很低，将大自然与神灵同等对待，认为大自然中住满了各种神灵。山是神灵，水是神灵，一花一木都是神灵。大自然的远去意味着神灵的隐匿，神迹的消失带走了亲爱的大自然，也带走了我们对待大自然的谦卑与真诚，带走了人与自然的心心相印。我们观察世界的方式和角度无疑发生了变化，譬如登高望远之地，从前是山巅，后来是瞭望塔，今天则是摩天大厦，甚至飞机和热气球。

"天人合一"的理想早已终结在中国古人的哲学与诗篇中。走向极端的"人定胜天"注定是一种愚蠢的虚妄，十分短命，但它阴魂不散，留下了后遗症。在今天这个地球上，无论东方还是西方，改头换面的"超越论"和不计后果和代价的"单一发展论"是颇有市场的。各种"超越论"的确包含着一种雄心，却常常是"自我"的无限放大，是对"人本至上"

的一次急躁而粗暴的演绎，因而在增添一种当代的焦虑和混乱。离开了对土地和大自然的起码尊重，人类的雄心只是一种灰暗的野心，是没有前途的。当雄心和野心走进了死胡同，前景大概可以想象的：有一天，从天而降的外星人将为全体地球人竖起纪念碑，碑文上写着"瞧，他们自己消灭了自己"。

概括来讲，大自然文学已是一种存在于东西方文学传统中的古老传统。中国古代的山水诗、自然小品（相对于性情散文），西方的荒野小说，以及大量的文人游记、旅行日志、有文采的科普考察，等等，都应该属于这个文学范畴。今天，我们重提、凸显、强化这个传统，传统就成了革命的同义词，就有了新的价值和蕴涵。大自然文学并非借尸还魂，而是浴火重生，是传承下来的先知先觉，有了特别的现实喻指和警示意义。大自然文学可以天高云淡、涓涓细流，也可以惊心动魄、振聋发聩。

如果我们倾向于用"生态文学"去替换"大自然文学"，是将大自然文学矮化了，片面化了。大自然提供了一种生态环境，但不是某种生态现象就能替换的。我理解的大自然文学是一个大的丰满的概念，既朝向自然的敞开，也指向心灵的应答，是两者的交融与呼应。"生态"一词，也包含了物质生态和精神生态两个层面。物质生态的危机，正是精神生态混乱性的一种反应和投射。隔离了两者之间的关系，我们无从谈论当代性，更无从谈论当代生活。而仅将"大自然文学"理解为"生态文学"，容易陷入物质生态的现象学误区，而精神生态的种种困境，却被我们搁置一旁，视而不见了。

无论我们置身何时何地，对大自然的观察，对大自然文学的讨论，都离不开人与自然关系这个基本命题。虽然我们面对的是混乱的人性和被损害的大自然，但重建两者之间的关系仍是可能的，这是相互抚慰和相互治疗的需要，这是"要不要未来"的问题。因此，重归心灵—自然的总体论，重建一种自然—人本主义立场，是我们唯一的出路。今天的大自然文学，就得从这个层面去介入，去完成自己的表达。除此之外的大自然文学，种种感伤的抒情性或者夸夸其谈的生硬警告，在我看来是远远不够的。

波德莱尔的现代性理论中有一个惊人的观点：人工作品超越自然作品，也即艺术优越于大自然。波德莱尔是执迷于"缪斯的巫术所创造的第二现实"的。但他的"感应理论"是对自己的一次修正，认为内宇宙与外宇宙、人与人、万物之间是一个混沌而深邃的统一体，有着惊人的"整体性"和"相似性"。这样，他就自然而然回到了人与自然关系的整体论。七十二岁的惠特曼在修订《草叶集》第九版（临终版）时，将诗人比作心灵与大自然之间的"和事佬"。或许诗歌的使命之一就是修复心灵与自然，乃至内心与现实之间的巨大裂痕。惠特曼的后代奥尔多·利奥波德则从科学与环境保护的角度提出了"土地伦理"和"土地共同体"的观点，但他的思考达到了哲学和精神生态的高度，具有现实的启示作用。他说："土地伦理是要把人类在共同体中以征服者面目出现的角色，变成这个共同体中的平等的一员和公民。它暗示着对每一个成员的尊敬，也包含着对这个共同体本身的尊敬。"他还指出（似乎是针对旅游业的）："发展休闲，并不是一种把道路修到美丽的乡下的工作，而是把感知能力修建到尚不美丽的人类思想中的工作。"

大自然文学有两个基本主题：陶醉和忧患。在今天，忧患的担当已远远超过陶醉的旧梦。大自然中危机四伏，忧患已改写了我们脸上的陶醉表情。

今天的大自然文学脱离不了面向当代性的种种思考，同样离不开地方性和地域性的特殊视角。生活在边疆，生活在西部，意味着人与自然的关系变得更加切身、尖锐、严峻，也更加攸关性命和未来。梭罗说得没错，世界的启示在荒野。我在新疆见过的死亡景象之一是沙漠里的"胡杨墓地"，它们像一片片来不及清扫的古战场，到处是丢盔卸甲，到处是断臂残肢，到处都是听不见的呻吟和呼救。"胡杨墓地"的惨烈景象，给了我们关于生存与死亡、忧患与末日的极端体验。人类生存的家园其实脆弱不堪，胡杨死去，村庄消失，人烟断绝，记忆也被流沙一点点掩埋。

来自遥远蒙古高原的一阵沙尘暴，危害了一位北京市民的呼吸，影响了一位韩国农夫的水稻收成。一头鲸鱼的自杀，是因为海边某个国家一家工厂的污染指数严重超标了。一株非洲面包树的死亡，牵动着墨西哥荒原上一株仙人掌的神经。如果把树看作是我们的亲人，那么一棵树的死亡也是我们身上的某一部分在死去……这就是我们置身其中、休戚与共的严峻现实，是由此生发的"共同体"概念和大自然文学必须具备的"整体论"。

每一天，不仅仅是沙漠戈壁，地球上都在诞生新的"胡杨墓地"。那么，下一个"胡杨墓地"又会出现在哪里？所有的大自然文学作家，所有的环保主义者和非环保主义者，都应该读一读约翰·邓恩的这几句诗——

谁都不是一座岛屿，自成一体；
每个人都是广袤大陆的一部分。
如果海浪冲刷掉一个土块，欧洲就少了一点儿；
如果你朋友或你自己的庄园被冲掉，也是如此。
任何人的死亡使我受到损失，因为我包孕在人类之中。
所以别去打听丧钟为谁而鸣，它为你敲响。

2010年7月31日于乌鲁木齐

高速路上拍一拍惊堂木

——在"2011·天津国际写作营"上的发言

几年前，在苏州的一次诗会上，我说苏州园林已经消失了。令在座的诗人们感到惊讶、不解。我接着说，消失的不是苏州园林里的亭台楼阁、假山廋石、草木花卉，而是古人的一种生活方式、一种文化情怀。苏州园林成了旅游景点和文化空壳。今天，我们的财富和能力足以建造更多的苏州园林，甚至能把整座城市变成园林，但我们的心灵已远离了苏州园林所代表的那种生活方式和文化追求。开着宝马、凯迪拉克的"名人"急匆匆出入于今天的"苏州园林"，但他的目光不再注意墙角边一朵小花的开放和凋零，他的心灵再也体验不到水塘里一尾锦鲤游弋的快乐。

还有一件事情，我觉得火车是一种充满乐趣的旅行工具。相对于汽车，火车有空间感；相对于飞机，火车则有时间感。所以，在中国火车全面提速的早几年，我甚至想给铁道部部长写信，建议他给兰新铁路减速。因为我生活在新疆，而我的老家在浙江，每次回家和返疆，都要乘坐往返于乌鲁木齐和上海之间的54次、51次列车。提速前，这趟列车要走三天三夜：第一天，大家为了"占领"行李架可能会发生争吵、冲突；第二天，面对面有些尴尬，从沉默到试探性地沟通、说话；第三天，敞开心扉，有了无障碍交流，有的开始分享一只烤鸡，一起喝起了啤酒……在火车上结识朋友，是时常发生的事情。火车提速到两天两夜后，第一天和第二天情形照旧，第三天却没了——一起乘坐了火车，一起经历了漫漫长旅，车上与车下，都是陌路。"慢"的乐趣消失了，这使人感到遗憾和惆怅。我想给铁道部长写一封信，不是要反对进步、阻挠发展，而是包含了一个"游子"朴素、诚恳的文化动机。

这两件事情，表面上看是社会进步带来生活方式改变的两个例子，具有抽样分析、个案讨论的价值。但环境的变化已触及每个人内心，并且是切身的、具体而微的。时代步伐和个人节拍之间，出现了失调；粗犷强悍的经济运动与细致完美的文化建设之间，也出现了明显失衡，文化困惑由此产生。难道社会已分成了几张皮：政治的、经济的、文化的、心灵的……但社会仍是一个整体，必须在一个共同体中协调向前，尽管它有点儿气喘吁吁、慌不择路的样子，却是包裹在一张皮里面的。我们深陷于资讯、影像与复制之中，置身于雅克·厄鲁尔所说的"极度视觉化的时代"，一切都从属于视觉化，在视觉化之外什么都没有意义。现象泛滥的时代被我们一头撞上了，可以见证，可以记录，但词语蒙羞，思想缺席，文化变味。我们面临的这个"无边的现实主义"，不是新诸子百家时代，而是思想与文化的混乱期，"内心之乱"既是"果"也是可以转化的"因"。要害就要害在这里。今天的大体情况，不禁使人想起卡尔·马克思《1844年经济学哲学手稿》中的一句话："你有的越多，你存在的越少。"

经济发展，财富积累，生活改善，当然是好事。贫穷本身不值得赞美，贫穷中的美德却是令人赞叹的。人是活在物质世界上的精神动物，经济总量并不代表财富的公正分配，幸福指数也不会与GDP同步增长。经济是个手段，不是心智完善以及抵达完美人性的目标。文化朝向这一目标，所以文化需要工具和手段。"文化"是包括了文学、艺术在内的人类一切优秀成果的积淀，知识也面临着人文的召唤。我们将文化遗产划分为物质文化和非物质文化，那么，从文化现实来说，文化又可以分为外部文化和内在文化。内在文化指向心灵、情感、思想、人性，这也正是文学需要呈现和探讨的。只有人类内在的天赋秉性得以有效、和谐地发展，人性才能获得尊严、富足和愉悦。所以在经济发展的背景下，通过工具和手段，追求文化的高质量、高品位，并抵达文化内在的终极目标，是至关重要的，艺术、宗教、科学、诗歌、哲学都肩负着这一基本的责任和使命。但目前的情况是，文化共时性（古典／当代、传统／创新）被忽略了，文化关系（与社会、经济、政治的）发生了错位，文化工具和文化手段往往被当作了文化目标。一方面，太多的聪明人把文化搞得无处不在、无孔不入，他们对文化高谈阔论，其实是打着文化的旗号在行经济之事，经济与文化的关系颠倒了，文化成了工具手段；另一方面，大众传媒无疑对文化传播是有贡献的，但文化的内核被遮蔽了，文化的层次被混淆了，文化的工具被放大了，文化的浅表化、庸俗化和娱乐化已是一个现实。由此，这个时代的"工具崇拜"比人类任何一个时代都要严重，都要更加盲信和迷信。

马修·阿诺德在《文化与无政府状态》一书中对"文化"（culture）下的定义是："通过阅读、观察、思考等手段，得到当今世界上所能了解的最优秀的知识和思想，使我们尽可能接近事物可靠、可知的规律，从而达到比现在更全面的完美境界。"他认为文化的目标是抵达全面、和谐、普遍的完美。"个人必须携带他人共同走向完美，必须坚持不懈、竭尽所能，使奔向完美的队伍不断发展壮大，如若不这样做，文化自身必将发育不良、疲软无力。"这与费孝通先生所说的"各美其美，美人之美，美美与共，天下大同"的文化自觉，有着惊人的一致性。从这一共有的原则性追求来看，我们为文化制定的目标不是高了，而是低了。在具体执行和实践中，门槛又是一降再降。文化折中主义并非出于现实的无奈，而是将文化的"缺斤短两"视为一件自然而然、顺理成章的事情。

如何使粗犷强悍的经济运动与细致完美的文化建设获得一种新的平衡，是需要我们深入思考并付诸实践的。现在，经济发展不再是一趟普客列车，而已是动车和高铁，火车上的三天三夜终有一天会变成三十个小时。我不知道这究竟是时间的获得还是时间的失去，或者是两者兼而有之。飞速的经济动车上，被惊醒的文化充满了警觉，这是文化自觉、人类自觉的一个前提。高速路上拍一拍惊堂木，如同堂吉诃德挑战风车，是荒诞的，却是必须的。文化不是经济发展中的一个元素，它几乎是社会的全部要素和我们的唯一出路，攸关性命和未来。马修·阿诺德的话好像是写给一百多年后的今天的："唯有各种思想达成和谐，开放的时代才有出路。""文化不仅通向完美，甚至只有通过文化我们才会拥有太平。"

2011年5月21日于乌鲁木齐

关 于 阅 读

1. 博尔赫斯说："我首先是一个读者，其次是一个诗人，然后才是一个散文作家。"他想象天堂有着图书馆的结构和造型，那里，"一部永不结束的书是世上唯一的东西，就是世界"。福楼拜也谈到过书与天堂的关系，他说，所谓天堂就是持续不断、不知疲倦地阅读。

2. 在耶路撒冷，我看到有人边走路边读书；在莫斯科地铁，安安静静读书的人令人瞩目、艳羡。而在我的祖国，随处可见埋头读手机的人，"低头族"构成了从城市到乡村的一道道怪异风景。以色列年人均读书六十五本，俄罗斯是五十二本。我们多少本？想必你和我一样，羞于道出。

3. 据说我们进入了一个"泛阅读"和"浅阅读"时代，除了书籍，我们可以读报刊，读电视，读网络，读超市，读夜店，读菜谱，读广告，读风景……社会如同一本大书，是"泛阅读"的对象。针对"浅阅读"，台湾作家王兴文说："浏览不是阅读，快读等于没读。"正是"泛阅读"和"浅阅读"的泛滥，造成了阅读的变形记和生活的碎片化。或许碎片化只是一个开始，碎片化的下一步是什么？齑粉化。

4．如何处理家里的藏书，是困扰许多老年知识分子的一个难题。我的建议是每座城市建一个"书的公共墓园"，使这些书有一个好的归宿。不妨再设一个"书的清明节"，每年这个时节我们去祭扫先人墓时，顺便去祭奠一下这些尘封的、不被阅读的书，并酣畅地哭上一回。

5．卡夫卡在遗嘱中要求好友布罗德烧了自己的书稿，一部也不要留下。果戈里烧掉了即将完成的《死魂灵》第二部。好的写作如同"自焚"，却包含了某种羞愧、不满和自我质疑。骄傲的书总在苛求读者，精选自己的读者。有一位边疆诗人曾希望，到晚年出一册薄薄的诗集，扔到沙漠里去，让风去读，阳光去读，沙尘暴去读，就是不让人去读。

6．阅读和写作一样，使我们摆脱时光流逝的焦虑，使时间成为一个"不在场者"。阅读者是美丽的，他们是独自的享乐主义者，是另类的富翁。阅读不是改变人生，它就是一种人生，一种被唤醒的、充满意义的生活方式。人生也大体可分为两种：有阅读的人生和不阅读的人生。

7．要保持阅读的饥饿感，做一个阅读的饕餮，这对身心有益，能强健我们的精神体格。世上有哪一种智慧，能超越人类全部书籍储藏的智慧？

8．我至今保持了临睡前读几首诗的习惯，无论是新诗、古诗还是外国诗。直到读到一首好诗或几个击中人心的句子，阅读自动结束了，我也就安然而欣然地告别了这一天。诗歌作为语言存在的最高形式，是警醒剂，也是安眠药。

9. 在书房里，我与死者相处的时间比活人要多：死者之书占据了书架的大部分，而活人的书待在一个角落里，它们的安静和低调近乎美德。

10. "读万卷书，行万里路。"前者是室内漫游，后者是户外阅读；前者越来越难了，后者已是"小菜一碟"；前者为人们所淡忘、不屑，后者正演变为全民旅游热、户外运动、东颠西跑、一路狂奔。

11. 对青年读者的忠告：少读活人的书，多读死人的书。活人的书正在经历无情的死亡。——整个当代文学都在经历这一死亡过程，留下来的，能有多少？而死人的书，经受了时间漫长的淘洗、检阅和甄别，得以存活下来，是好东西，是"经典"。

12. 手不释卷当然好，但还得读一读"天地人生"这部大书。

2016年4月23日于乌鲁木齐

此时此刻，或一滴水的西西弗斯

——为纪念进疆二十周年而作

　　此时此刻，在对异乡的抒写与改写中，我正在一点点接近心目中的远方。当我日复一日去聆听异域的声音与教诲，有足够的耐心居住、漫游、写作，有足够的热情去爱、去为它祝福，很可能——也可能是一厢情愿的认同——我已被悄然改变，化为它微不足道的一部分。在发出可信而可靠的声音之前，我愿意是它沉默的部分、孤寂的部分。

　　心灵的分身术终于在远方有了一个地域和空间的载体。作为一个移民，一个在他乡生活了二十年的移民，这不是一次轻而易举的拥有，而是一次靠近，一次请教，也是一个永不结束的开始。如今，我不是观光的浪漫主义客人，也不是"反客为主"的无礼的闯入者，但我乐意做一名边疆诗人，一名好的值得期待的边疆诗人。

　　在被童年的"乌托邦"驱逐之后，一个人需要新的远方、新的根和翅羽。所谓"寄人篱下"不是一种自嘲和叹息，因为"篱"是一个好东西，"篱"就是新疆，"篱"就是新疆的大地和天空，"篱"就是堪称伟大启示录的新疆背景，我为这样的"寄人篱下"感到荣幸和骄傲。或许在我身上，更多体现了一种空间色彩的"寄人篱下"，而每个人的生命、每个人宝贵的一生，又何尝不是一次时间意义上的"寄人篱下"呢？

一个人身上的童年在撤退，但并未失踪，它寄存在江南一个叫"庄家村"的地方，由亡灵和年老的亲戚们守护。仿佛有点儿厌世了，它不再出声。有时我返乡探望，不为别的，只是为了提醒它，不要得了忧郁症。而我在异乡的忧郁症，正在得到西域阳光的治疗。在异乡的书斋与旷野之间，我追寻一个地区的灵魂，学习福乐的智慧。语言就是行动，诗则是心灵与现实的探险。如果说天山南北是一部已完成的经典，它却仍是一张留有空白和余地的毛边纸；如果漫游和思考是一种可能的书写，他乡的生活已部分吸纳了我的忧郁。或许，这正是远方能够给予我的乡土般的治疗。

但我有一种更为严重的病：一种不可救药的相思病——我是如此迷恋世界消失的部分，如此迷恋时光的逆转与重临，如此迷恋并祈愿丝绸之路再度醒来，让亚历山大之路、成吉思汗之路、渥巴锡之路、玉石之路、经书之路、木卡姆之路……一起醒来，穿过我此时此刻写下的一个词、一个尘土飞扬的句子。让荒野重现往昔的生机和葱茏，让废墟摆脱死亡的魔咒，让海市蜃楼变得可以居住，而不再是一种幻觉和错觉。楼兰、尼雅、米兰、克里雅、丹丹乌里克……这些美丽的名址，在我眼里，就像我走散在沙漠里的妹妹：我前世的妹妹，住在废墟里的妹妹。我来了，不是探险家九死一生的抵达，而是一个亲人的寻觅与拥抱。时空的隔绝，心的分野，此在与他在，故乡和异乡，最终在诗人笔下化为一种心灵的现实主义，化为扎根下来的一个词：同在。

我依然强调，在新疆这么一个多民族聚居的地方，我们要学会欣赏人的差异性和文化的差异性。这种差异性不是冷漠与隔阂，而是多元共处与现实丰富性的一个前提，也恰恰是构成中亚文化"启示录式背景"的一个要素。作为一名生活在新疆的汉族诗人，我珍视身边的传统，新疆的、中亚的、各个民族的……它作为一种可以融合、可以互补的传统，最终会成为一个成功写作者的"个人传统"。除此而外，文学应该有更大的谦卑和包容，因为正如中国古人所说"有容乃大"，正如艾略特所言"谦卑是无穷无尽的"。有两类天才我见过不少，一类是将自我感觉无限放大，另一类是把外在感觉过分抬高，前者是"自我"的奴隶，后者是"物"的囚徒，而能将两者融合起来的天才，在这个时代如此罕见——或许尚未诞生。所谓"功夫在诗外"，我的理解是：文学要向文学之外的广大世界学习。文学要向人类学学习，从"本己的目光"转向"他者的目光"，而"用他者的目光看他者"，是它给予我们的最重要的启示。文学还应该向考古学学习，因为我们需要一门失去时光的考古学、沙漠废墟里的考古学，更需要一门新鲜生活的考古学……

此时此刻，如果塔克拉玛干是一位伟大的教父，恳请他接纳我这名迟到的义子和教子；如果沙漠是文明的大墓地，我愿意与楼兰的亡灵们一起漫步于浩瀚与无垠之中……沙漠是终结，也是开端；是墓地，也是摇篮：一种新文明的曙光、一种破晓的庄严。而我要做的，是为沙漠的干旱加入一滴水，一滴江南之水，一滴庄家村之水，一滴可能会被快速蒸发掉的童年之水。但为了推动这一滴水，我们必须付出比推动一块巨石更大的力气和勇气；为了珍藏这一滴水，守护这一滴水，诗人们愿意成为沙漠里的西西弗斯——一滴水的西西弗斯。这种有益的徒劳、绝望的希望，值得一个人毕生去承担和拥抱，去工作和效力。

2008年7月3日于乌鲁木齐

我认识许多死去的城

——在首届成都国际诗歌周"诗歌中的城市"
高峰论坛上的发言

在西域，我见过许多死去的城：楼兰、尼雅、丹丹乌里克、交河、高昌、阿力麻里、天山深处的乌孙城、帕米尔高原的揭盘陀……它们有一个恰如其分的名字——故城。死去的城是时间的遗作，人埋黄沙，文字死去，细节吹散，一座座幽灵之城诞生了。迄今为止，几乎所有的考古报告和探险发现都缺乏细节的鲜活生动，说明人类的智慧其实包含了巨大的无知。人被"生"局限着，其想象力扶不起一根枯朽的木柱，修补不了残墙上最小的缺口。尽管死去的城浑身伤口，四面漏风，但它们是紧闭的。或许人可以学会欣赏废墟之美，但他永远进入不了死去的城。——不是人遗弃了城，人才是死去的城真正的弃儿。正如死亡到达之前，人就是死亡的弃儿一样。

诗人同样是"死亡的弃儿"，倚仗语言，苟活人间。但这个"弃儿"尝试进入，并且能够进入死去的城，不是凭借旅行癖的体能，而是借助于他的语言和想象，他的命名与创造，他的"物哀"——凝视对象和空无而产生的悲欣。当诗人的心灵分身术在远方、在湮没的故城找到一个承载空间，意味着已参与对记忆和遗忘的双重拯救。毫无疑问，这是美和想象力在拯救世界。

事实上，通过活着的城和死去的城，诗人在创造一种心灵现实主义。前者的代表作是波德莱尔的《巴黎的忧郁》，后者的典范当属卡尔维诺的《看不见的城市》。但卡尔维诺自己声称，在《看不见的城市》里，人们找不到能认得出的城市，所有的城市都是虚构的，更接近"泛指意义上的城"。他为十一类五十五座城市取了女性的名字，并把这些作品视为"在越来越难以把城市当作城市来生活的时刻，献给城市的最后一首爱情诗"。不过，细心的读者会发现，这些虚构之城没有正史和稗史的佐证，也缺乏地理和遗迹的依据。

死去的城布满死去的语言。世界第二大沙漠塔克拉玛干发现过二十多种人类曾经使用过的语言文字，大多数已难于破译，也就是说，大部分变成了死去的文字。我在十几年前的一首诗里写过："听哪，亡灵们已开始劳作 / 以木乃伊的身份，在沙漠里奔走、呼号：/ '我的血，我的肉，我的家园，在哪里？'"而今天的语言现实大约是：活的语言已被收购，在废品站里呻吟、哭泣，只有死去的语言，住在钢筋水泥和公文机要里发威。

而在生活之城，在热闹与便捷、严峻与不堪并存的现实中，我对西域消失的部分更感兴趣，它能有效点燃我的历史想象。或许我已患上严重的单相思：如此迷恋世界消失的部分。我去楼兰之前曾写过大量与它有关的诗作，2005年去过之后却只能写散文和游记了。这使我想起日本的井上靖，他的近百篇（部）中国历史小说中最出色的部分当属西域题材，1958年左右写《敦煌》《楼兰》时，他还没有去过中国西部。二十年后，七十三岁的他终于来到敦煌莫高窟，感叹说："真没想到敦煌竟与我想象中的一模一样！"井上靖一生都未到过楼兰，倘若有一天他真的到达了，想必会发出同样的感慨：这里的景观，除了消失的罗布泊和芦苇荡，沙漠、落日、柽柳、胡杨，等等，居然都是我小说想象的样子！

这就是想象的魅力，诗与文学的魅力。世上有些地方只属于我们想象力的势力范围，楼兰即是。这也可能是我去过楼兰之后反而写不出诗的原因之一了。楼兰作为一个遗址，是过去与现在、虚幻与真实、消失与呈现的同在，是时间与空间的混融。这种混融与同在，如中国古人所说的"思接千载，视通万里"，亦如诺瓦利斯所言："有一种精神的当下，它可以通过融合将过去与未来视为同一，这种混合就是诗人的元素和大气层。"（《夜颂中的革命和宗教》）

为了生活和诗，更为了诗里的"元素"和"大气层"，我愿意认识更多死去的城。每一座故城、每一个遗址，都如此慷慨，在为我们提供新的视点和起点。

2017年7月5日于乌鲁木齐

旷野诗经

　　从亚洲腹地的新疆到南亚、西亚，再到地中海和北非，存在一个跨越亚非欧大陆的"木卡姆音乐带"或曰"木卡姆高地"。这一全球四亿人共享的音乐文化，是一种跨国界、跨族群的文化现象和文化遗产。欧洲音乐界称其为"世界音乐的腰部"。世界木卡姆当中，新疆木卡姆魅力独具、声名远播，是音乐的瑰宝。而四种新疆木卡姆中最具震撼力的刀郎木卡姆（另外三种是十二木卡姆、吐鲁番木卡姆和哈密木卡姆），无疑是瑰宝中的瑰宝。

　　几年前，我在南疆的刀郎地区拜访木卡姆艺人，对刀郎木卡姆进行实地调查。后来，在《刀郎：火的歌喉》一文（载《天涯》2008年第5期）中写道："如果木卡姆是'音乐之腰'，刀郎木卡姆则是'音乐之肾'——音乐的精、气、神，都充沛地在这个'肾'里面。与脱胎于叶尔羌宫廷的喀什十二木卡姆华美、优雅、庄重的风格有所不同，刀郎木卡姆呈现的是一种粗犷、猛烈、嘶哑的旷野气质，是旷野上的呐喊和呼告，具备真正的草根性和民间性。"

这里所说的"草根性和民间性"，就是刀郎木卡姆的巴亚宛特征，也即旷野特征。有人指出，刀郎文化就是巴亚宛文化，刀郎木卡姆就是巴亚宛木卡姆。这是有依据的，也是颇具说服力的。

从自然地理来看，以阿瓦提、麦盖提和巴楚为中心的刀郎地区，位于塔里木盆地西北缘的叶尔羌河两岸，这里毗邻塔克拉玛干大沙漠，干旱少雨，多荒漠、戈壁，自然地理具有旷野特征。以阿瓦提县为例，由冲积扇、冲积平原和沙漠三大地貌类型组成，沙漠和荒漠占到了县域面积的三分之二以上。从文化融合来看，刀郎文化融合了塔里木土著文化和突厥、蒙古的漠北牧猎文化，这种"多元一体"的融合，成为民族文化的血脉和基因。从生存方式来看，从前的刀郎人在叶尔羌河两岸渔猎为生，今天的刀郎人过着半农半牧的生活，旷野是他们的生存空间之一。从文化传承来看，维吾尔木卡姆都是"心口相授"，所不同的是，十二木卡姆经历了"民间—宫廷—民间"的传承衍变，刀郎木卡姆则一直维系"民间—民间"的传承方式。这些因素，成就了刀郎木卡姆沉潜的民间性和浓郁的巴亚宛特征／色彩。

我不是一个地域决定论者，但认同自然、地理和环境对人、对一种文化的影响力。同时相信在海德格尔天空、大地、神圣者、短暂者的四元结构中，还存在一个二元核心结构，即地理／心灵的一体性。如此，地域文化，尤其是地域性的诗歌、音乐、绘画等艺术，乃是一门地理心理学和心灵地理学。刀郎木卡姆地理／心灵的一体性，更接近"一体同悲"。在刀郎人的生存空间里，绿洲／沙漠，家园／绝域，生命／死亡，是对手般的相依相克，是地理学的二律背反。刀郎人体验着绿洲／沙漠的生死切换和阴阳两界，他们的歌声中有太多苍凉和悲伤的成分。面对旷野，他们唱道：

> 荒野上孩子变成了鬼魂，
> 我看到了他的样子；
> 他变成一堆骸骨躺在那里，
> 我看到了他的坟墓。

> 神灵啊，我走在戈壁上，
> 我迷路在这荒野上。
> 骆驼刺扎在我的脚上，
> 啊呀呀——
> 取不下来了，令我惊惶。

在这里，旷野既是孩子幽魂所在的空间，又是刺痛人身体的一根刺。既是"弥漫"，又是"刺入"。在中国古典诗歌中，旷野是哀、悲、荒、寂的象征，有诗为证："匪兕匪虎，率彼旷野，哀我征夫，朝夕不暇。"（《诗经·小雅·何草不黄》）"旷野饶悲风，飕飕黄蒿草。"（王昌龄：《长歌行》）"旷野寂无人，漠漠淡烟荒楚。"（刘基：《如梦令》）刀郎人的旷野体验与中国古人是息息相通的，所不同的是，他们的感知有着更多的切身性，更多"一体同悲"的色彩。

传说刀郎地区曾有十二套木卡姆，流传至今、能搜集到的共有九套，分别是：巴希巴亚宛、乌孜哈尔巴亚宛、区尔巴亚宛、奥坦巴亚宛、勃姆巴亚宛、丝姆巴亚宛、朱拉、多尕买特巴亚宛、胡代克巴亚宛。九套刀郎木卡姆中，除朱拉（阿拉伯语，意为"光芒、欢乐"）而外，另外八套均含有"巴亚宛"一词。"巴亚宛"意为"旷野和荒漠"，与"区尔"基本同义。有三套木卡姆的名称含义不明，另外五套可译解如下：

巴希巴亚宛——旷野开端或旷野高音

区尔巴亚宛——旷野上的旷野、荒漠里的荒漠

奥坦巴亚宛——旷野上的旅店和驿站

勃姆巴亚宛——旷野低音

丝姆巴亚宛——旷野琴弦

刀郎木卡姆的民间性和旷野特征还在于：它的唱词不是文人创作的律诗，而是民间流传的"库夏克"（qosaq，意为"歌谣""押韵短诗"），绝大部分是四行诗（词），少量为两行诗（词），均为无名者的创作，所有的唱词集成在一起，就是一部民间歌谣集。

我们发现，流传在刀郎地区阿瓦提、麦盖提、巴楚三县的木卡姆唱词是有一定差异的，这是"心口相授"的必然"走样"和历代木卡姆艺人添加了即兴创作成分的缘故。今天，少数出色的木卡姆艺人在尊重传统的同时，仍痴迷于即兴创作，尤其在那些游走旷野和乡村、巴扎（集市）和麻扎（墓地）的阿希克（痴迷者）那里，即兴创作是他们的童子功和看家本领。如果说十二木卡姆的唱词已基本达到固化状态（共收入四十四位诗人的四千四百九十二行诗），刀郎木卡姆唱词则是"半固化"的。因此，刀郎木卡姆唱词是一部未完成的民间歌谣集。

向联合国教科文组织提交的《新疆维吾尔木卡姆》"非遗"申报书说："刀郎木卡姆的音乐粗犷、高亢，更加野性；唱词全部是民间歌谣，语词简朴、直白。如果说喀什的十二木卡姆是在塔里木盆地西北缘各绿洲城邦国宫廷中被雅化的形式，那么，刀郎木卡姆则是一种民间的版本。有趣的是，刀郎地区和喀什地区在地缘上最为密切，一雅一俗构成了维吾尔木卡姆宫廷化与民间化的传承互动空间。"

从唱词去分析刀郎木卡姆的旷野特征是饶有趣味的。它们涉及哀叹命运、思念亲人、沉思死亡、观察日常、道出哲理、祈祷上苍等主题，关乎刀郎人日常命运、内心生活和民族心理的方方面面。虽经过了转译，唱词仍保有简洁、率真、炽热的温度和底色，展读或聆听，一种野性的精神气象扑面而来。我把将刀郎木卡姆唱词称为"旷野诗经"，因为它们保有人类早年歌唱、叙咏的天性，一种直抒胸臆的本能和发自内心的悲苦之声。换一句话说，它们有着《诗经》和汉乐府般的古风先声和赤子情怀。"思无邪""赤子心""诗缘情"等诗人气质，在刀郎木卡姆艺人身上都具备。每一位忘我歌唱的刀郎艺人，都是不折不扣的"旷野诗人"。唱词举例：

哀叹命运： 马儿赶路，马儿赶路，／路在冰达坂；／好人坏人一起生活，／日子很艰难。

思念亲人： 像父亲那样的亲人在哪里？／像母亲那样的恩人在哪里？／在苦难中煎熬的时候，／像母亲那样的神灵在哪里？

沉思死亡： 即使你做了世界君王，终有一天会丧亡。／殓尸布裹在你身上，终有一天会埋葬。／即使你喊冤叫屈，死去的再不能复生。／即使你长吁短叹，坟墓也发不出声响。

观察日常： 向左飞过一株玫瑰，／向右飞过一株玫瑰；／两株花中夜莺啼鸣，／优美的歌声令人迷醉。

道出哲理： 心宽人可以让人高兴，／好心人可以找到心上人。

祈祷上苍： 上苍啊，你的恩德无比宽广，／我的罪孽却像大山一样；／躺在黑暗的坟墓里，／乞丐和国王变成一个模样。

当然，就像世界各民族灿若星辰、脍炙人口的情歌一样，刀郎木卡姆反复歌咏的重要主题是"爱情"。1997年，新疆艺术研究所所长周吉先生率《刀郎木卡姆的生态与形态研究》课题组在刀郎地区进行田野调查，共采集歌词九十五首，其中表达爱情的达六十三首，占66.3％。据周吉先生介绍，实际歌唱男女情爱的木卡姆词曲要超过这个比率。刀郎旷野是一个名副其实的"情歌旷野"。

　　在中国，南方民歌大多是含蓄的，北方民歌比较直率。即使在整个西北地区，像刀郎人歌唱爱情时那样大胆、率直、坦诚、火热的，也只有个别的陕北信天游和回族花儿可以勉强与之相比。唱词中常把爱情比作"烧烤"，称爱情是"旷野上的死去活来"，爱着的人也是行动着的人，充满了渔猎民族劫掠般的行动感。有时是野性的，是一根筋的冲动和战栗；有时是顽童式的，像撒娇派的自言自语。不装蒜，少修辞，直截了当，直入人心，这是唱词的最大特点，感染力超强，使听者欲罢不能。比如：

　　　　情人啊，你是来把我瞧瞧？
　　　　还是来把我烧烤？
　　　　莫不是要让熄灭的情火，
　　　　又在我心田熊熊燃烧？

你那黑羔皮做的帽子，

我戴行不行？

你那玫瑰似的嘴唇，

我吻行不行？

还有：

你的命，我的命，

本是一条命；

为了你呀，我的一切，

可以牺牲。

（副歌）

多情的妇人，美妇人，

你向哪里奔？

傍黑时分戴着花儿，

要了我的命！

刀郎唱词掏心掏肺，表达了爱的"死去活来"，歌唱爱
的天真与烂漫、沉溺与牺牲，其实是在歌唱人类的某种情感失
却。如此，刀郎情歌既是刀郎人内心情感的真实写照，更是现
代人"爱情已死"的一首首哀歌。从现代体验来看，它几乎
是一个讽喻，正如舞蹈者是对丧失了舞蹈本能的人的讽喻一
样。聆听刀郎人的"旷野诗经"，想起孔子对《诗经》的评介

"乐而不淫，哀而不伤"。刀郎人善于将爱的痴迷沉醉化为一种健朗的气质，将神魂颠倒化为一种醇正的表白，聆听就是一次洗礼。在他们那里，爱是人间食粮，是尘世宗教。正如孤独是孤独者的宗教，爱是情郎们的宗教。在刀郎旷野上歌唱着的，有如许许多多的年轻或成熟或苍老的情郎。——白发苍苍的歌声，郁郁葱葱的心灵！

在我与刀郎艺人的接触中，发现他们大多性格内向、羞涩、不善言辞。但当手鼓响起，喊腔引领，他们精神抖擞、两眼放光，一个个就像换了一个人似的。他们的嗓音十分沙哑，大多有过失声经历，有的失声后再无法治愈、复原。中年和老年艺人，大多患有疝气。这也是高亢的、全力以赴的歌唱造成的，是喊出来的疝气。

"喂，哎啦！喂，哎啦！……"刀郎木卡姆每每用这样的喊腔为引子和开篇，将低沉推向高亢，将高亢推向神圣。荒漠里的长歌，旷野上的摇滚，在拯救大荒中不安的心灵。刀郎木卡姆中彻底的抒情性和自由性，将音乐推向信仰的高度。——他们用歌声将荒凉的刀郎旷野改造成音乐天堂。这个天堂不在高处，而在地上，在刀郎人每天每日的生活中。

2013年3月

阿拜，草原上的北极星

　　两个争吵中的哈萨克人，只要有一位引用阿拜的诗句或箴言来说服对方，冲突便会戛然而止，双方很快就会握手言和。这种情景，在哈萨克草原上并不鲜见。哈萨克人太热爱阿拜了，从不怀疑他的话会有错。

　　当我们引用李白、杜甫的诗句来抒发人生感慨时，哈萨克人将阿拜的金玉良言，用作化解日常冲突与恩怨的良方。"诗是语言的皇帝"是阿拜给予诗人们的良方，"被忧思困扰而不能自拔，即为懦弱"是给予消沉者的良方，"当我们衰老，现状需要生机勃勃的年轻人来改变"是给予青春的良方，"人生的乐趣在于不断丰富自己的智慧"是给予人生意义的良方，"诗歌为婴儿打开人生的大门，也陪伴死者踏上天国的途径"是给予生死问题的良方……无论是城里的文化人，还是草原上目不识丁的牧民，阿拜已成为哈萨克人共同的"祖父"，他的诗歌、歌曲、格言、警句化为民众生活的一部分。按照哈萨克女作家叶尔克西·胡尔曼别克的说法，阿拜就是哈萨克人的"精神长老"。

每一个新疆的哈萨克人，只要一谈到阿拜，就会两眼放光、神采飞扬，就像谈到自己家里一位敬重的先人。几乎每一个哈萨克人，都会唱阿拜的《无风的夜明亮的月》（叶尔克西·胡尔曼别克译为《月光》，歌词：夜空风静挂着月亮／银光落在水面上／阿吾勒一边深山谷／小河奔流涛声唱∥树叶啊沙沙入梦乡／好像对亲人诉衷肠／看不见无边黑土地／青青绿草铺地上∥山中有歌声在回荡／伴着夜莺声声唱／你说过等我在山梁／我们相逢小路旁）。哈萨克人十分尊重阿肯（诗人）和长者。作为哈萨克书面文学的奠基人，阿拜的全部作品不是通过印刷品，而是通过哈萨克人惊人的口头记忆保留、传承下来的。

我当记者时，有一次去北疆青河县采访阿肯弹唱会，遇到刺绣的几位哈萨克妇女，她们绣出了美轮美奂的各式图案，还绣了一幅精美的阿拜像。这几位妇女羞涩、内向、不善言辞，当我夸赞她们的阿拜像绣得好，自己也非常喜欢阿拜时，她们一下子变得活跃、热情了，还拿来一大堆包尔萨克（油果子）和奶疙瘩送给我。青河的经历已过去二十年了，至今难于忘怀。我的最大感触是，作为民族首席阿肯的阿拜，无疑成了哈萨克人与异族打交道的"接头暗号"，也成了民族认同的标识和符号。

新疆与哈萨克斯坦有一千五百公里的边境线，边境隔开了群山、草原、河流、羊群。在塔城的塔尔巴哈台山上，边境线竟将一座阿肯墓一分为二，墓的一半在中国，另一半在哈萨克斯坦。但有一位大阿肯的名字，是国境线无法隔开的，他就是阿拜。新疆的哈萨克人和哈萨克斯坦的哈萨克人，同样热爱他、尊敬他，视他为共有的"诗圣""草原上的北极星"。

艾多斯·阿曼泰是我的一位哈萨克朋友，青年才俊，双语作家，十七岁就出了诗集，二十四岁出版了哈萨克文学史上第一部用汉语创作的长篇小说《艾多斯舒立凡》。小说中有一个惨烈的场景：沙俄军队入侵哈萨克草原，哈萨克青年骑着骏马，举着马刀，唱着阿拜的情歌，冲向俄军的机枪阵……歌声停止的刹那，就是哈萨克骑兵全军覆没的时刻。

艾多斯翻译阿拜，有时将他译成古体诗，有时又将他译成一个"现代派"，是很有意味的。艾多斯现在哈萨克斯坦阿拉木图留学，每次回乌鲁木齐，都会来看我，诗歌是我们之间永远的话题。他说，在阿拉木图，阿拜的印记无处不在，有阿拜大街、阿拜广场、阿拜地铁站、阿拜博物馆、阿拜歌剧舞剧院等。苏联的哈萨克作家穆合塔尔·阿乌埃佐夫创作的一百四十万字的长篇传记小说《阿拜之路》，已被译成全球一百一十六种文字。在阿拉木图，经常遇到出租车司机，要逮住他谈一谈阿拜。

阿拜的文学遗产包括二百二十三首抒情诗，四首叙事诗（达斯坦），十几首歌曲，箴言集《阿克利亚》（四十五篇），论文《哈萨克族源简述》，以及歌德、普希金、莱蒙托夫等人诗歌的五十多首译作。1995年，阿拜诞辰一百五十周年，联合国教科文组织将这一年命名为"阿拜年"。

我们今天看到的阿拜照片，已是中年和老年形象，俨然是一位"祖父"了。其实阿拜是一位像普希金那样早熟的诗歌天才，十岁写下人生的第一首短诗《我以为是谁赶着骆驼乱跑》，十二岁写下第一首爱情诗。作为贵族之子，他当过勃勒斯（地方乡绅）和主裁大人，后来又辞官办过家庭学堂。长达二十年的家族纠纷，九年被地方势力的诬告，使阿拜身心交瘁。特别是两个儿子的英年早逝，对阿拜打击太大，沉浸在凄凉、悲恸之中难于自拔。照片上的阿拜，貌似健壮，内心孤苦，神情悲戚。1904年6月23日，五十九岁的诗人郁郁而终。

不惑之年的阿拜，写下箴言集《阿克利亚》的第一篇。在列数了自己不适合做官、放牧、从教、研究学问、当神职人员之后，认为能成为个人人生安慰的只有白纸和黑字了。他写道："我尽可以将我的所思所想留在纸上，谁人如果以为我的文字能给他的心灵带来一点儿慰藉，那就请看上两眼好了。如果觉得乏味，就权当是我个人在自我安慰吧。只因除此之外，我实在无事可做。"

阿拜最吸引我的，不是他传达了一个诗性民族的抒情传统和浪漫气质，而是他作品中蕴含的强烈的批判精神。尤其是晚年的箴言集《阿克利亚》，如同鲁迅的杂文，放弃了隐喻，变成"匕首和投枪"，直指人性中的贪婪、虚伪、放纵、无知、懒惰、奸诈，并向着它们猛烈开火。由于对人性之恶的痛心疾首，由于对泛滥陋习的无情鞭笞，他在本质上是一位"忧愤的诗人"。他的愤怒有时使人想起鲁迅。是的,阿拜就是草原上的鲁迅,诗人中的鲁迅。

他对自己民族的批评和讽刺是不留情面的,并且是史无前例的。他说:"我们像寒鸦般乱叫,乌鸦般聒噪,飞不出阿吾勒(牧村)的粪堆。"他在诗中这样写他的"人民":"哈萨克,我人口众多的民族,可爱的人民! / 迟迟未修的髭须竟污损了你的仪容。/ 你左颊上是血,右颊上有未拭净的油泥, / 分不清好与坏,分不清丑恶与美丽。"阿拜并非在有意丑化自己的民族,而是恨铁不成钢,用"恨"来表达爱意。他的爱恨交加中包含着一种胸襟,一种挚爱,那就是对民族尊严和觉醒的呼唤。

因此,阿拜没有成为一个狭隘的民族主义诗人,他的诗占据人性的高度,焕发人类主义的辉光。他是哈萨克民族中第一位放眼世界的诗人,同时更是一位草原上的启蒙者。他劝告哈萨克人要向别的民族学习,尤其要学习俄语。"俄罗斯人的工艺、财富、技术、科技都比我们强,比我们多。……学会其他民族的语言和科技,便可以和他们竞争,再不会向他们弓背折腰。"(《阿克利亚》第二十五篇)阿拜的作品,重塑了哈萨克的民族心灵。从阿拜开始,一个古老的、长期封闭的民族出现了转型,有了现代意识和世界眼光。

2010年,我担任《西部》文学杂志主编,对刊物进行全新改版,为了给自己鼓劲、助威,在办公室墙上挂了四幅画像,分别是:玄奘、马可·波罗、《突厥语大词典》的编撰者马赫穆德·喀什噶里和哈萨克诗人阿拜。在我看来，他们都代表了西部中国和丝绸之路的"精神海拔"，是能给人以力量，给刊物以品格的。

作为哈萨克的"精神长老"，阿拜是"草原良心"和"人类智者"。他认为，人类误入歧途，是因为缺乏教诲和智者的引领，是因为丧失了对品德、智慧、学识的培养。更重要的，是因为远离了信仰。箴言集《阿克利亚》是他全部作品中最具分量的，是一部教诲之书、启示之书，闪耀着语言与思想的光华。阿拜祈望通过爱和正义回到最基本的人道——

我们不是造物主，是人类。只能按照被创造的事物去认识。我们只能靠拢爱和正义。

人道是从爱、正义、感觉开始的。它们无处不在，无处不需要。这是造物主的安排。牡马尾随牝马也有爱的因素。

谁的爱、正义、感觉超越旁人，谁就是圣人，是智者。

——《阿克利亚》第四十五篇

2014年6月15日于乌鲁木齐

秦尼巴克的女主人

　　"我们的花园很大，很漂亮。花园分为高低两处，沿着一个台阶就从低处走到高处了。高处的花园里长着果树，还有各种各样的蔬菜。这里各种水果争奇斗艳，有桃、李、无花果、石榴以及白的或黑的桑葚。低处的花园里郁郁葱葱地长满了柳树、榆树、白杨树，还有一种喀什噶尔本地的树：吉格达尔（沙枣）。……坐在秦尼巴克的花园里，聆听着河边传来的阵阵悦耳的驼铃声，我闭起眼睛，感到似乎就在英国的家中，似乎那铃声告诉我现在正是上教堂的时刻了。"

　　这是秦尼巴克的女主人凯瑟琳·马嘎特尼在《一个外交官夫人对喀什噶尔的回忆》一书中对秦尼巴克的描述。

　　秦尼巴克意为"中国花园"，是一个中西合璧的词。秦尼是英文"中国"的译音，巴克则是维吾尔语"花园"的意思。秦尼巴克也是一座中西合璧的花园，是南疆园林的浪漫情调与英式庭院的典雅风格的一次有机结合。作为英国驻喀什总领事馆所在地，秦尼巴克见证了半个多世纪中中亚的跌宕起伏和新疆大地上的风云变幻。

19世纪末，土城墙围起来的喀什噶尔城仍是世界上最封闭、最孤独的地方。这个被斯文·赫定誉为"世界上离海洋最遥远的地方"仍徘徊在中世纪的一千零一夜中。然而，由于喀什噶尔处于战略要地，又位于一条繁忙的商业贸易通道上，当时世界上最强大的两大帝国的触角开始伸向这块古老的土地。英俄为争夺中亚利益进行了五十多年的大角逐，将喀什噶尔推向前沿阵地，成为一个看不见硝烟的战场。继沙皇俄国在喀什噶尔设领事馆（今色满宾馆所在地）后，英帝国也紧随而来。

英国人派来的是一位名叫乔治·马嘎特尼（马继业）的二十四岁的混血小伙子。1890年，他与英国军官、中亚探险家扬哈斯本（荣赫鹏）一同到达喀什。当时，这位初出茅庐的小伙子可能连做梦都没有想到，自己要在这座偏僻的中亚小城度过漫长的二十八年时光。他开始时的身份是英国驻喀什噶尔代表，1912年成为总领事，1913年被封为爵士。马嘎特尼的父亲是苏格兰人，母亲是地地道道的汉族女性。他的童年在南京度过，精通汉语，深谙汉族礼俗。他的不同寻常的身份和家庭背景使他能够与喀什噶尔道台和其他高官显贵建立起一种特殊关系，并很快赢得了当地人的信任。这一点，俄国人总是望尘莫及、甘拜下风。

1898年，马嘎特尼获准回国度假。返回喀什噶尔时带来了一位新娘——凯瑟琳·马嘎特尼。时年，新娘二十一岁。

这位优雅端庄、有着良好教养又极富同情心的女性成了秦尼巴克的女主人，在喀什生活了整整十七年。凯瑟琳与丈夫回国后，于1931年写成《一个外交官夫人对喀什噶尔的回忆》一书。这本书文笔优美，细节生动，充满了悲悯情怀。这是一部散发着人性光辉的书。从文学价值和感动人心这两个角度来评价，我个人以为，凯瑟琳的这本书，斯文·赫定的《我的探险生涯》（又名《亚洲腹地旅行记》），还有三个法国修女写吐鲁番、哈密的《戈壁沙漠》，称得上是有关20世纪新疆人文地理的经典之作。

凯瑟琳以她细腻温婉的笔调为我们展现了一百年前喀什噶尔的真实生活。通过她的描述，那个已逝的喀什噶尔的声音、气息、风俗、景物历历在目，并扑面而来。——她用文字为我们留下了一个"旧年的喀什噶尔"和"活着的喀什噶尔"。文笔之优雅、娴熟、生动，甚至可以和勃朗特三姐妹相媲美。

她写喀什老城。肮脏狭窄的街道，巴扎上的乞丐，驮运饲草、棉花的马匹和骆驼，艾提尕尔广场上一排排的水果摊，茶摊上人们一边喝茶，一边听着悦耳的当地音乐。巴扎上，正在交易的男人将右手伸进对方的长袖子，比画手指，讨价还价。当他们抽回各自的手时，一桩买卖就成交了。

她写在老城的难忘经历。一次，遇到路中间有一摊水，她正准备跳过去。这时来了一位形容枯槁的老人，他将背上背着的筐子扣在水洼中，然后扶着凯瑟琳踩着筐子越过了水洼。"他考虑得如此周全，做得又极有风度，真使我感动不已。更使我感动的是，他明白无误地表示，他做这件事不要感谢，也不要报酬。"

她写第一次去汉城（新城）出席喀什噶尔道台的宴会。鞭炮的欢迎和鞭炮的欢送震耳欲聋。从中午十二点吃到下午五点多，上了四十多道菜，很多东西都是从中国内地运来的。"燕窝筑得极其精美，看上去就像把凝胶涂进了一个小小的篮子上。""好多天过去了，我还没忘记那些海参，吃这种黏糊糊、不光滑而且整块的东西，真使我一想就怵，心里发毛。"

她写喀什噶尔妇女。她们天生就有一种高雅的风度，她们的舞姿缓慢而优雅。但一过二十五岁，女人们就显示出老相了。"在喀什噶尔，只有年轻的妇女喜欢自己的身材苗条秀美，而年纪大一些的妇女则尽一切可能，使自己长得胖一些，因为肥胖是有钱的象征，也是终日悠闲的标志。"

她写了各种各样的人物：醉醺醺的俄国军官，淳朴好客的柯尔克孜牧民，荷兰神父亨德里克，瑞典传教士豪格伯格（英国领事馆的设计者），元旦的第一个来客（一个疯疯癫癫、面目奇特的乞丐），麻扎上恸哭的妇女，冬天坐在牛粪堆里用点燃棺材板来取暖的可怜老人……

她还以充满惊喜的抒情笔调写到了在喀什噶尔度过的第一个春天。

"……远处的果园里，传来了一阵阵低沉的嗡嗡声，我来到果园想探个究竟，不料惊奇地看到那里已变成了一座仙境，鲜花怒放，花团锦簇，那低沉的嗡嗡声就是数不清的蜜蜂在花丛中飞来飞去采蜜时发出的。……蛙先生和蛙女士在秦尼巴克的水塘里唱着爱情二重唱，然后双双离去。青蛙音乐会告诉我们，那单调乏味的漫长冬天终于过去了。"

由于凯瑟琳的到来，秦尼巴克开始有了温馨迷人的女性气息。她显然将这里当作自己在英国之外的另一个家了，沉浸在操持家务的琐碎和乐趣之中。她将一间房子改造成厨房，学会了用土豆作酵母做出松软好吃的大面包。养了一头奶牛，以便天天能吃上黄油和鲜牛奶。在花园里养了鹿、野山羊、鹅、狗、猫等小动物，甚至从英国运来了一台钢琴。凯瑟琳在秦尼巴克生下了三个儿女，她最好的年华是在异国他乡的喀什噶尔度过的。

凯瑟琳夫妇都是十分友善又热情好客的人，秦尼巴克自然成了在喀什噶尔的欧洲人聚会的中心以及各路过客匆匆逗留的驿站。出入"中国花园"的有传教士、商人、间谍、文物贩子，还有来自世界各地的探险家。1890年底，斯文·赫定第一次到喀什噶尔，在秦尼巴克的开阔地上搭了一顶豪华帐篷，住了一段时间。1901年4月，斯坦因将从塔里木盆地挖掘出来的十二大箱文物存放在秦尼巴克，并从这里运出国境。他在《沙埋和阗废墟记》中写道："秦尼巴克位于下临吐曼河的高大黄土堤岸上，站在这里，城北肥沃的条田和园林一览无余。透过新疆夏季常见的尘雾，远处低矮山梁如画般的轮廓给这番景色镶上了迷人的背景。雨过天晴的时候，我多次欣赏到遥远的帕米尔高原上白雪皑皑的群峰。"

1915年，马嘎特尼离任，偕夫人返回英国。1945年，英国撤销驻喀什噶尔总领事馆，将其移交给英属印度和巴基斯坦，改称"印巴驻喀什噶尔领事馆"。1954年，中国与印度因边境纠纷暂时中止外交关系，印巴领事馆关闭。至此，秦尼巴克的历史正式宣告结束。

此后，占地五十亩的秦尼巴克一度成为供长途汽车司机落脚的旅店，长年失修，破败不堪。现在，这里已建起了一座现代化的星级宾馆。"中国花园"消失了，但领事馆的主体建筑还在，改成了宾馆的餐厅。这幢带塔楼的旧建筑基本保持了原貌，室内的欧式壁炉、老镜子、英格兰风光照片、黄铜插销、盘羊犄角等，随处可见英式遗风和异域烙印，使你情不自禁回想起那个百年前的秦尼巴克，想起秦尼巴克的女主人凯瑟琳·马嘎特尼以及发生在"中国花园"里的种种有趣的故事。

2008年2月3日于乌鲁木齐

旗：风暴中自由的欢欣

我们都在下面，你在高空飘扬，
风是你的身体，你和太阳同行，
常想飞出物外，却为地面拉紧。

是写在天上的话，大家都认识，
又简单明确，又博大无形，
是英雄们的游魂活在今日。

你渺小的身体是战争的动力，
战争过后，而你是唯一的完整，
我们化成灰，光荣由你留存。

太肯负责任，我们有时茫然，
资本家和地主拉你来解释，
用你来取得众人的和平。

是大家的心，可是比大家聪明，

带着清晨来，随黑夜而受苦，

你最会说出自由的欢欣。

四方的风暴，由你最先感受，

是大家的方向，因你而胜利固定，

我们爱慕你，如今属于人民。

　　《旗》写于1945年5月，时年穆旦二十七岁。三个月后，日本投降，抗战胜利。而三年前，二十四岁的穆旦作为中国远征军的随军翻译，出征缅甸战场，经历了严酷的生死考验（野人山战役、原始森林、断粮与饥饿、撤退印度……）。提及这一背景，并非说这首诗是写抗战的，或与战争有关，而是，对这一背景的了解，有助于我们更好地理解一位诗人和他的作品。我们倾听到的是：在苦难与动荡的年代里，一位中国诗人是如何言说的。

　　这首诗，在穆旦的全部创作中，质量上大概属于中等水准。他的《隐现》《在寒冷的腊月的夜里》《森林之魅》（原名《森林之歌——记野人山死难的兵士》）等作品，乃至晚年的《智慧之歌》《冬》，更具分量和代表性，更为我们今天熟悉和乐道。也就是说，《旗》可能是穆旦的"次要作品"。然而，诗人的一生和他的创作构成一个整体，一位重要诗人就是一座高峰、一种精神海拔，"次要作品"则是这座高峰的碎石、台阶和铺垫，是整体的一部分，与他的"重要作品"一样，都值得我们深研和细读。这一态度，还应包括重要诗人可能会有的"失败之作"。

穆旦是我心目中的准大师级诗人，百年新诗史上第一位重要诗人。他对中国新诗的贡献主要有三：中西融汇，西方现代主义诗歌技巧与中国本土经验的有机结合；在"探险队"式的现代精神之下，写出饱满、有力的"时代作品"；一位学院派诗人的现世关怀，或曰"走出的象牙塔"。

关于第一点，我们深知叶芝、艾略特、奥登等西方现代主义诗人对穆旦的影响，这种影响也即学界经常谈到的穆旦诗歌的"非中国"，然而正是这种"非中国性"，使穆旦写出了真正意义上的"中国性"。第二点，有关穆旦诗歌的锐气和力度，不同于鲁迅式的"愤怒"和"刻薄"，同为"西南联大诗人"的王佐良早在1946年的一篇文章中就指出："在别的中国诗人是模糊而像羽毛样轻的地方，他确实，而且几乎是拍着桌子说话。在普遍的单薄中，他的组织和联想的丰富有点近乎冒犯别人了。"（《一个中国诗人》）关于第三点，谢冕先生说得好："在这位学院诗人的作品里，人们发现这里没有象牙塔的与世隔绝，而是总有很多的血性，很多的汗味、泥土味和干草味。"（《一颗星亮在天边——纪念穆旦》）

穆旦式的痛苦是沉郁的，忧愤的，悲怆的。这首《旗》，同样诞生于"过去与未来两大黑暗间"，诞生于

"个人的哀喜被大量制造又被蔑视"的时代，诞生于"你给我们丰富，和丰富的痛苦"的土地。旗是一个象征，《旗》是一首比较典型的象征主义诗作。但穆旦的象征主义有一个现实主义的视角和基础。说《旗》是象征主义的，其实是现实主义的，准确地说是两者的混融，是"另一种现实主义"。旗"随黑夜而受苦"，最先感受"四方的风暴"，因而"最会说出自由的欢欣"。这首诗，句式整饬，表述清晰，语言简洁、干净，与作者大量沉郁之作相比，多了些精神气象上的健朗，多了些绝望尽头的乐观，如同曙光穿透虚无之墙，如同晨光的呼唤与礼赞。

第一节，旗与高空、风、太阳等意象并置，写出了旗的高度，也写出了各种意象之间的"整体性"和"相似性"，这正是象征派主张的"各种感官的彼此作用、替代、沟通"。"常想飞出物外"讲的是旗的自由性，"却为地面拉紧"道出的是自由性受到了羁绊，也可这样理解：旗的飘扬恰恰包含了大地的音讯。第二节，诗人赋予了旗两个象征："写在天上的话"和"英雄们的游魂"。这样，天上和地下通过"话"和"游魂"联系在一起了。像梯子一样，旗是连通天地的。第三节，在普遍经验中，旗总是与战争有关的，"旗，熊旗五游，以象罚星，士卒以为期"（《说文》）。旗是战争的动力和指引，当士兵们化为战争的炮灰，光荣是由战旗来留存的。第四节，旗是"责任"，各色人物都需要它，以此保有和维护和平之梦。但这种"责任"同时令我们茫然，"茫然"的潜台词大概是：旗为什么不是超越人群、打破边界的呢？第五节，"聪明"一词有点"隔"，似乎可替换成别的词汇，但紧接着的"随黑夜而受苦，你最会说出自由的欢欣"一句是全诗的关键和要旨，也即诗眼。这是诗的辩证法和因果律。第六节，"四方的风暴，由你最先感受"应该是"自由的欢欣"的前提。旗是方向，朝向胜利的目标，它高高飘扬，但同时与大地、与人群有关，它是属于人民的，是人民的爱慕之物。如此，《旗》一诗具备了真正的"人民性"。

　　诗人是种族的触角、时代的感应器，《旗》是一首不折不扣的"时代作品"。穆旦一生都在强调"时代作品"的重要性，尽管他本人为"时代"所迫，从20世纪50年代末开始不得不从诗人角色转换为译者角色，但在诗歌观念上，穆旦一生都没有犯过糊涂。直到晚年，如1975年9月9日在给东方歌舞团青年诗歌爱好者郭保卫的一封信中写道："……我是特别主张要写出有时代意义的内容。问题是，首先要把自我扩充到时代那么大，然后再写自我，这样写出的作品就成了时代的作品。"这个"自我的扩充"，如同旗的飘扬，铺展到天空又被地面拉紧。在另一封信中，他又说："过一百年，人们要了解我们时代，光从浪漫主义看不出实情，必须有写实的作品才行。"（1976年10月30日致郭保卫）穆旦是睿智的、先见的，他的诗像一面旗，插在苦难大地，又铺展到无垠天空。写实主义与现代主义的结合，诞生了新诗史上最早、最成熟，也最具中国气派的现代诗。

读穆旦的《旗》，脑海里会回响起阅读记忆中各种各样的"旗"。会想起《周礼》中所说的"熊虎为旗及国之大阅"，想起里尔克的《旗》和他写"旗"的、更杰出的《预感》，想起冯至《十四行诗》最后一首中的"风旗"。而在本土经验中，"旗"的意识形态化在消解"旗"的多义和深意。我在这里抄录里尔克《预感》全诗和冯至《十四行诗》的片段，有兴趣的读者，不妨将它们与穆旦的《旗》做一番比较：

　　　　我像一面旗被包围在辽阔的空间。
　　　　我觉得风从四方吹来，我必须忍耐，
　　　　下面一切还没有动静：
　　　　门依然轻轻关闭，烟囱里还没有声音；
　　　　窗子都还没颤动，尘土还很重。

　　　　我认出了风暴而激动如大海。
　　　　我舒展开又跌回我自己，
　　　　又把自己抛出去，并且独个儿
　　　　置身在伟大的风暴里。
　　　　　　　　——里尔克：《预感》（陈敬容译）

　　　　…………
　　　　看，在秋风里飘扬的风旗，

它把住些把不住的事体，

让远方的光、远方的黑夜

和些远方的草木的荣谢，

还有个奔向无穷的心意，

都保留一些在这面旗上。

…………

——冯至：《十四行诗》第二十七首

旗是引领，是精神象征，是划破黑夜的曙光，正如里尔克的旗"被包围在辽阔的空间""认出了风暴而激动如大海"，又如冯至诗中"奔向无穷的心意"保留在一面风旗上。旗是风暴、天空、辽阔、无穷……之子。与其说旗是"象征"的，还不如说是"象征交换"的。"象征终结分离代码……它是终结灵魂与肉体、人与自然、真实与非真实、出生与死亡之邦的乌托邦。"（让·波德里亚：《象征交换与死亡》）无论里尔克还是穆旦、冯至，都在诗中进行这种"象征交换"，并经由人与旗、诗与旗的合一，抵达至高的"自由的欢欣"。

今天，穆旦的重要性已充分显现出来。回顾中国百年新诗史，写下《旗》的穆旦不正是一面诗歌之"旗"？

2012年8月8日于湖州庄家村

大荒中的苦吟与圣咏

——纪念昌耀先生

如果说海子之死是一个"神话"，那么，昌耀之死则是一个"象征"——他的"灿然西去"与其说标志着那一代诗人受难史的结束，还不如说是把一部受难史推向了壮烈的高峰。昌耀的诗，代表了中国诗歌中雄迈、孤愤、硬涩、异质、边缘化和非主流的部分，他的"旷野呼告"曾长时间无人喝彩，在同辈诗人中也几乎是曲高和寡，但他诗歌的魔力、苦吟与圣咏的庄重风格赢得了青年一代的心，他赤子与圣徒的形象深深地印进了我们的记忆，他已经拥有了将来，或者说用"将来时"拯救出了"过去时"——这是他用全部的写作和启示开辟出的持久影响力的未来。

他活了六十四岁，正值诗艺的成熟期。读过他的近作，也丝毫未见诗才衰退的迹象，他仍是充沛的，且越来越走向内在、沉潜。这是一个奇迹，也给了"诗是青年人事业"的说法一个有力的反证和反驳。他未能享尽天年，但有足够的时间去实现"我们得以领略全部悲壮的使命感／是巨灵的召唤"

（《巨灵》）。去做到"这道路很长很长，这日子很短很短／值得把精神全部投入"（《一天》）。像帕斯卡尔所说的那样，他只赞许那些一面哭泣一面追求着的人，诗人潜在的痛觉转化为历史的悲凉感，他的写作乃是以一种英雄方式对平庸的拒斥。联系到他的一生，集纳了时间的、地域的、民族命运的，特别是个人身世的全部磨难，但精神的圣火始终不灭，心灵一直保持着可能的热度，以迎接那只涅槃凤凰的莅临。所以——也时常——他的诗人形象比他的诗作更容易打动我们，赢得我们的心。而只有当诗人的形象上升为纯精神化身的象征和隐喻，他才不被时间遗忘，并光荣进入民族记忆。

青海高原，大河之源，边城西宁……他的流放地兼精神栖所。由于昌耀，青海在我的眼中变得美丽和神圣。诗人在一个地方足够耐心地生活了几十年，直到那片土地成为他身体和心灵的一部分，直到他赋予这片土地以生命。——是诗人诞生了地域还是地域诞生了诗人？青海高原已融入他的生命和作品，构成了一个圣经式的背景：巨型的高台，大荒中的祭献，两条大河交错成一个十字架，荆冠下的诗人真正配得上"呕心沥血"四个字……现在，一辆死神的高车载走了我们热爱的诗人，他清瘦、憔悴，受尽了病痛的折磨，肉体成了一具多余的枯槁，他用残剩的最后一点儿力气选择了主动赴死……"痛苦是深及骨髓的事实，让心脏失血，让体表盈汗，让我的四体、五官在呓语中缓慢地消失。"（《寄情崇偶的天鹅之唱》）

关于死亡，诗人并不比常人拥有额外的"豁免权"。昌耀的诗仿佛是金属铸成、石头垒就的坚固城堡，里面成长着全部的筋骨，回荡着天地之大气，其节奏之铿锵屡屡使人震撼。但他有一只多么脆弱的肺，它被长期的烘烤和郁闷毁坏了——郁闷曾毁了卡夫卡、契诃夫、鲁迅等人的肺。早在1992年，他就感受到了这种烘烤的酷刑，这是一个死亡预言："烘烤啊，烘烤啊，永怀的内热如同地火。/毛发成把脱落，烘烤如同飞蝗争食，/加速吞噬诗人贫瘠的脂肪层/他觉着自己只剩下一张皮。"（《烘烤》）昌耀先生的肺是罕见激情和无限坚韧性的一个居所，是烈风中涨得太满的帆，是"受难的贝壳浸透了苔丝"。它呼吸过高原的阳光粒子、午间热风、荆棘之水、尘埃与飞雪、天籁与悲怆，现在呼吸了死亡：一个安眠的家乡。

这只肺在青海高原吸进了第一口清新的异域之气。20世纪50年代末和60年代初，他才二十出头，与高原相遇使他忘却了个人厄运中的种种不幸，他一开始就不是那种猎奇的匆匆过客，而是一个精神筑居者，大自然的晤谈者。那时的诗作，质朴、亲切，充满了惊喜、欣悦和新鲜的发现，由于情不自禁地歌唱而获得歌谣式的清新风格。他歌唱美的泥土、美的阳光，颂赞自然的伟大和生活的不朽——

从四面八方，我们麇集在一起：
为了这夜色中的聚餐。

篝火，燃烧着。

我们壮实的肌体散发着奶的膻香。

一个青年姗姗来迟，他捎来一只野牛的巨头，

双手把乌黑的弯角架在火上烤炙。

油烟腾起，照亮他腕上一具精巧的象牙手镯。

我们，

幸福地笑了。

只有帐篷旁边那个守着猎狗的牧女羞涩回首

吮吸一朵野玫瑰的芳香……

——《猎户》

　　整个20世纪80年代，早期诗歌中捎来野牛巨头的青年逐渐演变和确立为"强男人"的形象。激昂的抒情主人公有了多种身份，嬗变为：认识自己路的独行者，穷乡僻壤爱的奴仆，天野之极的游牧民，朝向东方顶礼的驭夫，整盔束甲的武士，背弓和腰缠蟒蛇的射手，热病燃烧膏脂的关西大汉，土伯特女人的瘦丈夫，拓荒千里的父亲，月下弹剑的古狂人……其雄迈的风格可能与当时的西部开发热有关，时常包含着隐秘的政治抒情、报国用世之心，仿佛到了人类英雄诞生的时刻，诗歌里曙光耀眼，一种雄风铺盖而来，席卷而去。"强男人"的形象幻化为一百头雄牛，而抵达了一个壮美、绚烂的极致："一百头雄牛噜噜的步武。／一个时代上升的摩擦。""一百头雄牛低悬的睾丸阴囊投影大地。／一百头雄牛

低悬的睾丸阴囊垂布天宇。／午夜，一百种雄性荷尔蒙穆穆地渗透了泥土，／血洒一样悲壮。"诗人显然是喝了"血酒"的，所以他狂放、热烈、呼啸。——这些诗用力很猛，诗人从事的乃是灵魂的重体力活。如果说中国存在着一种被忽略的"荒野文学"的话，昌耀这时期的长诗《慈航》《山旅》《划呀，划呀，父亲们》《青藏高原的形体》《听候召唤：赶路》等的确提供了这一文学的典范之作。

20世纪90年代中后期，昌耀经历了一次大裂变、大彻悟和大诞生，有他一大批不分行的诗作为证。他解决了诗歌分行不分行的问题，成为"大诗歌观"的主张者和实践者。他说："我并不强调诗的分行……也不认为诗定要分行，没有诗性文字即便分行也终难称作诗。相反，某些有意味的文字即便不分行也未尝不配称作诗。诗之与否，我以心性去体味而不以貌取。"（《昌耀的诗》后记，人民文学出版社1998年版）这些不分行的诗作呈现出颓圮的建筑风格，美的"黄金分割"和生命体验的"对称性破缺"，命运中的牛头马面和魑魅魍魉开始对话，其内倾性和内省性触及了心灵"孤独的内陆"的焦虑、悲苦和挣扎，仿佛是夜半的独白、谵语和梦呓：一部"高树多悲风，海水扬其波"的狂草。其诗风的怪异、狰狞和阴郁令人想起波德莱尔的《巴黎的忧郁》，但场景要将西方都市置换为中国边城。昌耀意识到痛苦是整体性的，不只属于个人，诗歌理应成为"噩的结构为情感带来的惊愕的宝石"。他笔下出现了乞食者、街头流浪汉、民工、马戏班演员、黄袍僧人、幽默大师、店堂伙计、卡车司机、病人、盲者、土伯特艺术家……他对人群抱着大悲悯和大体谅。预示着他"从一个暧昧的社会主义分子成为半个国际主义的信徒"，"精神的栖所乃是出于人性普遍认同的良知……"（均见《昌耀的诗》后记）。

我知道昌耀先生在不少人面前肯定过我的诗，我一直视作是他对晚辈的奖掖和关爱。但同在大西北，却始终未能晤面，这是我毕生的遗憾。1996年他为我的第一本诗集《在瞬间逗留》写过一篇短评——《心灵率真的笔记》，文章写在方格稿纸的背面，铅笔字，淡而内敛的笔迹，就像他的生活和为人，从不愿意轻易去打扰别人……他的木讷和羞怯被他的知音、诗人韩作荣先生称为"神光内敛"，是有一定道理的。我想，昌耀先生在青海的生活会时常陷入孤立无援的境地，悲苦之情始终笼罩他的诗篇，他大概是那种极度缺少人间纯情关爱的人，以至于一位女诗人的几句真诚，但并非很得要领的赞誉之辞被他十年内屡屡引用、念念不忘。这是诗人孩子气的感激心态，但不知为什么却有点令人心酸。当我的朋友、甘肃诗人叶舟语气沉重地在电话中告知昌耀先生去世的消息时，我却出奇地克制和平静，因为我知道病痛已把他折磨得太久，现在终于可以解脱了。而在此前——中央电视台播出《中国大西北》，摄制组将昌耀作为西部文化的代表人物之一给了几分钟的镜头，我们的诗人显然受到了摄像机的惊扰，在青海作协那间办公室兼宿舍的房间里忙乱着，说些听不太清楚的话，我在电视画面上突然看到桌上一大堆书稿旁放着一只肮脏的醋瓶，就是西北穷困农家常见的那种——那时，我流泪了。

我记住了这个日子：2000年3月23日。死亡之日正是诗人诞生之时。也许我们不该以过分的悲痛而应以沉静的心情为昌耀先生送行。当他的尘世生涯结束，他的生命已融入他的诗篇，融入我们的爱。"尘埃落定，大静呈祥。"（《螺髻》）他注定是在死亡中复活的诗人，因为他灵魂的"慈航"已踏上朝向永恒的长旅。让我们牢记并高声念出他的诗句——

　　爱的繁衍与生殖
　　比死亡的戕残更古老、更勇武百倍！

　　　2000年3月26日深夜急就于乌鲁木齐

每一种植物都是一个"世界中心"

在北方民族，特别是阿尔泰语系民族的记忆中，有一个"世界生命树"和"宇宙中心树"的理念。这些民族长期生活在北方原始森林中，崇拜苍天、高山和树木，认为树是天空的支柱、神灵的居所，也是男根的象征、通往上界的天梯。许多民族神话传说中，树是人类的始母。哈萨克族的创始祖迦萨甘，在大地中心栽下一棵"生命树"。树长大后结出茂密的灵魂，每一片树叶都代表一个人的灵魂。新生命诞生就会长出一片新叶，有人死去，一片树叶便枯萎飘落。人死后，灵魂在另一个世界继续存在，并保佑自己的子孙后代。

事实上，每一朵花、每一株草、每一棵树，都是一个"世界中心"。因为地球是圆的，再者，植物世界不像我们人类，有"中心—边缘"之分。谁也不能说欧美的树就是世界中心树，非洲的树却是世界边缘树了。植物是我们的亲戚、亲人，站在原地不动，但对世界有足够的洞察，它们用"静"来看世界的"动"。每一种植物都是地域的，但它的"地域性"往往是其"世界性"之所在。植物的地域性，比人类的地域性更具一种超越性。

一部中国诗歌史就是一部灼灼其华的"植物志"。屈原的"香草美人"，陶渊明的"菊"，王维的"明月松间""重阳茱萸"，白居易的"原上草"……构成了与诗人齐等的意象符号和文化符号。有人统计过，《诗经》中出现的植物一百三十八种，《楚辞》一百零四种，《全唐诗》三百九十八种，《全宋词》三百二十一种。《诗经》中，芦苇按生长期有葭、蒹、萑、苇等多个称谓，这是词源意义上的诗性命名，不像我们今天，仅留下"芦苇"一个统称。在西方，《圣经》中的植物有二百四十二种，主要有小麦、橄榄、无花果、棕榈、石榴、香柏树等。

面对没有噪音和光污染的大自然，古人的视觉和听觉都是十分敏锐的，他们的心灵也似乎比今人要细腻和敏感得多。面对四季变幻、草木枯荣，嗟兮叹兮，唏嘘不已。为了接近自然，生活在自然中，聆听自然的教诲和启示，古人甚至愿意变成一株植物。他们看世界、看植物，有王国维所说的"有我之境""无我之境"之分，"有我之境，以我观物，故物皆著我之色彩。无我之境，以物观物，故不知何者为我，何者为物"（《人间词话》）。这也是"主观诗"和"客观诗"的分野。冯至评价杜甫老年看花看不清，但看湘江两岸人民的疾苦却像从前一样清晰。暮年杜甫，是将世界当作动植物来体认的，遂有"日月笼中鸟，乾坤水上萍"之句，这是何等的胸襟和气象。

　　道法自然，言出法随，词即是道，这是自然诗、植物诗的一个法则，也应该是今天大自然文学存在的基石。凝视产生"物哀"和物心合一。当我们观察一种植物时，这种植物也在观看我们，这是主客交融、物我两忘的时刻。在某个忘乎所以的瞬间，通过显在的形态，经由隐喻和象征，我们是可以与植物隐在的神性和神秘性相通的。

　　民族和民族精神，往往与某一些或某一种特定植物紧密相连。水稻和茶树，是中国影响世界的标志性植物；银杏和牡丹，是中国呼声最高的国树、国花；梅兰竹菊，是中国人感物喻志的象征。再譬如，当我们提到白桦树时，就会不由自主想到俄罗斯。白桦树扎根于俄罗斯大地的辽阔、寒冷和苦难中，它理解母性、人道、悲悯的力量和要义。俄罗斯灵魂曾在荒原上放逐、游荡，最终有了归宿：栖息在圣母和始母般的白桦树上，寓居于白桦树银柱般的躯干中。

　　英国诗人丁尼生说"当你从头到根弄懂了一朵小花，你就懂得了上帝和人"。我还想起一位法国植物学家的话，他说人类至少可以从一棵树身上学到三种美德：抬头仰看天空和流云，学会伫立不动，懂得怎样一声不吭。2009年，我完成对新疆二十多种植物的实地考察，出版了《植物传奇》一书。今年，我在浙江传媒学院开设"丝绸之路上的植物"公选课，受到学生欢迎。在关注疫情、上网课的间隙，写了一些植物诗，也整理了以前写的相关作品。植物的"静"，可以安定我们的"动"，安定我们内心的"乱"。植物诗的写作，将成为我今后持续的诗歌主题之一。用这些作品为植物亲戚塑像，物心合一，同时反观自己的沉思和想象。

2020年2月29日 于杭州下沙

云时代需要云下的凝神和静笃

  云时代是一个高度便捷、高度现象化的时代。新媒介的诞生，对于诗歌传播来说，无疑是一次巨大的革命。自媒体、融媒体、全媒体等等，改变了文学既往的风景和生态结构。当然，新媒介不是对传统的彻底颠覆，纸媒与网媒构成我们的云下和云上，这种传播方式多元混融的状况，会一直持续下去。

  但是，新媒介也具有两面性。便捷和即时或许是好的，其效应和结果却值得每一位严肃写作者深思、警觉。一个明显现象是：信息正在浩浩荡荡替代文学，或者说文学已被信息化了，文本被闲置、架空，常在云端空转。传播是花样繁多的、热热闹闹的，其深入人心的有效性却值得怀疑。经常是信息在快跑，而不是文本在漫步，这是云时代的现象学之一。在阅读层面，充满碎片、闪念和大量中断的时间，手机终端症产生一种新的虚无主义，"泛阅读"和"浅阅读"正像病毒一样流播……跨界传播的典范鲍勃·迪伦说，"一个二十四小时都是新闻（信息）的世界，就是一座地狱"，这绝不是危言耸听。如果诗歌是对虚无的反抗，那么在云时代，诗歌需要突围而出的"新虚无"是几倍数，甚至几何数的。

而在写作者这一边，某种产能意识正在逐渐占据上风，因为云端这座粮仓是永远装不满的。产能意识带来胁迫感和焦虑感，而非自主、自觉的绝对能动，以及耐心、精进、献身性的创造。自媒体的自我化和狂欢色彩，也只是欲望的无限放大。就像母鸡们还没有长大，云端稍有动静，便纷纷回窝下蛋。云时代似乎天涯咫尺了，似乎打破了种种界限和壁垒，似乎充满了没有交流障碍的"群岛上的对话"，但是，新的疏离、冷漠和虚无，正在形成一座座新的"孤岛"。"孤岛"在漂移，在历史、现实和虚拟世界并置、混融的汪洋大海中。

诗歌不是产能，情感和思想也不可量化。在云时代，更需要一种云下的凝神、专注和静笃。凝视世界，聆听内心，关切时代和他人，专注于文本，投身一首首具体的诗。诗，是诗人们在虚无中抓住的那么一点点儿光，是美善、求真和希望的保险柜，换言之，就是功课、信仰和救赎。

据说，我们现在每天的诗歌产量已超过两部《全唐诗》了，但这只是数量上的"全唐诗"而已。帕斯曾希望自己写出一打好诗，里尔克借《马尔特手记》主人公之口说，要用一生之久去采集真意和精华，最后或许才能写出十行好诗。《全唐诗》收有张若虚两首诗，一首是几乎被遗忘的五言绝句《代答闺梦还》，一首就是"孤篇盖全唐"的《春江花月夜》。对于张若虚来说，一首《春江花月夜》就够了。对于今天的我们来说，一首《春江花月夜》不再是自赏的"孤篇"。

2020年5月26日于杭州下沙

五份答谢词

当我写下一行诗

——第十三届华语文学传媒大奖年度诗人演说稿

首先要感谢《南方都市报》《南都周刊》和卓越的华语文学传媒大奖。新疆和广东相距万里之遥，当我离开新疆时，春天刚刚来临，但此刻顺德，已春如盛夏，今天的相聚，可谓天涯咫尺。因为文学，地域的、种族的、时空的界限被我们打破了。因为文学，南方一朵四季不败、开得累坏了的花，可以在新疆的辽阔戈壁上躺一躺，而新疆秋天的一片落叶，一不小心会落在南方一座城市的某条大街上。我就像一片陈年落叶，来到了广东，落在了顺德。特别要感谢评委会对《沈苇诗选》的肯定和厚爱，此刻我感到这个奖项沉甸甸的分量，因为它不仅仅是对我个人和一部诗集的褒奖，更是对边疆写作的一个鼓舞、一种激励。还要感谢今天到场的所有朋友，你们见证了这个美好而难忘的时刻。我的答谢词是：当我写下一行诗。

当我写下一行诗，世界没有什么改变。抬首窗外，天空还在，没有溜走，有时沉闷陡峭，有时从那里流泻的阳光，多得令人发愁。冰川退化、萎缩，而群山依旧傲慢。用北方严寒取暖的人，曾写下"一个人就是他阅读的总和"（布罗茨基语）。那么，一个写作的人，能成为他写下的总和吗？当我写下一行诗，什么都没有改变。内心的沮丧时刻，如涌动的昏昧、受挫的审美，此起彼伏、绵延不绝，使挑剔之眼习以为常，以至于怀疑自己写下的这行诗，是无效而不完美的。沙尘暴时而光临，意味着又一个漫长的冬天过去了。鸽群在低空追逐、盘旋，孩子和流浪狗在草坪上撒欢，一树杏花或梨花的突然开放，使行人惊讶、驻步，而送葬的人，刚从郊外回到城里，看上去，与婚礼上回来的人并无二致……——一行诗，能接纳他们、体谅他们吗？或者说，此刻看到的一切，能否目击成诗？

就像这部获奖诗集封底留下的几行文字，我曾希望自己做西域三十六国随便哪个小国的一名诗人。在数千人甚至只有几百人的绿洲上，母亲们将我的诗谱成摇篮曲，情人们用我的佳句谈情说爱；我的诗要给垂死者带来安宁，还要为亡灵们弹奏；我要走村串户朗诵诗歌，在闲暇季节到旷野去给全体国民上诗歌课。当然，我还要用诗歌去影响和感化国王，使他的统治变得仁慈、宽容而有人性。如果能做这样一名诗人，我认为是幸福的。

而现在，我只想做一名此时此刻的诗人，为此时此刻的一行诗牵肠挂肚、彻夜难眠，并从中得到力量，欣然而释然。我写下了一行诗，这是回形针般的灵魂弯曲得到伸展的时刻。这是"写"则意味着放下负担与重荷的时刻。这是同时向内、向外的镜中时刻。这是掘地三尺又离地万里的工作时刻。这是以日常性的还乡作为神游保证的抵押时刻。这是如同早晨醒来发现自己还活着而感到吃惊的时刻。这是熟视无睹的事物再度陌生化、神奇化的时刻。这是一首孤单之诗面向"无边现实主义"的时刻。这是经由现代性这一"历史混合物"去发明新战栗的时刻。这是抵御野蛮和裹挟、免于心灵碎片化齑粉化的时刻。这是忘却"时间在场"的焦虑、得到诗神庇护和救赎的时刻……

　　当我写下一行诗，世界已经有所改变。历史、现实与梦想并置于同一瞬间。西与东、近与远、梦与飞、江南与西域、顺德与乌鲁木齐……融汇成同一种真切的此在。如佛经所言"无缘大慈，一体同悲"。这是自我他者化、他者自我化的时刻，是认领自我、确认他人的时刻，也是用生命和创造来反抗虚无和死亡的时刻。世界再喧嚣，也容得下一个僻静的角落；世界再拥挤，也放得下一张小小的书桌；世界再错字连篇、诡异变幻，也插得进一行不占据任何空间的诗。我想起奥登的话："时间无法容忍一个美丽的身体，却崇拜语言，原谅一个它赖以生存的人；宽恕懦怯、自负，把荣耀献在他们脚下。"是的，时间崇拜语言，与此同时，谦卑是诗人最后的课堂，因为谦卑是无穷无尽的。当我们怀着谦卑与敬畏之心写下一行诗，会有紧接着来到的第二行、第三行，以及更多的、无限的行数。毫无疑问，世界已经有所改变。闭上眼，母语伟大的河床里，冻结的时间已开始潺潺流淌……

2015年4月25日于广东顺德

首届李白诗歌奖答谢词

今天，从李白诗中的西域赶来绵阳领取这个以"诗仙"命名的诗歌奖，倍感荣幸，我将它视为蜀地对边地的一种祝福。我要向李白故里的这种气度、这种诗歌情怀，向评委会的关爱和肯定，由衷地说一声：谢谢！

关于李白是不是一位"胡人"，这应该属于历史学家们讨论的话题。但从李白作品来看，这是一位明显西域化、中亚化和胡人化了的诗人，用另一种说法，当是一种自我与身份的转换。这位站在中国古典诗歌金字塔塔尖的歌者，同时是拥有神奇分身术的诗人：狂士、饮者、游侠、幕僚、谪仙人、道教徒、高蹈派、纵横家，等等，一位多样化、综合性的诗歌圣手。这也使他的作品成为那个令人神往的诗歌时代兼具继承性和独创性的奇伟诗篇。新诗百年之际，大家都在重提继承与创新，我理解的继承就是古典精神的当代转化，用诗歌这一"重构的时间"，接上"传统"这口底气，就像李白当年所做的那样，将从诗经到乐府的传统变革出新。我相信，古典从未远离我们。

李白已化为我们的现实之一，是我们永在的诗歌亲人，他的许多诗篇具有当下指喻，几乎包含了对今天的诉求和祈祷。二十多年前，我从太湖畔的丝绸之府出发，坐四天三夜的绿皮火车，沿丝绸之路西行，被遥远的西域收留、接纳，从一个远游者变成一个远居者，个人命运已和这片亚洲腹地紧紧连在一起。回头一看，这是一个从有三点儿水的"湖人"变成没有三点水的"胡人"的过程。我用漫长的"西游记"，完成朝向李白诗中天山、昆仑、楼兰的"致敬之旅"。边地自古多忧患，人们通常喜欢引用李白《关山月》的开篇"明月出天山，苍茫云海间"，却忽略了它沉痛的预言式的结尾："戍客望边邑，思归多苦颜。高楼当此夜，叹息未应闲。"但今天在绵阳，我至少对自己，也对他人有了一点儿信心：肉身挣扎在沙漠瀚海，心，可以升起为一枚太白诗中的"天山明月"。

2015年5月23日于四川绵阳

2015花地文学榜年度诗歌金奖答谢词

当一个诗人坐下来写作的时候，他是同时置身于现实、历史和梦想中的，然后才有了词的喷发和诗的诞生。此刻，他绝对是一个本质的人，一个或将破壳成蝶的人，同时是忘却时间在场的焦虑、得到诗歌庇护与救赎的人。这样的瞬间，丰盈高过了贫乏。这个瞬间会持续，会穿越漫长的贫乏，与又一个丰盈瞬间相遇。正是这种诗与人的相遇、语言与人的约会，使我们辗转反侧、夜不成寐，并有了"日日新"的可能。我之所以提醒读者朋友关注"诗人坐下来写作"这个具体动作，这是关注一个具体诗人、一首具体之诗的开始，而不是现象、潮流、诗坛八卦等话题。这个动作和姿势，使我想起去年离世的诗评家陈超兄的描述"写作就是坐下来提审另一个自己"，亦如艾米莉·狄金森所言"每写下一首诗就是放下一个负担"。一个诗人坐下来写作，由此进入了掘地三尺又离地万里的时刻，前者是出发点和立足点，后者是超越性；前者是现世关怀、经验的切身、"他者自我化"等等，后者，正是诗的自由精神。

　　每一本书都有自己的命运。一首诗诞生了，一部诗集出版了，某种程度上来说，已经和写下它的人无关了，无论诗人是助产士还是守墓人，一部诗集已进入自身的未知命运。感谢诗歌，《沈苇诗选》这部二十五年的自选集没有封存沙漠与"偏远"。首先是长江诗歌出版中心看中了它、出版了它。其次是发生在新疆的两件趣事：一位朋友曾郑重其事用一小块和田玉换取这部诗集；还有一位开酒庄的朋友，从诗集中选取一首，印制在赤珠霞干红酒瓶上，发誓要让这首诗成为全国发行量最大的一首。这是围绕一部诗集在新疆发生的两个小故事，我无法不把它们视为温暖和激励。然后就是今天，在相距万里之遥的广州，诗集获得一个有品质、有远见的文学奖项。诗歌被人分享，是诗歌的有幸，也是对诗人孤独写作的一点儿补偿和回赠。感谢《羊城晚报》和"花地文学榜"，感谢各位评委，感谢在座的朋友！

2015年3月29日于广州

第十一届十月文学奖答谢词

十月文学奖是我得到的一份新年祝福。它来自我敬重的文学杂志，来自同道，此时此刻也来自在座的各位。一个受到祝福的人，更有可能去祝福他人，并且会增强一点儿用写作去回赠祝福的信心。在新疆，遇到牧民，他会问你，家里老人孩子好吗？然后是，家里的羊好吗？虽然他明知道我家里没有羊。而在另一些地方，情形会不一样，譬如回到老家，遇到几十年不见的老同学，会突然来一句：你现在每月收入多少？虽然他也明知道边疆地区收入不高。我相信，前者问候老人孩子问候羊的，是祝福，而后者，离祝福就有了距离。从祝福这个角度去看，诗歌在不祝福的时刻祝福，在反祝福的地方发出祝福之音。当然，诗歌包含的远远不只是祝福，还有爱、痛苦、死亡、怜惜、祈祷，等等。从祝福到祈祷，是诗歌要走的漫长的路。

我还想说的是，诗歌致力于重建人与世界的关系。这次获奖的组诗《她们》写了六个女性：梦里的女性、现实的女性、醉酒的女性、历史的女性、出家的女性和遇难的女性，她们其实构成了我与世界关系的一个缩影、一个隐喻。谁都不是单独者，每一个自我都包孕在他人之中。福楼拜说，包法利夫人就是我，那么，这六位女性可能就是我，可能就是我的几个化身。自我他者化，他者自我化，既是一种可能性，同样也是诗歌要走的漫长的路。诗人、诗歌与世界之间建立的，乃是一种一体欣悦和一体同悲的关系。

2015年1月23日于北京

第十九届柔刚诗歌奖答谢词

几年前，在北疆，遇到一位哈萨克牧民，他是牧村里唯一去过北京的。我问他北京怎么样啊，他想了想，说"北京好是好，可惜太偏僻了"。对于他生活了一辈子的牧村来说，北京的确太遥远，也太"偏僻"了。这位牧民的回答使我想起阿摩司·奥兹的一句话："你身在哪里，哪里就是世界中心。"放羊人和放牧文字的人，原来是心有灵犀的兄弟，道出了异曲同工的心声。

现在，我生活在一个远离这种"偏僻"的地方，脚下也不是可以轻易自诩的"中心"。我的江南生活和边疆生活恰好各有二十三年了。我在哪？我是谁？将写出怎样的诗？等等，这些问题仍在困扰我。表面上看，我已汲取了一点儿"第二故乡"的地域性，然而从地域和地方出发的诗，恰恰是从心灵和困境出发的，语言是真切的现实和可能的未来。在一个极度视觉化、现象化、话题化和趋同化的时代，偏僻已是一种弥足的珍贵；在喧嚣至上、静默稀少的普遍性中，我感到我所处的偏僻还偏僻得不够。

我热爱真正意义上的"偏僻"，而不是被善意调侃的实际上是"中心"的"偏僻"。坚定地与偏僻站在一起，从帛道与沙漠、废墟与蜃楼中，探寻自己的身世、起源，从草原行吟者和高原隐修者身上，辨认精神的兄弟，这大概是我置身偏僻而得到的一点儿馈赠与回报。

柔刚诗歌奖能授予《安魂曲》，是一个没有迟到的安慰。感谢柔刚先生和所有的评委们。我至今认为，《安魂曲》不是诗，只是一份诗歌记录，一份亲历者档案。它记录了一个暴力事件、一幕人间惨剧、"一份创伤经验"，写作的起因十分单纯：为了免于自我崩溃。它反对仇恨与暴力，呼唤一种绝对的人道主义精神。如果《安魂曲》有助于治愈创伤、消除隔阂、唤醒互爱，那是我最大的欣慰。愿我生活的边疆大地安宁、老人无忧、孩子有梦，愿新疆有一个好的未来。

我将把所得奖金捐献给前年事件中的一户遇难者家庭，唯愿对他们的生活有微薄帮助。

2011年3月12日于江苏沙溪镇

塔里木：亚洲心脏与亚洲脉搏

　　由《中国国家地理》组织的"中国最大沙漠和最长内陆河联合考察队"的成员是在库尔勒会合、出发的。同行八人中，有中科院的两名专家、媒体记者、企业代表、科普志愿者等。库尔勒是南疆以及整个塔里木盆地的第一重镇，也是塔里木油田指挥部所在地。在新疆，素有"北乌南库"之称。

　　在塔里木盆地秋天的朗朗晴空下，我们的临时命运是：一路狂奔。现在，越野车的轮子已安在了我们"屁股底盘"上，在五天的时间里，我们两次穿越塔克拉玛干沙漠，八次跨过塔里木河，总行程近三千公里。或许狂奔不是"触摸中国"的最佳方式，但在面积达五十三万平方公里的塔里木盆地，在时间限定的前提下，狂奔也是恰当的方式之一。

　　"哎，塔里木，塔里木，茫茫戈壁大沙漠，告别亲人去远方，亲人的两眼泪汪汪……"一路上，我们的司机老王多次播放斯坎德尔·赛拉甫创作的这首《塔里木》。与另一首喜气洋洋的《塔里木河》相比，它更能道出大盆地的苍茫、辽远，以及人类面对大盆地时的百感交集。

事实上，大空间本身就是一种"自然极限"，穿越这样的内陆空间，就是一种极限体验。中科院水文水资源专家汤奇成先生和环境地貌专家穆桂金先生对我的看法表示认同。

在新疆"三山夹两盆"的地理格局中，塔里木盆地是一个相对独立和封闭的地理单元。有人形象地把塔里木盆地比作一只碗，碗沿被巨大的山脉（天山、昆仑山、阿尔金山和帕米尔高原环绕），碗底则装着流沙。这大概是地球上最大的一只碗了，它是空间的辽阔浩瀚，也是时间与历史的绵延不绝。

这里是地球上离海洋最远的地方，是亚洲第一大内陆盆地，属典型的内陆温带气候，干旱少雨，日照强烈，风大沙多，是欧亚大陆的旱极。

穆桂金先生将塔里木盆地比作一部打开的物象之书，一部渐次下降的阶梯般的书。他说："盆地四周是海拔四千至六千米的群山，是屏障与隔绝，造成了盆地的封闭性。盆地中部海拔八百至一千四百米，最高处为麻扎塔格山。地势由南向北缓斜并由西向东稍倾，随着海拔的下降，形成了四大环状自然景观带：盆地边缘的砾石带、河流出山后的绿洲带、盆地中部的沙漠带和盆地东部的罗布泊湖盆。"

"从垂直空间和盆地物质来看，荒漠在塔里木盆地是一种广泛的存在，自上而下分布岩漠、砾漠（戈壁）、沙漠、盐漠和泥漠。可以说，昆仑山上的岩漠是塔里木盆地的起始，而罗布淖尔盆地的盐漠和泥漠则是盆地的结语和句号。"

塔里木盆地是风景和地貌的大融合。这里有世界第二大沙漠塔克拉玛干沙漠，有世界三大内陆河之一的塔里木河，有大大小小一百多个绿洲，有分布面积达三千八百平方公里的世界最大的胡杨林分布区，有十多个品种的红柳，有多种多样的风蚀地貌和风积地貌，有野骆驼、鹅喉羚等沙漠动物的身影，有贯通盆地南北的两条沙漠公路……这些，构成了盆地多元、融合、盛大的风景。更有丰富的地下水资源和石油、天然气资源。塔里木盆地的石油和天然气储量分别占全国已探明储量的六分之一和四分之一。上苍是公正的，也是含蓄的，他将一个地方变成了不毛之地，却将资源和财富储藏到了地下。

从人文地理的角度去看，塔里木盆地是一个"文明的大墓地"，是地球上唯一的四大文明融汇区（季羡林语）。作为世界上最大的人种博览中心和最大的露天博物馆，这里曾经使用过的语言文字有二十几种，这里出土的文物收藏在全球十个以上国家的博物馆里。丝绸之路从长安到地中海，一路上都是点和线的关系，只有到了塔里木盆地，才变成了一个面。从前我们说丝绸之路在塔里木盆地有南北两道或南北三道，其实，只要是有绿洲和人烟，就是历史上丝绸之路经过的地方。

斯文·赫定和斯坦因称塔里木盆地为"亚洲腹地"。而美国地理学家埃尔斯沃思·亨廷顿在《亚洲的脉搏》一书中给了它一个更精彩的命名——"亚洲心脏"。沙漠是心脏，河流是脉搏，那么我们的塔里木盆地考察，就是去聆听亚洲的心跳，触摸亚洲的脉搏……

塔克拉玛干：黄沙一碗，浩瀚一页

我们从轮台出发，经老沙漠公路穿越塔克拉玛干，到达昆仑山北麓的和田、策勒。全长五百二十二公里的老沙漠公路北起轮，南达民丰，其中流动沙漠路段四百四十六公里，是目前世界上最长的沙漠公路。它于1995年年底建成通车。

一进入沙漠瀚海，黄沙漫漫，沙丘绵延，波澜壮阔，景象无边，构成了对视觉的极大挑战。而我们的越野车，也变成了"汪洋中的一条船"。

沙漠是荒漠的一种。《辞海》释义："沙漠，指沙质荒漠。地表覆盖大片流沙，广泛分布各种沙丘，在风力推动下，沙丘不时移动……"

大致来说，塔克拉玛干沙漠的外围为穹隆形沙山，还有少量金字塔沙丘，它们孤立、独耸，十分高大，一般高度上百米，有的达到两三百米。往塔克拉玛干中心去，则是浩瀚无垠的流动沙漠：连绵的新月形沙丘和沙丘链。它们也被称为"复合型沙山"。这些沙丘链一般有数公里长，最长达到二三十公里。沙丘是风积地貌，而沙漠中的风城（魔鬼城）、雅丹、石蘑菇等则是风蚀地貌。它们都是风的杰作。

塔里木盆地的风沙天气占全年的三分之一以上。风吹来了，吹动沙丘迎风坡上的沙子，一点点搬运到背风处，堆积、形成陡峭的落沙坡。就这样，沙丘顺着风的方向逐渐往前移动。一年中，沙丘要向前移动数米至数十米不等。有时，一场旷日持久的大风就能使沙漠外围的独立沙丘移动好几米。所谓"风吹城跑""沙埋文明"就是这个道理。

关于沙漠的形成，穆桂金先生也强调了风力的作用："干旱少雨的气候，丰富的沙源，再加上风的吹蚀、分选，三者的合作，诞生了沙漠。——如果说人拥有一个瞬间尺度，沙漠的诞生和形成则是在万年尺度上发生的事情。"穆先生是从地质地貌研究转向环境变化研究的，所以他善于从时间角度来看空间演变。

夏天，塔里木盆地四周的高山（主要是昆仑山和阿尔金山）冰雪消融，河水挟带大量泥沙（沙砾和黄土）奔腾而下，将沙源物搬运、堆积到塔里木古平原上，久而久之形成了河流冲击层和湖河相沉积地层。在干燥的气候条件下，又被风吹蚀、分选，沙粒留下了，黄土却被吹送并运回到昆仑山上，以及盆地周围的山麓地带。留下来的沙粒，由于风的作用，相互之间猛烈地碰撞、摩擦，使棱角逐渐磨损变圆。数十万年过去，就形成了我们今天看到的塔克拉玛干沙漠。

塔里木盆地已有数千万年的历史，而塔克拉玛干沙漠的形成是在五六十万年前，大规模的发展只有五六千年的历史——零星分布的沙漠连成了片，孤立的沙丘变成了沙丘链。可以说，这是一个古老的盆地、一片年轻的沙漠，而且沙漠仍在演化、变迁、扩张之中，它是一个生命实体。

说到沙漠的"自然极限"，我脑海里首先冒出的是"旱极"一词。

　　塔克拉玛干沙漠是与撒哈拉沙漠、南美智利沙漠齐名的世界三大"旱极"，属典型内陆干旱气候。干旱少雨是沙漠里的严峻现实，年降雨量平均不到二十五毫米，蒸发量大于两千五百毫米。降雨以对流性阵雨为主，时间短，雨滴大，雨量小。有时，人还没反应过来，雨就消失不见了——雨，用它的极度吝啬跟人开了一个玩笑。还有人形容说，在沙漠里遇到下雨，只要站在雨滴和雨滴之间，就不会淋湿自己。

　　然而，关于沙漠蒸发量的表述，七十三岁高龄的水文水资源专家汤奇成先生是持不同看法的。他说，目前年蒸发量的测算是以二十厘米直径的蒸发器为标准的。有人由此得出塔克拉玛干的年蒸发量大于三千毫米的草率结论，但在河流、湖塘等大水面测算，年蒸发量要小于一千三百毫米。两者间的差距很大。所以汤先生觉得这一测算方法很不科学。他认为，要描述沙漠的干旱情况，应以干燥度为标准。在我国，不干不湿的淮河是一个参照点，干燥度定为一度，而塔克拉玛干的干燥度在十二度以上，是我国最干旱的地方。

　　日照强烈、冷热剧变是沙漠气候的又一特点。塔克拉玛干全年日照时间在三千小时以上，这是一个名副其实的阳光地带、阳光首都。夏季酷热，冬季严寒，昼夜温差大。就拿沙漠的热来说，盛夏白天最高气温常在四十五摄氏度以上，曾在沙漠南部的安迪尔测到的极限高温是六十七点二摄氏度。地表温度则更高，常能达到七八十摄氏度。所以在沙漠里烤鸡蛋、烙饼并非天方夜谭。有人曾夸张地说，在盛夏，一只鸟从绿洲飞进沙漠，就会被烧成灰烬。

在大多数人眼中，沙漠是荒凉的代名词。说到沙漠的"自然极限"，荒凉大概是它的"第一极限"了。

在老沙漠公路边的一座巨大沙丘上，出现了油田宣传部门树起的大幅标语："只有荒凉的沙漠，没有荒凉的人生。"这是用来为石油工人鼓劲的，同时也好像在印证"沙漠是荒凉代名词"的习惯性看法。

一路上沉思默想的穆桂金先生凝视片刻，忽然转过身来对我说："这个标语需要改一改，应该倒过来说：没有荒凉的沙漠，只有荒凉的人生。"我连连叫好，认为穆先生是骨子里的诗人——他将口号改成了诗。的确，科学与诗并不冲突，都是认识世界的伟大方法之一。

事实上，穆先生所言"没有荒凉的沙漠"是有感而发的，与我们一路所见有关。

为了防止流沙侵袭、淹埋道路，老沙漠公路两旁从前是用芦苇方格来防风固沙的。这在世界公路建设史上是一个创举。后来开始种植耐旱的沙漠植物：红柳、白梭梭、沙拐枣。如今我们驶过的公路，变成了绵延数百公里的"绿色通道"。公路左侧，每隔四公里就有一个蓝墙红顶的水井房，四百多公里的流沙路段，刚好有一百零八个水井房。这沙漠瀚海里的一百零八将，是一百零八对内地来的夫妇，他们担负着为植物浇水和维护"绿色通道"的重任。

考察行程的头两个晚上，我们投宿在沙漠里：沙漠腹地的塔中油田和沙漠前沿的策勒治沙站。

在一张塔克拉玛干地图上画一个十字，其交汇点就是塔中油田。沙漠腹地居然有一座三星级宾馆——塔中接待公寓，这完全出乎我们意料。更让我们称奇的是，这里有一座占地三百多亩的沙漠植物园。人们种活了一百七十多种沙漠植物，甚至将白杨和榆树也种活了。看到植物园飞来了斑鸠、戴胜、地鸦等鸟类。

而策勒治沙站的经验告诉我们：在今天，人类有效地治理和利用沙漠仍是可能的。但前提必须是尊重客观规律。由于沙漠的威逼，策勒县城曾在历史上后撤了两次，20世纪80年代以来，策勒人大规模种树治沙，保卫家园。树进沙退，使逼近县城的流沙后退了四五公里，为此他们两次获得联合国环境保护奖。

我想起了穆桂金先生对"荒凉"一词的改写，他将口号改成了诗。的确，只有人才能改写沙漠的荒凉，"人进沙退"其实是"树进沙退"，也不意味着我们对"人定胜天"说法的认同。实际情况是，在塔里木盆地边缘，"沙进人退"已远远大于"人进沙退"。

在尼雅河的尾闾，我们拜访了一个古老的村庄——喀帕克阿斯干，俗称"尼雅村"。这个村的历史可以追溯到唐以前的精绝国（著名的尼雅遗址就在离村庄不远的沙漠里），村民们喜欢食用的"库麦其"（火埋烤馕）有着同样古老的历史。村里至今生活着一百三十户、四百六十二口人。他们在沙漠里放羊、种地，住红柳屋，从民丰县城拉来饮用水，与严酷的生存环境抗争着。

塔克拉玛干是"死亡之海"，在古突厥语中的另一个解释是"古老的家园"或"沙漠下面的家园"。尽管沙漠吞噬了不计其数的城镇、村庄，吞噬了生命、传奇和细节，留下了废墟和遗址，但至今仍生活在沙漠里的尼雅人、罗布人、克里雅人、牙通古斯人等表明，沙漠并非是一个不可居住的地方。

新沙漠公路全长四百二十五公里，去年才通车。从和田到阿拉尔，再次贯通了塔里木盆地的南北。因公路临近和田河，一路上，总有稀疏分布的胡杨和红柳，还有盐穗木、罗布麻等低矮植物，使沙漠看起来不太荒凉。远望和田河畔的胡杨林，是一道苍翠而深沉的绿。而麻扎塔格山，则是沙漠里红白相间的一座"圣山"。

这里的沙漠是灰白色的，与我们在老沙漠公路经过的塔克拉玛干东部沙漠有很大区别。穆桂金先生说，这是因为暗色矿物角闪石和黑云母减少造成的。

构成沙漠的主要物质是石英、角闪石、云母、长石等。它们的含量多少和"配方"情况造成了沙漠颜色的变化。所以，沙漠不仅仅是我们习惯看法中的浅黄色、黄色或黄棕色，它还有许多奇异的魔幻色。

快到阿拉尔时，已近暮晚。这是沙漠安宁的时刻、温顺的时刻，在黄昏柔和的光线下，沙陇延伸着、起伏着，沙丘呈现它们的浑圆无缺，沙漠是有节奏和韵律的，又像一个人健康的身体和肤色，优美、流畅而圣洁。这是沙漠的抒情时刻，没有故事、细节，却让人深深陶醉。

塔里木河：无羁的野马和忧郁的母亲河

触摸一条河流的最好办法大概是漂流。

但现在正是水库蓄水的河流枯水期，我们选择了沿河而行，从上游的阿拉尔市出发，行程一千多公里，到达下游尉犁县的大西海子水库。

我尊称七十三岁的汤老（汤奇成）是"斯文·赫定二世"，因为早在1958年，他就成为中国科学家中首批漂流塔河的几个人之一，这是继斯文·赫定之后，人类第二次有组织、有规模的塔河漂流。几年后，他出版了《新疆水文地理》一书。半个世纪以来，他一直在关注和研究塔里木河。

汤老站在阿拉尔的塔河大桥上，凝望开阔的河道和平静的流水，一副感慨万千的样子，他的白发似乎闪烁着一条河流的历史。

在阿拉尔附近的肖夹克，阿克苏河、叶尔羌河、和田河三河相会，才真正有了我们今天所说的塔里木河。

从叶尔羌河源算起，到台特马湖，塔里木河的长度是两千一百七十九公里。它是中国第四大河流（仅次于长江、黄河和黑龙江），也是我国最长的内陆河，与阿姆河、锡尔河齐名的世界三大内陆河之一。

新疆的河流，都有自己鲜明的个性。如一江春水向西流的伊犁河，几乎是新疆文化向西开放的一个隐喻。我国唯一注入北冰洋的额尔齐斯河是一条高龄的河，缓慢、清澈、沉着。而塔里木河就像一匹脱缰的野马，泥沙俱下，一意孤行，鲁莽地冲向荒野，冲向沙漠，历史上经孔雀河注入罗布泊。不断流向可能的远方，这是一条沙漠河流能够到达的"自然极限"。

塔里木河，在古突厥语中有"无羁的野马"和"众水之汇"之意。从字面去看，就能获知这条河流的特点与性格。

历史上，塔里木河几乎与汇集到塔里木盆地的较大河流都发生过联系，如喀什噶尔河、渭干河、克里雅河等。所以，历史上的塔里木河流域几乎包括整个塔里木盆地。这也是盆地用河流来命名的原因。而今天，塔里木河流域面积萎缩为十九点八万平方公里，大约是盆地面积的三分之一。

埃米尔·路德维希在《尼罗河传》中写道："朝代来了，使用了它，又过去了。但是河，那土地之父，却留下了。"然而，河流更像土地之母。我们把塔里木河叫作母亲河，她是新疆和中亚的母亲河。她养育了盆地的人民，哺育了塔里木文明。——她把塔里木盆地造就为一个伟大的盆地，成为人类文明的摇篮和文化汇集的福地。

阿拉尔市是一座建市只有三四年的军垦新城，位于塔里木河上游最大的垦区。在阿拉尔逗留的那个晚上，我去了塔里木大学。我的朋友、该校西域文化研究所所长廖肇羽告诉我，两年前，他们挖掘了和田河下游麻扎塔格附近的一座古墓（昆岗古墓），出土的胡杨棺木长达二点八米，据他们分析和推算，几具古尸的身高应该在二点二米以上。

我们来到灯光昏暗的古尸馆。廖肇羽拿了一根小臂骨头和我比了一下，好家伙，长度竟然相当于我的整个手臂。我想，传说中的"巨人族"一定是存在的，他们就是"深目高鼻"的塔里木土著人。

塔里木河曾经注入罗布泊，在下游哺育了光辉灿烂的楼兰文明和鄯善文明，而上游的考古与发现一直是个空白。我在西域文化研究所看到的情况表明：塔里木河流域有待认识的自然奥秘、有待发现的文化内涵才刚刚开始。

塔里木河告急是在20世纪70年代。——河流向人类发出了"警报"：1973年，美国卫星照片发现，罗布泊已干涸，只留下一个耳轮般的裸露的湖盆。从20世纪80年代开始，从大西海子到台特马湖基本断流，留下三百多公里的干河道，下游胡杨林大片枯死，直接威胁到沟通盆地南北的绿色走廊和第二条出疆通道。

在下游的大西海子水库和恰拉水库，我们只看到两个底朝天的巨大库盆，像两只空洞的大眼睛，眼中不含一滴泪水。渔船和渔网堆在岸边静静腐烂，护库人员也不知去向。恰拉水文站的工作人员告诉我们，去年，塔里木河上游阿拉尔的年径流量是四十多亿立方米，到了下游的恰拉，已不足两亿。今年的流量，则更小。

河流的萎缩，下游的荒芜，向着中上游的退却，事实上是河流自身的"自然极限"在萎缩、消亡，带来的生态后果是不堪设想的。

汤奇成先生和穆桂金先生都认为，大面积的垦荒、引灌是造成塔里木河水量锐减以及下游断流的最主要、最直接的原因。当然，蒸发、渗漏的比例也不小，大约占流失水量的十分之一。

据统计，1949年，塔里木河上游仅有耕地三十多万亩，到目前，全流域耕地面积有两千多万亩，流域内有五个地州的四十二个县市和兵团四个师的五十五个团场，人口九百零二万。这是一条难堪重负的内陆河。与此同时，流域内土地沙漠化十分严重，根据1959年和1983年航片资料统计分析，二十四年间塔里木河干流区沙漠化土地面积上升了百分之十五点六。下游土地沙漠化发展更为严重，二十四年间沙漠化土地上升了百分之二十二。

从2001年开始的塔里木河流域综合治理得到了逐步实

施。有一年还把博斯腾湖的水引入了干涸数十年的台特马湖。在中游段修筑了数百公里的大坝，目的是减少水的损失，将塔里木河水输送到下游。为了保护两岸的原始胡杨林，还修建了六七十个生态闸。但实际情况喜忧参半，正如有关专家已经看到并且指出的那样，自然规律被人为地改变了，中游湿地已很难保全，将直接影响到动物通道和生物多样性。胡杨林是靠河水洪泛存活的，生态引水渠很难将河水输送到原始胡杨林深处，卫星监控表明，中游胡杨林已出现成片枯死的现象。这种情况已经引起人们的重视。

汤奇成先生是塔河治理方案的评审者之一。他认为，塔河上游水土条件好、粮食产量高，要控制垦荒、种植是不现实的。上游的关键是节约用水，科学、合理地利用水资源。同时采取控制中游，甚至放弃下游的办法，最大的目的是保护下游的绿色走廊和出疆通道。

穆桂金的观点与汤奇成不同，两人在路上还发生了争论。穆先生说，塔里木河是一条游荡性河流，我们要尊重它"游荡"的特点和规律。从英巴扎到恰拉近四百公里的中游段，河流游荡最甚，最大摇摆幅度在上百公里。因此，在中游形成了辫状水系和大片湿地，这里是塔里木盆地最为湿润的地方，是"盆地之肾"。中游也是世界上最大的胡杨林分布区。所以保护好中游是至关重要的，过多人为的干预和改造都可能导致"肾衰竭"。

从轮台肖塘经桑塔木、喀尔曲尕、米尔沙里到尉犁，我们行驶在两百多公里的塔河大坝巡堤路上。车子穿行在密集、连绵的胡杨林中，仿若进入了一座植物迷宫。这是塔里木河中游最重要的一段，也是沿河胡杨林的主要分布区。

　　塔里木河游荡而尽责，泥沙俱下但乳汁丰沛。这条母亲河养育了塔里木人和塔里木文明，也养育了自己有"沙漠英雄树"之称的孩子——胡杨。

　　塔里木河流域拥有世界上最大的胡杨林分布区，面积达三千八百平方公里。全世界有百分之九十的胡杨分布在我国，我国百分之九十以上的胡杨分布在新疆，而其中的百分之九十又集中在塔里木河的中下游。

　　胡杨是杨树的一种，为白垩纪、老第三纪孑遗的特有植物，已有六千五百万年历史。它是生活在沙漠中的唯一的乔木树种。幼树叶似柳叶，以减少水分的蒸发，而长大后又变成枫叶状和银杏叶状叶子，故胡杨有"异叶杨"之称。维吾尔语叫"托克拉克"，意为"最美的树"。

　　我们离深秋胡杨林金碧辉煌的壮丽一刻还有一些时间差距。但胡杨林里不再是那种原始的恬静和安谧了，甚至显露出一些忙碌的景象：有人在放羊，有人在采摘棉花，有人在收获甜瓜……唯独缺少了罗布人"不种五谷，不牧牲畜，惟以小舟捕鱼为食"的往昔情景。

　　幼小的胡杨，几百上千年的胡杨，枝繁叶茂的胡杨，奄奄一息的胡杨……它们构成了庞大的胡杨家族。而枯死倒地的胡杨则成了"胡杨墓地"。在塔里木河中下游，我见过许多"胡杨墓地"。胡杨死去，村庄消失，人烟断绝，记忆也被流沙一点点掩埋。"胡杨墓地"的现实在提醒我们、警示我们：如果土地自身是一个共同体，那么人与土地、人与自然也是一个共同体；如果把树看作是我们的亲人，那么一棵树的死亡也是我们的一部分在死去。

——穿越在塔克拉玛干沙漠，徘徊在塔里木河畔，我不禁要问：下一个胡杨墓地又会出现在哪里？

——河流死了，她一定是哭干了泪水；母亲河干涸了，她的孩子又在哪里栖身？

塔里木河流域是一个封闭的内陆水循环和水平衡相对独立的水文区域，生态环境十分脆弱，它像"蛋壳"一样，轻轻一碰就会碎裂。美国地理学家埃尔斯沃思·亨廷顿将塔里木盆地和塔克拉玛干沙漠比作亚洲心脏，而塔里木河则是亚洲的脉搏。我的朋友、著名的西域学者杨镰先生也曾经指出："如果脉搏不能正常输送血液，将逐渐导致亚洲心脏的梗阻和坏死。"这是一位学者的肺腑之言、警世之言。

考察活动结束时，司机老王师傅又在播放斯坎德尔·赛拉甫的那首《塔里木》了："哎，塔里木，塔里木，茫茫戈壁大沙漠，告别亲人去远方，亲人的两眼泪汪汪……"

2007年

下辑 浪迹

他人的人质

——从加利利到耶路撒冷

　　我正在变成一个他。乌鲁木齐—北京—法兰克福—特拉维夫—提比利亚—耶路撒冷。从一丛"我们"当中起飞，降临到另一丛"他们"中去，我感到自己正在变成"他"。"我是谁？"的问题又在脑海里萦绕、回旋。变成一个犹太人？一个阿拉伯人？或者两个隔阂民族的一个混血儿？或者什么都不是，只是变成了一个虚词，变成单数的、白日幽灵般的第四人称。自我，这微不足道的一滴或一缕，已融入我跨越的群山、大地和国度。

　　阿摩司·奥兹说"你身在哪里，哪里就是世界中心"，只道出了部分真理。大多的真理却像无名无姓的第一人称一样秘而不宣。在"我"不在场的远方，从来都是他人的国度，无数"他"和"她"的在场。仿佛自己并不存在，只有"他们"存在。从"口传圣经"《塔木德》中，勒维纳斯读出犹太教的精髓是"他者""为他人"。"上帝是最杰出的他者""我是所有他人的人质"……勒维纳斯重新阐释并摆正了自我与他者的关系。旅行的最高意义是对他者的亲近、与他乡的零距离接触。当我们在异国的床上醒来，匆匆穿上祖国的外衣和拖鞋，他乡只是多了一位偶尔的闯入者，异国的土地短暂地接纳了它的"人质"。

……就这样，像一粒寂静无言的微尘，我降落到了加利利湖畔。

加利利湖畔诗人耶稣

提比利亚（Tiberias）是加利利湖畔的一座小城，阿拉伯人称它为太巴列。此地与耶稣有关的传说和圣迹很多。住在镇上一家名叫AvivHotel的小旅馆，一只灰鸽子每天早晨来看我。有一次，它还飞进房间，与我相处了十几分钟，顺便吃了一些我带来的中国饼干。当晚，入睡前阅读《圣经》，读到《路加福音》中的一段话："那时，耶稣从加利利的拿撒勒来，在约旦河里受了约翰的洗。他从水里一上来，就看见天裂了，圣灵仿佛鸽子，降在他身上……"

提比利亚与耶路撒冷、希伯伦、查法特并称为以色列四大圣城，分别代表了水、火、土、空气四种元素。提比利亚代表的是加利利湖的一泓清澈之水。这座以色列最大的淡水湖，面积一百六十多平方公里，形似竖瑟，如同加利利山和戈兰高地之间谷地中的一块翡翠。这里水草丰美，绿树成荫，生机盎然，被誉为是一个有着"含笑的大自然"和"田园牧歌情调"的地方。

加利利谷地是一个多民族混居区，其名称在希伯来语中含有"混居区"之意。在耶稣时代，除犹太人之外，还是腓尼基人、叙利亚人、阿拉伯人、希腊人的居住地。绕湖五十多公里，有多处与耶稣时代有关的圣迹、遗址：约翰施洗处、登山训众教堂、五饼二鱼堂、彼得打鱼处、kursi教堂废墟、约旦河……耶稣十二使徒大多来自加利利地区。

海拔—200米的加利利湖和海拔—300米的死海，一淡一咸，是以色列的两大自然奇观。而加利利湖，是一座被耶稣和《圣经》改写的湖，从大自然中脱颖出来，成为人文之湖、新约之湖、福音之湖。

耶稣生于伯利恒，在拿撒勒长大，一生被称为"拿撒勒人"。青年耶稣在约旦河受了约翰的施洗，在犹底亚沙漠受魔鬼试探并禁食四十昼夜，"上帝之国"的观念在他心中形成了，尔后往加利利湖畔偏远的迦百农（村庄）去，渔夫彼得、安得烈兄弟等四人成为他的第一批门徒。他走遍加利利，传天国的福音，治百姓的疾病，追随者越来越多。"登山训众"也即"湖畔讲道"，是耶稣的首度公开讲演，他用一种混合语（杂有希伯来语的叙利亚方言）宣告天国福音：

> 虚心的人有福了，因为天国是他们的。
> 哀恸的人有福了，因为他们必得安慰。
> 温柔的人有福了，因为他们必承受地土。

饥渴慕义的人有福了，因为他们必得饱足。

怜恤人的人有福了，因为他们必蒙怜恤。

清心的人有福了，因为他们必得见神。

使人和睦的人有福了，因为他们必称为神的儿子。

为义所逼迫的人有福了，因为天国是他们的。

这是一个革命性的讲演，一个新宣谕的开端。加利利湖畔的民众，从未聆听过如此丝丝入耳、声声入心的话语，它温和而令人欣慰，如同大自然的露珠、田野的香气，又如加利利湖水一样清澈透明。与孔子、苏格拉底一样，耶稣是述而不作的大师、口传心授的大师。四福音书中，马太所记第一福音书被认为最能代表原始的"耶稣言论集"。

使我们陶醉入迷的是耶稣的讲演口吻，温和、愉悦、生动、质朴，带着一种普世性慰藉，直入人心。这种温柔平易的口吻和田园牧歌式的话语风格是怎样形成的呢？我想，首先是大自然的浸润与教诲，诚如欧内斯特·勒南写到的："耶稣所受的全部教育来自含笑而雄奇的大自然。……他所爱的，是交织着农舍、鸟巢、岩石上的洞穴、水井、坟墓、无花果树和橄榄树的加利利村庄。他总是与大自然紧紧拥抱。"（《耶稣的一生》第三章）耶稣是认识到"没有人能在故乡成为先知"而往加利利去的，并在美好的大自然中培育了一种优雅的情感和话语风格。其次，是言说方式上"为他人"的倾向和选择。加利利湖畔生活着一群与乡土水乳交融的民众，他们和善诚实、性情柔和，耶稣和他的门徒、信众过着一种著兽皮、食野蜜的简单生活，他选择了一种平易晓畅、让每个民众都能听得懂的言说方式。还有一点，耶稣放弃了《旧约》中那个"暴戾的上帝"，也无须借助摩西的雷电荆棘、约伯的启示旋风，他承继的是《诗篇》《雅歌》的话语风格。自然环境优美宜人的加利利，本身就是《雅歌》和许多脍炙人口诗歌的诞生地。

相对于《旧约》中上帝的暴怒，以及耶路撒冷时期沉郁、激烈的个性，加利利时期的耶稣是极其温和的，这种温和精神是如此的丰盈、舒展、辽阔，同时包含了个人激情、意志力、人性至上、悲天悯人、对善与真的沉思冥想、壮美而热烈的利他主义以及超越自身时代的伟力。迪特里希·朋霍费尔甚至在这种"温和"中发现了"软弱"："基督帮助我们，不是靠他的全能，而是他的软弱和受难。……这个上帝凭着自己的软弱而征服了这个世界中的强力和空间。这必须成为我们'世俗'解释的出发点。"（《狱中书简》）朋霍费尔的表述呼应了《马太福音》第八章中的一句话："他代替我们的软弱，担当我们的疾病。"耶稣在听从上帝召唤和自身使命的同时，也附从于人类的理想目标：重构上帝与人的亲密关系，缔结天国与人间的"新约"。

欧内斯特·勒南曾发现了耶稣身上的"诗人"特征。"耶路撒冷幼稚的解经家忽略了真正的《圣经》诗歌，它们却被耶稣以出色的天才揭示出来。《诗篇》中的宗教抒情诗与他那诗人的灵魂发生了绝妙的重合。终其一生，它们一直是他的食粮和营养。"（《耶稣的一生》第三章）耶稣作为诗人的一个鲜明特征是善用比喻，自然界的飞鸟、花朵、草木、泉水、山峦等，他信手拈来成为喻体，用来化解生命的困惑，浇灌人们心中的块垒。耶稣是当之无愧的比喻大师，在本体与喻体之间寻找并重建一种辞格关联，使陌生、疏离的事物血肉相连，正如上帝／人子的二重性在他那里化为同一性，取自自然界的意象和喻体，也获得了超自然的启示色彩。

耶稣将同时代犹太文士热衷的希伯来譬喻发挥得淋漓尽致。"得人如得鱼""飞鸟不种不收""眼中梁木""牧我羊群""骆驼过针眼""天国好比芥菜种"等，都是精彩绝伦的譬喻。门徒曾问他："对众人讲话，为什么用比喻呢？"耶稣回答说："因为天国的奥秘，只叫你们知道，不叫他们知道。"这大概关乎传道的"秘密"。不用比喻时，耶稣宁肯保持沉默，因为他要应验先知的一句话："我要开口用比喻，把创世以来所隐藏的事发明出来。"而逾越节的最后晚餐，耶稣用无酵饼／身体、葡萄酒／立约的血，将身体力行的比喻艺术推向极致和巅峰。

在走向各各他和十字架之前，一个温和大师同时是一个口述大师、比喻大师，是诗与思的先驱。一个布道的耶稣、口谕的耶稣，也是文学的耶稣、诗歌的耶稣。《圣经》也自然是一部伟大的文学作品集。当我们深陷现代性的困扰和焦虑，迷失于技术与修辞的雾霾，当周遭的戾气多倍于《旧约》中上帝的原始暴戾，我们思慕加利利"湖畔诗人"耶稣，他的口吻温和而不乏热忱，他的比喻巧妙而充满灵感，他的布道妙语连珠并直指人心，他的人格魅力光华四射并泽被后世……这样的思慕，在我们身上切开疼痛的伤口，同时开凿了流水汩汩的涌泉。这样一位"湖畔诗人"，无疑是耶稣以降所有诗人的楷模。

在提比利亚的最后一个早晨，那只我熟悉的灰鸽子又准时出现在窗台上，它有一双明亮、好奇的眼睛。窗外是小城参差重叠的红瓦屋顶，加利利山上长满野燕麦、荆棘和丁香，还有一株高挑的枣椰树、几株柏树，三匹阿拉伯马悠闲地低头吃草……晨光中的宁静好像是耶稣时代的宁静，一只加利利的鸽子也可能来自那个时代。它低声咕噜，莫非要与一位来自异国他乡的诗人缔结一种秘密的"新约"？

在拿撒勒朗诵阿米亥

"尼桑国际诗歌节"已举办到第十届，每届都邀请中国诗人参加。这一届邀请了我和另外两位中国诗人。开幕式朗诵在拿撒勒一所中学的礼堂举行。

站在中学这边的斜坡上，对面山坡上是成片成片灰绿色的橄榄林，间杂无花果树和香柏树。白石灰石的民居"沉浮"于绿意漫漶中，四下散居，高低错落，有的还建到了山顶。拿撒勒是以色列最大的阿拉伯人聚居城市，四五万人口中，大多是穆斯林，也有不少阿拉伯基督徒。它原是小山顶上的一座阿拉伯德鲁兹村庄，慢慢形成了城市。今天的拿撒勒，不像一座现代城市，更像一座古朴的大村庄。它是木匠约瑟和圣母玛利亚的故乡。玛利亚在此受灵怀孕（"道成肉身"），耶稣在这里度过了他的青少年时代。城中半山腰上有"天使报喜堂"和"约瑟的作坊"两处著名遗迹。

中学礼堂不大，能容纳两三百人。听众主要是拿撒勒本地的诗人、文学爱好者，中学教师和学生，还有无事闲来看热闹的村民。一位患白化病的文学青年逢人便笑，一位戴头巾的德鲁兹老太太带着两个天使般的双胞胎孙女，给我留下了深刻印象。礼堂里悬挂着参加诗歌节的十二国诗人所在国的国旗。一位德鲁兹青年弹奏曼陀林，为开幕式预热，他弹的时间太长了，渐渐失去了耐心。

身材高大、肤色黝黑的诗人纳义姆·阿瑞迪主持开幕式。他是这个诗歌节的创立者，生于拿撒勒，德鲁兹人，获得的却是希伯来文学博士学位，并用希伯来语写作。开幕式上"事故"频频，一会儿停电了，一会儿话筒坏了，一会儿纳义姆找不见主持稿了，但并不影响议程的照常进行。几个月后，在青海湖国际诗歌节上再次见到纳义姆，他对中国文学活动那种一丝不苟的"宏大叙事"，似乎有点不太适应。再后来，听我的朋友、翻译家高兴说，他到挪威当大使去了。

我第三个朗诵。先朗诵了自己的一首短诗《吐峪沟》。接着，朗诵了耶胡达·阿米亥诗集《开·闭·开》中的第一首《阿门石》和最后一首《犹太人的定时炸弹》。去以色列朗诵阿米亥，并向这位我热爱的已逝诗人致敬，是我出境时的一个强烈心愿。我比朗诵自己的诗作要卖力，怀着践诺的热忱。但纳义姆似乎有点尴尬和不悦，点评时口气比较微妙。他可能在想，一个中国诗人跑到阿拉伯人的"大本营"来朗诵一位犹太人的诗歌，而且用的是谁也听不懂的汉语，究竟是什么意思？即使不是冒犯，也至少是不合时宜的吧。好在纳义姆是见过世面的人，很快恢复了平静、自如，并将点评提升到了一个高度。他话里的意思是：在我们这个地区，作家的对话、文化的对话还十分稀缺，感谢中国诗人提醒了我们这一点。

中场休息，爱尔兰诗人戴尼斯·欧·德里斯考尔（Dennis O'Driscoll）和意大利女诗人安娜丽莎（Annelisa Aolololorato）找我聊了一会儿，他们对短短七行的《吐峪沟》给予很高评价。德里斯考尔说，这首诗英文翻译过来很精彩，感到没有丢失原来的诗意和思想。安娜丽莎则说，"吐峪沟"好像与拿撒勒有某种相似和关联，尤其结尾"生者从死者那里获得俯视自己的一双眼睛"，正如她对拿撒勒的第一印象。德里斯考尔是谢默斯·希尼的挚友，刚刚与希尼做完三十多万字的长篇对话《林中路》（Stepping stones）。他认识耶胡达·阿米亥，对他的印象是：机警、幽默、善于自嘲，个子不高，但看上去很强壮。

最早读到阿米亥是在高秋福翻译的《百年心声——现代希伯来诗选》（人民文学出版社1998年版）中，四十三位诗人，阿米亥诗歌收录九首。《战地雨》一首，猛地击中了我，再难忘怀。诗人极其冷峻地再现了一个"生死并置"的战争场景，不露声色地谴责了战争的残酷。诗只有短短五行：

> 雨落在我的朋友们的脸上；
> 落在活着的朋友们的脸上，
> 他们用毛毯把头蒙上，
> 也落在死去的朋友们的脸上，
> 他们再也不会把头蒙上。

厌倦了战争的阿米亥说："对于战争我无话可说，没有什么补充，我感到羞耻。"他祈祷"把刀剑打造成犁铧之后／不要停手，别停！继续锤打，／从犁铧中锻造出乐器。∥无论谁想重新制造战争／都必须先把乐器变成犁铧"，却仍视和平为一个"幻景"，一个绝对人道主义者的诗性梦想，上述诗的题目就叫《和平幻景的附录》。阿米亥称自己是"后现实主义者"，是做着"忧虑生意"的人，关于战争与和平，以及立场上的"是"和"不"，他的态度是理性的、现实主义的："我的口号，可以这么说，近年来一直是：不是'是什么'，而是'不是什么'。理想不是和平，而是没有战争。"

傅浩译《耶胡达·阿米亥诗选》（上、下）（"20世纪世界诗歌译丛"之一，河北教育出版社2002年版）收入诗作一百八十多首，转译自阿米亥的八部英译诗集，时间跨度四十多年。这些作品，充分展示了阿米亥作为当代希伯来第一诗人的实力和分量。这是一位掌握万花筒般迷人魔法的诗人，是在多棱镜中拥有多个奇异侧面的诗人，同时是将生存的复杂性化为思想的统一性的一位诗人。当他用曾经描述神迹的语言说出"汽车、炸弹、上帝"之时，意味着希伯来诗歌新范式的开始。他的诗，混合着个人经验、民族志、幸存者记忆、宗教氛围、世俗生活、中东风物和超自然启示。他是忧虑大师，也是愉悦大师，确切地说是"精确的痛苦和模糊的快乐"的大师。在"内里被焚""头发白如霜雪"的苦痛中，像他诗中写到的深深扎进绵羊毛的一只虱子，寻找"不顾死活的快活"；在"半数的人们爱"和"半数的人们恨"之间，寻找诗的位置和"话语的阴凉"。

一方面，阿米亥诗中的自我幻化为多重自我的冲突，另一方面，诗成为"他者自我化"的一条有效途径——"我的心肩负着不是我自己的悲哀"。因此，他诗歌的声音是对"个人"和"全体"的双重代言，是跨越文化界限的持续对话。从"悠久的悲哀传统"中，从现实的冲突、隔阂和怨怼中，他提炼出一个词：爱！爱"以我的全部存在，以我尚在这里的全部存在"说出，爱是"人们把彼此放在生存的伤口上"来治疗自己的伤痛，爱是《一位阿拉伯牧人在锡安山上寻找他的羔羊》中的单纯，"寻找一只羔羊或一个孩子／永远是／这群山之中一种新宗教的肇始"。

1998年出版的《开·闭·开》是阿米亥的最后一部诗集，2007年有了黄福海的中译本（上海译文出版社）。这部诗集我读过多遍，至今仍意犹未尽、欲罢不能，是我居家和旅途的枕边书。它是阿米亥的巅峰之作、告别之作，是无题短诗的集成和镶嵌画式的"组诗群"，松散，自由，却呈现内在的有机关联。《塔木德》上说，母体内的胎儿像一本合上的书，嘴是闭合的，肚脐是张开的，出生后，原来闭合的张开了，原来张开的闭合了。"开·闭·开"既是诗集的隐在结构，又成为生命／宇宙自足与轮回的象征。诗人写道：

> 打开、关闭、打开。在我们出生之前，一切
> 都在没有我们的宇宙里开着。在我们活着的时
> 候，一切
> 都在我们身体里闭着。当我们死去，一切重又
> 打开。
> 打开、关闭、打开。我们就是这样。

从《战地雨》等早期诗篇中的"生死并置"到《开·闭·开》的一唱三叹，阿米亥发明了一门诗的"并置学"：《圣经》引用与当代意象的叠加，多种自我的切换，过去与当下、历史与现实、神学与日常的并置。更重要的，诗人将民族、宗教、政治等大题材，细化并聚焦于个人的日常经验，从而有了经验的切身性，体现了写作的高度诚实。同代小说家阿摩司·奥兹说："读阿米亥的时候，我们会感到，他写诗的地方好像就在我们的厨房、我们的卧室、我们的居所。"

"犹太人向上帝大声朗诵托拉（《摩西五经》），／年

复一年，每周一段，／好比山鲁佐德通过讲故事来活命。"
诗人进而写道："我诚心诚意地宣布，／祈祷的产生比上帝
早。／祈祷创造了上帝，／上帝创造了人，／人创造了祈
祷，／但祈祷创造了创造人的上帝。"阿米亥同样将诗作为一
种祈祷形式，是介乎于上帝与人类之间的，如同他书桌上一块
刻有"阿门"的石头。这块来自犹太人墓地的祈祷石，喻示了
新神学的可能："奥斯维辛之后，有新的神学：／那些死在大
屠杀中的犹太人／现在和他们的上帝十分相像，／上帝没有
身体，也没有身体的形状。／他们没有身体，也没有身体的
形状。"幸存者创伤—爱、祈祷—新神学，这是阿米亥通过
《开·闭·开》探索并拓展的人性的普适之路。

车过约旦河西岸，想起达尔维什

　　阿米亥祈祷把刀剑打造成犁铧，从犁铧中锻造出乐器。
在叙以边境的戈兰高地，一群艺术家正在这么做，他们将兵
器、弹壳、军车拆卸、组装成雕塑：恐龙、天鹅、甲虫、花
朵、树木……这些"铸剑为犁"的钢铁雕塑，出现在废弃的战
壕和一丛丛野罂粟旁，赋有了新的形式、新的生命。
　　下得戈兰高地，一路南行去耶路撒冷。汽车行驶在约旦
河西岸，犹太人的基布兹、定居点之后是巴勒斯坦的城镇和村
庄，一闪而过的棕榈树、枣椰树、橄榄园、葡萄园之后，是越
来越荒凉的巴勒斯坦土地，生长着低矮的玉米和向日葵，构成

一抹抹依稀的亮色。杰里科一带荒凉尤甚，山上植被稀少，贝都因人赶着羸弱的羊群，爬过支离破碎的山坡。一个秃山、石头和贫寒的世界。过了杰里科，则是蛮荒的死海湖盆，犹如进入史前不毛之地。

穆罕默德·达尔维什一定是反复看见并切身体验过这种荒凉和贫瘠的。他一定是怀揣"铸剑为犁"的梦想却屡屡发现"刀剑把人变成了猎物"。在既不属于东方，也不属于西方的身份焦虑中，他的词语变成了愤怒——"锁链的朋友"，变成了革命——"地震的朋友"，他深知"当我的词语／变成蜜糖／苍蝇便覆盖／我的双唇"。1966年的作品《来自橄榄园的声音》道出了个人心声，也凸显出诗化了的巴勒斯坦人形象：

> 回声来自橄榄园。
> 我被钉在十字架上，下面是火，
> 我对乌鸦们说：别撕咬我。
> 我能回到家里，
> 老天会下雨，
> 并且他会
> 熄灭这噬肉的木头！
>
> 有一天我会从十字架上下来。
> 但是，我怎么回家，
> 光着身子，赤着脚？

从1960年的第一部诗集《无翅鸟》起，在从1970年开始的长达二十五年的流亡生涯（中东、埃及、巴黎）中，"回家"是达尔维什诗歌最重要的、反复发掘的主题，"但是，我怎么回家，光着身子，赤着脚？"则是更深沉的问题与困惑。早期的达尔维什是一个鲜明的"抵抗诗人"，致力于民族身份属性的重建，因而被誉为"民族代言人""巴勒斯坦人的良心"。他要写出"愤怒的雄狮之情、忧伤和义愤交织的游子之情、对失去故园期盼的回归之情"。

《来自巴勒斯坦的情人》是早期代表作，流传甚广，诗人将自己与巴勒斯坦的关系描述为一种"情人关系"："她的眼睛是巴勒斯坦／她的名字是巴勒斯坦／她的忧愁是巴勒斯坦／她的衣饰是巴勒斯坦／她的躯体是巴勒斯坦／她的声音是巴勒斯坦……"而1988年的《那些传播流言蜚语者》，是具有极端色彩的、令人不安的作品。诗中写道："现在该是你们走开的时候了。／你们可以居住在你们喜欢的地方，／但不要居住在我们中间。／你们可以死在你们喜欢的任何地方，／但不要死在我们中间。"

与阿米亥战后身居学府的自由知识分子身份不同，达尔维什开始写作的时候充满政治热情，并且积极投身于政治活动。诗歌热情与政治热情交织一起，诞生了他的政治抒情诗，诗篇常常变成了"投枪和匕首"。他担任过巴解执委会委员、巴勒斯坦研究中心主任，是1988年《巴勒斯坦独立宣言》

的起草人。也许是厌倦了政治，1993年奥斯陆协议签署后，达尔维什致信阿拉法特，辞去巴解组织执委会委员一职。1995年，结束二十五流亡生活的诗人回到了巴勒斯坦，定居拉姆安姆。这是一次回归，是"抵抗诗人"向着"不合作诗人"的回归，更是向着故土和诗神的一次回归。在"我的祖国不是旅行箱"或者"我的祖国是个旅行箱"的隐喻化表述之后，达尔维什突然发现"词语才是建设家园的原材料，词语才是祖国"！

有人曾批评巴以诗人、作家之间缺乏真正意义上的对话和交流，从而为原教旨主义留下了"幽暗地带"。因为原教旨主义既不承认本民族文化的多维性，又拒绝与他者文化（他们所谓的"敌人的文化"）发生关联。阿米亥和达尔维什都是原教旨主义的反对者、批评者，但他们之间缺少"交集"和应有的对话。有一次，达尔维什谈到了阿米亥，他说："他的诗歌对我提出了挑战，因为我们写的是同一片土地。他想依照自己所需来使用风景和历史，而这基于我被摧毁的身份。所以我们之间有一种竞争：谁是这土地之语言的拥有者？谁更爱它？谁写得更好？"话说得十分坦诚，但其中况味比较复杂，令人咂摸。从中可以看出巴以诗人互不服气、互为对手的尴尬关系，几乎与犹太人、巴勒斯坦人对"土地"和"家园"的诉求和争夺如出一辙。

诗友、阿拉伯文学翻译者倪联斌曾于2000年在约旦首都安曼拜访过达尔维什，说诗人已厌倦在朗诵会上那些叫嚷着要他朗诵早期作品的人，他甚至在舞台上嘲笑阿拉伯同胞，谩骂他们，"然后又会在下台的过道上拥住每一个阿拉伯人抱头痛哭"（倪联斌：《我和我的阿拉伯》，载《西部》2011年第10期）。告别政治的达尔维什仍不忘评论政治，他对法塔赫和哈马斯的对立感到十分厌倦，讽刺说："我们胜利了。／一个民族现在有了两个政府。／他们互不讲话。／我们胜利了，／其实，真正取胜的是占领者。"

晚期达尔维什对自己一生的写作有过深刻反思，承认早期作品有的"太政治化"，"有时沦为政治口号"。他对中东地区泛滥的"仇恨文化"忧心忡忡；对巴勒斯坦诗歌为了强调与祖国的关系而"把诗歌淹没于口号、路线图和旗帜之中去"表示了质疑，认为拙劣的爱国诗会破坏祖国的形象；对诗歌语言沦为倦怠、衰朽和程式化十分警惕，因为诗人唯一的恐惧是"对于平庸而死的恐惧"。有人指责他放弃了"抵抗诗歌"，是一种退化，对此，他回答说："我要向那些板着面孔的审判官承认：我放弃的是创作直接的、意义有限的政治诗，而未放弃广义的、美学意义上的抵抗。"他这样理解"抵抗"一词："诗歌将我们身上自然的生命力纳入诗中，这正是一种抵抗行为。……捍卫生命的诗歌，便成为一种本质上的抵抗形式。"

从"抵抗诗人"到"不合作诗人"，从"诗歌抵抗"到"美学抵抗"，达尔维什向着"晚期风格"转变：平和、豁达、沉着、有力，同时借助历史、神话和民间故事写作，体现了历史意识和文化眼光。他甚至赞美遗忘（被遗忘），因为遗忘是进入"自由想象"的一个前提。"假如你愿意，你会被忘掉并自由想象。／这里没有紧迫的工作，为了你的名声和脸面。／你就是你——没有朋友，没有敌人，在这里研究你的传记。／……咖啡馆，你和一份报纸，坐在／那个角落，被遗忘。没有人侵扰／你内心平静的领地，也没有人想要谋杀你。／你被遗忘多好啊，／在你的想象中多么自由！"（《咖啡馆，你和一份报纸》，张曙光译）对身份属性的建构超越了族群意识，回归于人类意识，转而沉醉于人的模糊性："我坐在屋子里，不快乐，不悲伤，模棱两可。／我不在意是否我要意识到／我不是真正的我……或别的什么人！"（《我坐在家中》，张曙光译）

让我们去耶路撒冷

给移居特拉维夫的诗人唐丹鸿打电话。她建议我们早一点儿到特拉维夫，那里不仅有地中海、雅法老城，还有很多可看的地方。她和她的丈夫大卫、女儿碧拉都在等我们的到来，还买了鸡、大虾、蘑菇，要为我们做一顿中国饭。但我们的时间不够了。我要去耶路撒冷。我说，丹鸿，在特拉维夫无法逗留太久，只能见一面就回国了，你写写特拉维夫吧，一定能写好。这样，就有了她后来发在《西部》的一篇散文《左边的特拉维夫》（载2011年第3期），这是一位新移民发自以色列内部的文学报道，精彩、客观而有深度。

有一个"左边的特拉维夫"，必然有一个"右边的耶路撒冷"。"许多年轻人在离开耶路撒冷，对他们来说，特拉维夫是个人自由主义的首都，耶路撒冷是正统派的地盘。"丹鸿在电话里说。

我要去耶路撒冷，去它的老城、哭墙、圣墓教堂。

面积一平方公里的耶路撒冷老城位于犹大山地南部，被石头城墙包围，四周是荒凉的山谷和干涸的河床。方寸之地，是三大宗教的圣地，有犹太教的哭墙（西墙）和圣殿山，穆斯林的圆顶清真寺和阿克萨清真寺，以及基督徒的圣墓教堂（复活教堂）和"苦路"（耶稣"受难之路"）。

穿过阿拉伯人店铺林立、幽深狭长的老街，终于来到"第二圣殿"遗址——哭墙。正午明晃晃、火辣辣的阳光刺得我睁不开眼睛。广场上游人很多，一律被要求戴上犹太小纸帽。持枪的以色列军人，穿黑呢大衣、戴黑高帽、面色苍白的正统犹太教徒，以两种冷峻风格相向而过，只有一群快乐调皮的小学生，还看不出他们的宗教倾向。久久徘徊于此的人，或扶墙祈祷、哭诉，或静静沉思，或将写有心愿的纸条塞入墙壁石缝（曾经有人在墙缝里塞进十几亿美元的支票）。

多年前，我在诗中写到过这堵哭墙："你感到存在一个可能的边境／一座中国长城，一堵耶路撒冷哭墙／哭吧，坍塌吧，墙——／泪水浮起石头、砖块，像浮起轻盈的羽毛／一个可能的边境也可能是不存在的……"（《克制的，不克制的》，2005）我拍了许多照片，有一张最成功：背枪的士兵与正统的犹太教徒面向哭墙祈祷，他们的背影形成强烈反差，而哭墙作为两个人之间"边境"，似乎被取消了。几年后，我在耶路撒冷的阳光下继续祈愿"一个可能的边境也可能是不存在的"，但这只是一个良好心愿，事实上，在人们心里，在耶路撒冷和以色列别的地方，"边境"无处不在。

尽管这片土地的现实和真相，并不是我们想象中的或者在电视里熟悉了的"暴力的唯一性"，但巴以之间、民族之间、文化之间、宗教之间，甚至在同一信仰宗派林立的内部，都存在一道道无形的看不见的"边境"。耶路撒冷是古语中的"和平之城"，却是历史与现实当中隔绝和冲突的一个中心。人们用各自的语言呼唤各自宗教里的各自的上帝，却从来没有一个"综合的上帝"出场、显灵。人们像兄弟兼冤家共居一城，偶尔会流露伤心时刻的"一体同悲"。

在老城一家屋顶上
洗好的衣物晾挂在下午的阳光中：
一个与我为敌的女人的白被单，
一个与我为敌的男人用来
擦去他额头汗水的毛巾。

在老城之上的天空中，
一架风筝在飞。

引线的另一端，

一个孩子

我看不见，

由于那堵墙。

我们挂起了许多旗帜，

他们挂起了许多旗帜。

以使我们以为他们是幸福的。

以使他们以为我们是幸福的。

　　　　　　——耶胡达·阿米亥《耶路撒冷》

　　在耶路撒冷居民、希伯来大学教授耶胡达·阿米亥笔下，这座城市是他的"精神镶嵌画"和"灵魂考古层"。生活在里面的人们被展示在历史的橱窗里，摆出各种凝固的姿势。耶路撒冷是一个守丧的女人，既是哀悼者，又是被哀悼者。一个沉入海底的亚特兰蒂斯。一架旋转木马游戏车。一座刀剑的城市，和平的希望尖锐得能刺破坚硬的现实。那些已经升到天上去的古代圣徒和即将升空的未来的宇航员，似乎都想逃离它，逃到天上去。因为和耶路撒冷相比，哪怕是广袤的宇宙空间，也更安全和保险，像个真正的家。阿米亥问：为什么是耶路撒冷？为什么不是纽约、伦敦、巴黎、彼得堡、罗马、麦加、巴比伦？

　　"为什么是耶路撒冷，为什么是我？／为什么不是别的城市，别的人？／有一次，我站在西墙之下，／突然间一群野鸟惊起，飞上天空，／啾啾叫着，扑着翅膀，像一张张碎纸片，／上面潦草写着各种许愿，那些许愿／从巨石之间翻飞而出，／升上天空"（耶胡达·阿米亥：《耶路撒冷、耶路撒冷，为什么是耶路撒冷？》）。而在我认识的一位阿拉伯诗人笔下，"耶路撒冷同自己分离／便不再是它自己／……巴别塔和耶路撒冷／乃是罪与罚的两种象征"（纳义姆·阿瑞迪：《耶路撒冷分离》）。

所以，在一群野鸟和许愿的碎纸片升上天空之前，在人类有力量分担这种"罪与罚"之前，我要去耶路撒冷。

——黑衣人，你要去耶路撒冷。为被毁的第一圣殿和第二圣殿，为大流散民族，为奥斯维辛的野蛮，为六百万被屠杀的犹太人（他们不是冷冰冰的数字，而是六百万个单独者，六百万个有血有肉有思想的活生生的人），为自己作为幸存者后代的身份，哭泣。

——陌生人，你要去耶路撒冷。哭墙是为人类的耶稣准备的。在圣墓教堂，你虔诚俯下身子，抚摸耶稣墓穴上血红色的大理石棺盖。你沿着耶稣的"苦路"缓缓而行，上了各各他山，仿佛听到十字架上的声音又一次回响在耶路撒冷上空："我的神！我的神！为什么离弃我？"

——远道而来的人，你要去耶路撒冷。哭墙是为今天的我们准备的。昔日苦难的幸存者，今天苦难的亲历者，都视自己为"创伤民族"，他们身上碰到那儿都是疼的。在这块神的乐土，在这个中东炼狱，人们正过着相互"看不见"的"互为人质"的生活。一位悲愤的东方学家说："以色列的犹太人和巴勒斯坦的阿拉伯人，都被锁在萨特的地狱（即'他人'）情境之中，无法逃脱。"（爱德华·W.萨义德：《从奥斯陆到伊拉克及路线图》）

如果你去过耶路撒冷，在哭墙前徘徊过、祈祷过，请告诉你回来的世界：不仅仅是加利利湖畔的耶稣，不仅仅是耶胡达·阿米亥，不仅仅是穆罕默德·达尔维什，今天的诗人，是所有他人的人质，也是一堵"哭墙"的人质。

2014年8月3日于乌鲁木齐

江南六镇

南浔：藏书与革命

那些花园消失了：适园、宜园、述园、东园……还有许多不知名的小花园，它们的亭台楼阁、假山瘦石、草木花卉，被时光潦草而匆忙的一笔，就轻易地抹去了。

只有小莲庄还孤零零地留在那里。垂柳依依，拂过水面，如同已逝小姐们寂寞的发丝。荷花池荡漾着，似乎躲过了岁月的几度劫难而惊魂未定，波光映照水阁、木楼、石驳，敏感地律动，留下瞬间的光晕，瞬间的碎银。它的美、它脆弱的古典性要有这些"硬物"来支撑：御赐石牌坊、红砖小姐楼（东升阁）、木制七十二鸳鸯楼……但小莲庄有它秘密的还魂记，这是它历尽岁月沧桑留存下来的最后一口气——一口南浔的元气。

仿佛它的心挂在体外了——嘉业堂藏书楼，不仅是小莲庄的，而且是整个南浔的心脏。这颗心脏，历经风吹雨打、岁月沧桑，仍在怦然跳动。一颗书香的心脏，一颗二十万册、六十万卷古籍的心脏，一颗保存了历史与记忆的心脏。它的宋本、元刻、明刊，它的经史子集，它的野史与禁书，它的《永乐大典》，它的诗萃室、四史斋，它的梨木雕版、窗棂篆字，它的独溺于书的主人、"傻公子刘承干"（鲁迅语）"'佳本'缤纷，如在山阴道上，应接不暇……"（《郑振铎书信集》），嘉业堂为南浔带来一次"书香革命"：当财富转化为一座藏书楼，银两变成一册册四处寻访而得的典籍，缕缕书香就涤洗并盖过了铜臭味道。

财富来自丝绸，丝绸来自葱茏的桑园，桑林长在肥沃富庶的大地。傍依太湖，受惠于天目山水，这是怎样的一个丝绸之府和鱼米之乡啊！"阛阓鳞次，烟水万家；笤水流碧，舟航辐辏。虽吴兴之东都，实江浙之雄镇。"（清同治《南浔镇志》）晚清民初，由于上海的开埠，再加之西方人对南浔盛产的辑里丝的迷恋和渴求，给了南浔一次历史性的机遇，财富向着南浔滚滚而来，迅速积聚，使这个历史上默默无名的江南小镇一跃而为江浙雄镇。那时出现了以刘、张、庞、顾四大家族为首的富豪新贵，俗称"四象八牛七十二金黄狗"。这个暴富阶层拥有的财富相当于清政府每年的财政收入。

英国人托乌斯·阿罗姆大约是第一位到达南浔的西方画家。在他的一幅油画中，描绘了南浔丝市的盛况：运丝船堵塞了河道，搬运工穿梭忙碌，水鸟和野鸭绕船嬉戏，河两岸古樟树遮天蔽日，远处是隐约的行人、石桥和东方的宝塔。一派

"水市千家聚，商渔自结邻"的景象。随着金发碧眼的洋人的到来，以及富豪们的子孙走出家门，远渡重洋去求读、经商，寓居古老深宅的南浔人开始小心翼翼打开一道门窗，谨慎地试探和打量外面的世界、远方的世界。——海纳百川，有容乃大。这个自足而保守的江南小镇开始醒悟，开阔了胸襟，似乎有了一点儿世界性的眼光。建筑学是一个有力的佐证，倾向于西化的红房子，小莲庄里的西式小姐楼、红砖牌坊，还有张石铭故居里巴黎气派的家庭舞厅、蓝晶玻璃、百叶窗和克林斯铁柱头，无不向我们透露着这样一个信息：百年前的南浔，其中西合璧的建筑风格，以及伴随着这种风格而变得时髦、时尚的生活方式，无疑是那个开放时代的一个小小的缩影。

令人感兴趣的不是百年前南浔积聚财富的多少，而是财富的去向和归宿。除了个别不肖子孙享乐主义的挥霍，南浔财富有两个鲜明的流向：一是革命，二是藏书。这构成了南浔传统中两条纽结在一起的不可分离的血脉，亦文亦武，丹心侠骨与温柔敦厚，慷慨激昂与浸润书卷。前者的俊杰是张静江和庞青城，后者的代表是刘承干和蒋汝藻。

张静江当是民国革命最大的资助者，被誉为"革命圣徒""民国第一奇人"。这位在照片里总是坐在轮椅上的半瘫患者，这位被骨痛病折磨了一生的憔悴枯萎的老者，在他废墟般的身体内燃烧着一团不灭的生命之火、毅力之火，——一个铁肩担道义、辣手著文章的奇人。在张氏故居尊德堂内，有两副楹联很值得注意，一副是孙中山手书的"满堂花醉三千客，一剑寒霜四十州"，另一副是翁同龢赠送的"世上几百年旧家无非积德，天下第一件好事就是读书"。豪情、侠骨、积德、读书……这是对那种渐渐失去的我称之为"南浔传统"的精髓部分的最好写照，它难道不也正是我们蒙尘的古老文明的机理与要义？

也许，在旧时光中，我们所拥有的只是失去、失去、失去，就像那些消失的花园、园林遗址、曾经扑面的芬芳，就像藏书楼里散佚的不再回来的珍贵典籍，就像那些如众鸟四散的南浔优秀的子孙……我将南浔比作一棵树，一棵从水乡泽国生长出来的文明之树，譬如香樟树。雨后的南浔，香樟叶柔软地铺了一地。一棵树可以是新的，一种文明为什么做不到呢？一种文明也应该有自我修复、自我更新的能力。当香樟树在春天抖掉一身落叶，也卸下了前世恩怨积蓄的繁华碎片——因为它要重整旗鼓、去新生。

乌镇：遗忘的福祉

遗忘是乌镇的福祉。在20世纪八九十年代古镇改造、乡镇企业开发的热浪中，乌镇因为交通不便、地理位置相对偏僻，从而躲过了一场人为的"浩劫"。看看它的周边，平望、练市、双林、新市、崇福……这些著名的古镇，为了一时之利，老房子拆的拆，古桥毁的毁，河道填的填，变得面目全非，几乎认不出它们当初的模样了。

而乌镇，依旧完好无损地保存着它的一砖一瓦，保存着它的水巷、老街、古桥，保存着它旧时的风情民俗。

　　我出生的庄家村位于乌镇和南浔之间，距两镇都只有十来公里，但属于南浔。我有着儿时步行去乌镇的记忆，要穿过那么多的水田、桑园，要走过那么多的小桥，为的是去乌镇拍一张小学毕业照。我在西栅的唐代银杏树下玩过，没钱买午饭，吃了母亲塞在书包里的两只粽子。在东栅财神湾，这个繁忙的水面广场，交公粮的木船和水泥船挤得水泄不通，农民们将一筐筐金灿灿沉甸甸的稻谷挑上岸，用衣角拭去脸上、身上的汗水，然后满意地坐在饮食店里吃一碗馄饨……奶奶说，财神湾历来是乌镇最热闹的地方，做姑娘时她常去那里卖糯米镬糍，每年的香市和蚕花会最好玩，是不能错过的……

　　童年唯一的那次记忆远去了，但变得十分清晰、生动。现在的乌镇，这几年去过七八趟了，我似乎有了更多的视角去观察、品味这座如梦如幻的水上古镇。

　　两位戏子在修真观对面的戏台上看见乌镇。"从早晨八点到晚上十点，我们都会准点开演。我们演出的是桐乡花鼓戏，也叫鹦哥戏，一种快要失传的地方小戏。唱来唱去就这么几个剧目，连我们自己都快唱腻了。各位游客朋友们，千万不要取笑我们，不要用看出土文物和街头把戏的目光瞧着我们呀。我们的嗓子有点儿嘶哑，脸上的油彩抹得有点浮皮潦草，服装也旧了，几个月没洗了，但我们很卖力，全心全意为你们服务。再说，我们唱戏，既是娱乐你们，更主要的，是娱乐神的。神在哪里？神就是对面修真观里的观音菩萨和玉皇大帝。"

一位老师傅在皮影戏馆里看见乌镇。"确切地说，我看不见乌镇。我看见的是一块白布，用牛皮和羊皮制作的皮人，光与影的变化，还有我专心致志的动作。确切地说，北方的皮影戏在乌镇应该叫作蚕花戏，从前在每年清明节的蚕花会上演出，农民，特别是乡下孩子，最爱看。确切地说，皮影戏是一种招魂术，是汉武帝思念死去的夫人李氏，大臣们为了安慰皇帝，用纸头做了李夫人的样子挂在帐中，又在帐后点起灯火，映出她的影子让皇帝看见，而发明的。确切地说，我也有我的招魂术，我招来了孙悟空、白骨精、东海龙王、梁山好汉……"

三个老太太在老街深处看见乌镇。"我们三人有分工，捻线，纺丝，织绸，为了让游人看了高兴。旅游公司的人说这叫保护民俗传统。我们是他们请来的，每人每月发给二百五十元工资。机子是从农户家里找来的，它们早已不用了。乌镇的好多东西都是从附近各地找来的，好多旧砖、旧瓦、旧石板都是买来的。喏，你们看到的百床馆里的那张拔步千工床，可出了高价钿了，能睡下老地主的一大群小老婆呢。不要说你们在旅游，我们三个老太婆也在旅游啊。我们坐在这里，每天看到嘎许多的人、嘎许多的面孔，我们是在免费旅游哟。"

一对退休夫妇打开花格木窗看见乌镇。"到了晚上，整个东栅都黑灯瞎火的。只有上面的领导来了，灯才会亮起来。……对岸美人靠上那对男女已亲热老半天了，不像是谈恋爱的，倒像是偷情的。桥上又出现了三位奇形怪状的摄影家，去年他们就来过，在摆弄那么大的机器，看上去有点装神弄鬼……"

…………

这些，就是我看到的乌镇吗？

它们是真切的，又是虚幻的。有时逼真得像一座坚不可摧的石拱桥、一个升起的翘檐，有时又好像是蒙蒙细雨中消失在小巷深处的一个暧昧的人影、一块蓝印花布上褪色的梅兰竹菊图案、一场皮影戏中隐去的皮人和影子。但他们看见的乌镇也是我的乌镇，就像在我记录的笔记本里的乌镇同样是属于他们的。

西塘：隐士中的隐士

我感到自己是在一个峡谷里。抬头望去，越过马头墙和过街楼，西塘的天空变成了"一线天"——这根细长的绳子，横过头顶，适宜于悬挂雨滴、星辰、云朵，适宜于鸟儿停在上面整理它们零乱的羽毛……

石皮弄，全长不足百米，却似乎要花很长时间才能走完它。你的脚步会一点点慢下来，带着沉思，直到静止在那里，变成一个惊讶的问号。弄堂幽深、逼仄，两人迎面相遇，需侧身收腹而过。两面岁月的老墙，两堵巨大的峭壁，向你移动。时光在那里留下它们深深浅浅的混乱笔墨：斑驳的石灰、裸露的青砖、苔藓与杂草、朽烂的木门和生锈的墙钉……两张沉默、对峙的面孔，带着难于觉察的呼吸，从左右两侧，向你移动、逼近，使容纳你的空间越来越小，使你失去此刻的立足之地——这就是西塘的魔法："过去"似乎早已取代了"现在"。

石皮弄只是西塘122条弄堂中的一条，还有不计其数的陪弄，隐藏于深宅的内部，或长或短，忽明或忽暗，在穿堂风的嗖嗖声里，在廊柱的霉味和地面升起的潮气里，仿佛已逝的女眷和用人还在进进出出、忙忙碌碌，有时停下来窃窃私语，议论着主人家的秘闻和趣事。在西塘这座水乡迷宫，正是这些数不胜数的弄堂、陪弄，构成了隐秘的通道和潜在的网络。它们通向院落、厅堂、天井、阁楼、卧房，连接着左邻右舍，连接着寂静的安居和喧嚣的尘世，也连接着前世与今生。

如果说河流是西塘的动脉，街道是西塘的静脉，这些隐秘的弄堂通道就是西塘的毛细血管。它们隐藏得很深，容易被忽略，但西塘的血脉里有它们的涓涓细流，有它们散失又回来的古老记忆的点点滴滴。

站在永安桥上，沿胥塘河两岸，瓦房绵延，鳞次栉比。当你的目光游弋于西塘的房顶，你是逡巡在一片黛瓦的平原上。你一马平川地前行，遇不到突兀的"高楼大厦"的阻挡。即便像王宅、倪斋这样的望族"豪宅"，也内敛起某种世袭的奢华，降下翘檐和高耸的马头墙，隐匿于大片普普通通的民居中，只愿成为其中的一部分——唇齿相依、与民同乐的一部分。

王家的种福堂是西塘最为体面的大户宅第，七进深，百余米长。临街的门厅（头进）是一处低矮的平房，非但不显眼，看上去还有些寒碜、简陋，院门也十分局促、狭小。我百思不得其解：这就是王家的大门吗？那些大件物品，譬如家具什么的，是如何搬进去的？总不至于拆了院墙搬运的吧？费了半天，答案才终于找到：原来王家的大门是开在后面的，从前面向大片茂密的桑园，再外面是沼泽和田野。好一个隐而不露的"豪宅"。

　　我恍然大悟，不禁佩服起西塘人的生存智慧来了。所谓"以暗为安"，所谓"银不露白，暗可藏财"，看来，王家的子孙是深谙其中的道理的。自从御营司都统（皇家直属部队司令）王渊死于南宋高层的争斗，树倒猢狲散，一个曾经显赫的家族流离四散，其中一支来到西塘。这些军人的后裔，见过太多血腥的厮杀、征战，现在放下刀剑拿起锄头，过起了隐居水乡的逍遥生活。他们代代相承，一住就是几百年。他们的血统变了，少了些杀气，多了点儿隐忍。而这种隐忍精神，正是西塘的温婉良善之气滋养哺育出来的，是他们放下"干戈"后找到的"玉帛"。

　　从前出没于太湖一带的水盗，当他们来到西塘时，常常觉得无富可劫——有钱人家都藏哪儿去了？难道躲水里或地下去了不成？他们有的悻悻而归，有的被西塘的恬淡安宁吸引住了，竟有些依依不舍。有的水盗干脆隐姓埋名，在西塘定居下来，放下屠刀，立地成佛，开始了痛改前非的新的人生。

西塘是一部水写的书，蕴含着无言的规劝、教益和启示。

而隐逸是吹拂在西塘上空的一股持续的清风。

好多朋友都津津乐道于西塘的平民气质，称它为真正的百姓安居图，江南微型的清明上河图。它浑然天成，不事修饰，温暖，平易，亲切，是再好不过的人间家园。其实，西塘的精髓只有一个字——隐。隐于水乡泽国，隐于吴根越角。它是江南小镇中的隐士，是隐士中的隐士。

鳞次栉比的瓦房倒映在胥塘河里，风吹过，波浪起伏，使之颤动、变形、破碎，化为细小的涟漪散去。但很快，水的平静就治愈了它们，将它们重塑为一个整体，一幅梦境般的水墨画。此时此刻，西塘卧在水里，透明而沉静，仿佛已化为水的一部分。

应该写写西塘的廊棚。在江南，我没有见过比它更长的雨伞了，绵延长达一千五百米。这一建筑学上的"灰空间"，实乃出于西塘先人良好的公德意识：为行人遮烈日，挡风雨。当你在古镇的廊棚下漫步，西塘为你撑着一把伞——一把江南最长的伞。

千百年来，西塘人因袭祖训，过着一种与世无争的自足安宁的生活。外面的世界，只需一堵砖墙、一扇门窗，就永远将它挡在外面了。而西塘，如同一座坚固的水上城堡，蕴藏着一种温和的不可侵犯性。人们种田、养蚕、打鱼，经营店铺，出售特产，精心栽培、照料杜鹃——他们珍爱的"花中西施"（白居易语）——他们已有一百多种"西施"了，他们还要种下更多的"西施"……

同里："思"的遗产

我记忆中的同里停留在一个安静下来的时辰：黄昏。

事实上，那些幸存的江南古镇都被这个时辰笼罩着。老房子、老街巷、老桥、老人……幸存的江南古镇就是一个黄昏，一座衰朽颓丧的暮晚之躯，一种幽暗深沉的老年之思。

黄昏从环抱同里的五个湖泊中升起，像一个熟门熟路的回家的人，带着水泽和田野的气息，登上同里的七座"岛屿"。这些浮出水面的圩和垾被河流分开，又由古桥相连在一起。——黄昏徘徊在七座孤岛，徘徊在十五条小河、四十九座老桥，徘徊在退思园、明清街、珍珠塔……

同里被誉为"桥的王国"。现存的四十九座桥中，要数太平桥、长庆桥、吉利桥最出名。同里人至今保持着走"三桥"的旧俗。结婚，生子，祝寿，要绕"品"字形三桥走一遭，嘴里念叨着"太平、长庆、吉利"，为的是消灾避邪、祈安求福。现在，到同里的游客，大多要郑重其事地走一走三桥，桥上总是人来人往、热闹非凡。

有一座桥被遗忘了。那就是位于镇东南的普安桥（小东溪桥）。它是一座安静的甘于寂寞的桥。然而它西侧的桥联却吸引了我：

一泓月色含规影，两岸书声接榜歌。

它所表达的仍是安静——月色与书声天然交融的安静。宋元以来，同里"儒士大夫彬彬辈出"，这与它的兴学重教之风有关。以读书为正途，以科名为追求，曾是一种时尚，同里更不例外。同里的骨子里有浓浓的书卷气，有经久不息的琅琅书声。在我看来，一个人文气质的同里，既是一位苦思冥想的深沉老者，也是一个厮守青灯黄卷的莘莘学子。

同里人称小东溪桥为读书桥。我喜欢这一称呼。类似读书桥上内容的对联还在别处出现：

种竹养鱼安乐法，读书织布吉祥声。（退思园）

闲居足以养老，至乐莫如读书。（嘉荫堂）

退思园里的这副对联，位于菰雨生凉轩一面西洋镜的两侧。镜子和对联都可以用来映照自己，提醒并告诫自己。1884年，遭弹劾的任兰生回到故乡同里，请来画家袁龙设计建造退思园时，也许的确是抱着一种"退思补过"的心理的。当这位年薪两千的"军分区司令员"耗费十万巨资建造自己的私家宅第时，他退的是哪一种"退"，思的是哪一种"思"，这就不得而知了。而三年后退思园刚刚竣工，接到朝廷旨意后立马匆匆赶去复职时，任兰生的"退"和"思"的确让人有点儿生疑了。"退"是假，"进"是真，才是他不可更改的命运——在退思园没住几天，一年后他就死在任上。

当一座旧时官僚的私家花园变成今人共享的遗产时，一面镜子、一副劝人读书织补以求安乐的对联，无疑是遗产中的精华所在———一份"思"的遗产。

同里现存三十多处私家宅园中，深藏着一些旧时名媛闺秀居住的绣楼。她们环境幽闭，光线昏暗，通道狭窄，连着草木萧瑟的后花园。那里的激情与泪水、疾病与芬芳已蛛网尘封，被岁月压在箱底，不为我们所知。在几乎禁闭的与世隔绝的人生中，这些多情而敏感的女子学会了顺从和忍耐，用吟诗作画来打发寂寞孤单的时光。诗，在她们手里是一件温柔的武器，却又那么易碎。殳默"生有奇慧，九岁能诗"，十六岁夭亡，留下薄薄一册《闺隐集》。沈瑞玉著有《绣余吟稿》，为她作序的是母亲张羽仙。费温如"幼承母教，好读书，爱通鉴，既工诗"……

她们的生命纤细而脆弱，她们的诗篇清纯而吐芬，她们的低吟浅唱为同里一脉相承的人文传统增添了一缕若隐若现的独异的清香。

周庄：沈万三传奇

几只青蛙、一只聚宝盆，出现在沈万三的发迹传说中：

沈万三生于南浔，从小跟着父亲种田、养鸭，靠卖泥玩具过日子。一天，他到泥塘边挖泥做玩具时，从捕蛙人手里救了几只青蛙，并将它们放生。晚上，几个青衣人来到梦里，向他频频作揖道："感谢救命之恩，日后定当报答。"几天后，他去河里捕鱼，奇怪的是，撒网五次，五次都网到同一只泥瓦盆，盆里还坐着几只"呱呱"叫的青蛙。沈万三将它抱回家，当鸭食盆用。

原来，是获救的青蛙——梦中的青衣人——报恩来了。这只泥瓦盆就是聚宝盆。有了它，一把稻谷能装满一船舱；有了它，粪土能变黄金；有了它，沈万三"左脚生金，右脚生银"。——后来，沈万三带着家人和聚宝盆离开南浔，摇船来到周庄，隐居起来了。说是隐居，其实是将自己放到显赫而动荡的命运中去了。

类似这样的传说还很多，都与他不可思议的个人财富有关。说他充军去云南时，带着五个儿子同行。这五个儿子是金、银、铜、铁、锡，因此他身边总是金光闪闪。皇帝得知后，下了一到圣旨，将五个儿子就地处死。圣旨一到，金、银、铜、铁四个在身边的儿子当场被杀，血洒高原，化为铜矿。因此云南铜矿多，尤以含银的白铜最有名。锡是一个瘸子，走不快，落在后面，后来在个旧跳崖自尽，所以个旧锡矿多。

在正史和地方志中，有关沈万三的史料并不多见，有关他发迹原因的记载更是难见。有的说他是靠"躬耕起家"的，后来又得到了吴江陆氏赠送的资产，说明他拥有比较雄厚的田产和财力。但这些，不能构成他"富甲天下"成为江南首富的资本。在众说纷纭中，我比较倾向于"通番说"。"苏州沈万三一豪之所以发财，是由于作海外贸易的。"（吴晗语）沈万三利用周庄水路交通的便利，以及白蚬江西接京杭大运河、东通浏河的优势，将周庄变成了一个粮食、丝绸及多种手工业品的集散地和交易中心。内外贸一起抓，内贸主要做粮食和煤炭生意，外贸侧重江南一带的土特产和手工艺品，运往南洋的船舶上常常装满丝绸、刺绣、陶瓷、竹器、茶叶、脚炉、白酒等。

民间说，沈万三拥有田产三千顷，他的大粮仓占地一千三百亩，在东庄到银子浜一带，还有一座大花园和一座银库。然而这可能只道出了他资产的一二。明初，朱元璋以应天为南京，沈万三向新王朝献粮一万石、白银五千两，还有龙角、黄金、甲马等礼品。他在南京有"廊庑一千六百五十四楹，酒楼四座"。朱元璋修筑南京城墙，他包下了从聚宝门到水西门一段三分之一的工程，加上路、桥、水关、署邸等配套设施，占到总工程量的近一半儿。

此时的沈万三，是帝国的资助者，皇帝的红人。——正是春风得意马蹄疾呢。得意之时，难免脑子发胀，容易出错。也许是喝了点儿酒，又受到了皇帝的表扬，他又主动提出要犒赏军队。皇帝问如何犒赏。沈万三拍着胸脯说："每个士兵发一两银子，也不过几百万两罢了。"皇帝一听，警惕了，也生气了："你，沈万三，一个商人，难道要收买我的军队不成？"一怒之下，皇帝定了沈万三死罪，立马要斩。幸亏皇后求情，才改为发配云南。

这件事，彻底改变了沈万三的个人命运，加之后来接踵而至的一系列打击，其家族也开始走向衰败。

看来，有着超凡商业天赋和经营智慧的沈万三并不懂得月满自亏、暗可藏财的朴素道理。他讲气派，喜排场，生活奢华挥霍。拥有妻妾十三人，常陷于女人间的争斗而筋疲力尽。他喜欢高朋满座，喜欢在家宴请宾客，"家有筵席，必有酥蹄"，这种俗称万三蹄的酥蹄，选用上好的猪后腿，加调料，在大砂锅里煨焖一天一夜而成，上席时要有整整一桌精选的蚬江水鲜来陪衬：鲈鱼、白蚬、银鱼、鳗鲡、甲鱼、水晶虾……看来，他是一个狂热的肉食主义者。翻阅史料，未见他有赈灾济民、修桥筑路之类的义举。而像这种造福百姓的善行，一般地方志是不会疏漏的。

……几百年过去了，一个幽灵仍在周庄徘徊、游荡。——沈万三是一个传奇，一个神话，更像一个巨大的影子，笼罩在周庄上空，久久不能散去。街巷狭窄、店铺林立的周庄，有"中国第一水乡"之称，但看上去更像一个热闹的商业集市。过街骑楼和临河水阁还在，驳岸石栏和墙门踏渡还在，但恍如一帘幽梦，已不知今夕何夕了。"家家踏渡入水，河埠捣衣声脆"的水乡动人画面渐渐淡去了，而有关沈万三的传奇仍在改编、演绎、登场。他如同一位不在场的演员，一位隐形主角，穿着看不见的戏服，只要布景和道具还在，他就会没完没了地演下去。游人如织，摩肩接踵，沈万三，这位江南首富的发迹史，仍是现代人心中的神话，人们津津乐道地谈论他，更渴望效仿他，从生活的河塘淤泥中挖出一只只聚宝盆……

离开集市般的周庄，来到镇外的银子浜。传说，沈万三死后，尸体由家人从云南秘密运回故乡，埋在银子浜的水潭深处。"银子浜为沈万三园居，湖石尚存，浜尽处有水一泓，下通泉源，迂回曲折，旱岁不枯……水底有古墓，紧实完固，当秋水澄清之际，可俯而瞰焉。"（明·杨循：《苏谈》）正午烈日下，我看不见万三水冢，只看到两位疲惫的船夫在打盹。传说水底埋了十万两银子，那么，银子也一定在打盹。

甪直：写给陆龟蒙的信

甫里先生，现在我来到你的墓前。——我从陈墓赶到甪直，是专门看你来的。在陈墓，我去瞻仰了一位南宋妃子的水冢。女士在先，先生在后，这一点，你大概不会介意的吧。

今天是2004年5月28日，天气晴好，你的墓地坐落在一片明媚的阳光中。偌大的墓园，空阔而幽静，知了叫得时断时续，好像在练声，告诉我们夏天已经来了。墓道两侧，一边是葱郁的松柏，一边是茂密的修竹。春笋还在一个劲地往上长，似乎它们并不认为春天已经走远了。这片小小的竹林就像是你的书桌，而疯长的笋就是你的笔——倒插的可以写出动人诗篇的笔。

你离开这个世界已经一千多年了。一千多年中，有多少被遗忘被葬送的人和事啊，即便曾是显赫一时的人物和轰轰烈烈的事件，都已成了历史长河中的过眼烟云。而甪直人一直没有忘记你，把你视为真正的隐士和布衣诗人，因为你就是甪直的灵魂。你的墓多次被毁，但宋、元、明、清历朝历代以来，都有人修缮它、维护它。他们当中有你的世孙，还有仰慕你的文人、外乡人、地方小吏。最近一次重修是在1986年。清风亭和斗鸭池都是新的，而两个石槽，是你养绿头鸭的遗物。还有三株古银杏树，据说是你亲手所栽，它们已长得像三把巨型的伞，看望你的人来了，可以坐在下面纳凉、避雨。

我不能想象你生活的时代甪直的样子。但现在的甪直，基本保持了明清时代的旧貌，有那个时候的老屋、古桥、水巷、石驳岸，如同时间的一次停顿。甪直毗邻苏州，是一个丰饶富庶的"水云之乡，稼渔之区"，也是理想的归隐之地。自你以降，这里就成了"高人遁迹之地"——隐士们的圣地。"自唐陆龟蒙风节流传，今里中犹尚道义，士朴雅少奔竞，民质直少浮夸"，这就是说，你既带动了吴中文人雅士们的归隐之风，同时又熏染了甪直质朴的民风。

而你自己，又承接了哪一种传统呢？当然，你的归隐首先是一次彻头彻尾的个人行为，与任何人无关，但同时，翻检历史也有线索可寻，那就是从老庄到陶渊明、谢灵运，再到孟浩然、王维的"隐逸"的传统。然而，你与他们还是有所不同。就说前唐的孟浩然和王维，一位过着半官半隐的生活，另一位则是贵族、居士和庄园主。而晚唐的你，在归隐上就比他们两位走得远，也彻底得多了。更彻底的归隐，就是把自己变成一介布衣、一位农夫、一个乡下人。

在甪直，你有四百亩地，三十间房子，十头牛，十几个雇农。按现在的说法，已在"小康"生活水平之上。你常常下地耕作，插秧，割稻，"躬耋锸，率耕夫以为具"。雨涝季节，带领农人修筑堤坝，疏浚河道。乡邻和路人常常不理解你：一介书生，何苦如此呢？你回答说："尧舜霉瘠，禹胼胝，彼圣人也；吾一布衣，敢不勤乎？"

你对农具很有研究，著有农书《耒耜经》，为的是"以备遗忘，且无愧于食"。书中介绍了犁、铲、耙、碌碡等农具的制作及使用方法。据传犁由直辕改为曲辕，就是你发明的，它大大提高了生产效率。你还研究渔具，写有各种渔具诗二十一首。你对樵事也有兴趣，著有《樵人十吟》。

你躬耕而逍遥，自称"江湖散人"。"散人者，散诞之人也。心散、意散、形散、神散，既无羁限，为时之怪……"在散淡悠闲的日子里，你常常"有意烹小鲜，乘流驻孤舟"，"朝随稚子去，暮唱菱歌还"。有时，乘一叶扁舟出游，"设蓬席，赍一束书、茶灶、笔床、钓具、棹船郎而已。所诣小不会意，径还不留。虽水禽戛起，山鹿骇走，不若也"。这种逍遥自在的生活，难道不是一首"行动的诗"？

你嗜书如命，家有典籍万卷，是个藏书家。你有洁癖，"几格窗户砚席，剪然无尘埃"。你性情中的洁癖尤甚："性不喜与俗人交，虽诣门不得见也。不置车马，不务庆吊。内外姻党，伏腊丧祭，未尝及时往。"你好饮，但酒量不太大。你夫人蒋氏好像比你更能喝酒，说"但得樽中满，时光度不难"，大有晋人风度。多年前，我读过你的一首饮酒诗，至今记忆犹新："几年无事傍江湖，醉倒黄公旧酒垆。觉后不知明月上，满身花影倩人扶。"有人说你的诗写得黯钝、险怪，是不公平的，从这首诗可以看出你的真性情，如此天然率真。

　　甫里先生，你的长眠处是个好地方。旁边是江南名刹保圣寺，它以壁塑罗汉著称于世。现存罗汉像九尊，神态逼真，栩栩如生，在中国古典艺术史上，代表了"金饰佛像"向"泥塑艺术"的演变。它们历经劫难留存下来，是在为你守灵吧。如果说这些泥塑罗汉代表了甪直的形象和神态，那么你就是甪直的气韵和魂灵啊。

　　甫里先生，我有一个小小的遗憾。不知是人们的粗心还是疏忽，你的斗鸭池里空荡荡的，石槽边也听不见呷呷鸭叫，总觉得缺了点儿什么。下次来甪直，我一定要带几只绿头鸭来养在池子里，如果你不反对的话。

2004年

女士们的西湖

1

第一位女士是一条白蛇。

她在断桥下修炼了五百年，因吃了吕洞宾的汤圆（一粒仙丹）而有了化身为人的功力。她给自己取了个名字，叫"白娘子"。白娘子在清明游湖时爱上了一位眉清目秀的小后生，他叫许仙，从此开始了一场如泣如诉、感人肺腑的人妖恋。

白娘子的对手是乌龟的化身——一个又黑又粗的莽和尚，他叫法海。他专与白娘子作对，几次使她显出原形。最后将白娘子镇在雷峰塔下。而法海自己的结局是被关进了螃蟹肚子里。

这是西湖民间传说中的白娘子故事。历代以来的文人创作，使"白蛇传"在大量涌现的话本、小说和杂剧中有了多种变体，白蛇的形象也经历了一个演变和升华的过程：蛇性渐渐消失，越来越人性化、女性化，也越来越可爱生动。蛇妖变成了蛇仙——一个不留恋天上仙境而热爱人间天堂的蛇仙，她就像我们身边的姐妹。

据说法海在净慈寺镇守雷峰塔时留下四偈："西湖水干，江潮不起，雷峰塔倒，白蛇出世。"宋、明、清，都有见证者报道，在雷峰塔里和雷峰塔附近，看到了神秘的大蟒蛇。1924年9月的某一天，西湖南岸一声巨响，雷峰塔轰然倒塌。鲁迅先生深受鼓舞，两次撰文，欢呼雷峰塔的倒掉。2002年9月，一座现代化的装有电梯的雷峰塔又建起来了，如果鲁迅先生还活着，他会做何感想？

第二位女士是一名妓女。

她就是南北朝时期的苏小小。一首南朝乐府民歌《钱塘苏小歌》脍炙人口："妾乘油壁车，郎骑青骢马。何处结同心？西陵松柏下。"人力推着走的油壁车正是她的小小香车，她乘着它，在西陵一带优哉游哉。她深情地爱过那位骑青骢马的负心郎，资助过一位名叫鲍仁的落难公子，在地方官吏的宴会上即席赋诗，展示她骄傲的才情。

苏小小有貌、有情、有才、有识，是美与慧眼风流的化身。也许一个美人并不需要晚年，她夭折的命运正是对美的造就。苏小小香消玉殒于风华正茂，留下最美的青春底片，在时间中不会褪色。

在后世文人眼里，苏小小是不死的美人，不愿承认她"昨日树上花，今朝陌上土"的事实，觉得"芳魂不肯为黄土，犹幻胭脂半树花"。曾在杭州当太守的白居易就说：
"若解多情寻小小，绿杨深处是苏家。"

　　六百年后，到了宋代，一位名叫司马才仲的洛阳人还与
苏小小发生了一段离奇的人鬼恋。司马才仲在洛阳时，一天
午睡，梦见一位美人为他唱了半首词。五年后他到杭州做幕
官，请朋友续了后半首。自此以后，这位美人每晚必来与其
同床共眠。他觉得奇怪，与同事谈起此事。他们都说："公
廨后有苏小小墓，得无妖乎？"不到一年，司马才仲就得疾
而终。

　　一千年后，一位江南诗人徘徊在冬日的苏小小墓前。苏
堤一带已被寒冷梳理，桂花的门幽闭着，忧郁的钉子也生着
锈。他如同一位有恋尸癖的新郎，举止清狂、艳俗，置身于精
雕细琢的嗅觉，像一个被悲剧抓住的鬼魂，与风雪对峙着。他
祈愿自己有足够的福分、才华，穿透厚达千年的墓碑，用民间
风俗，大红大绿地迎娶已逝的美人——把风流玉质娶进春夏
秋冬。

　　在西泠桥畔的慕才亭，亭柱上有这样一副楹联："湖
山此地曾埋玉，风月其人可铸金。"这是对苏小小的最高赞
美，也被誉为洋洋大观的西湖楹联中最为出色的一副。

　　第三位女士已化身为蝴蝶。

　　她就是女扮男装的祝英台，与梁山伯一起到杭州凤凰
山上的万松书院求学。同窗数载，情同手足，亲如兄弟。在
十八里相送的返乡途中，祝英台多次暗示梁山伯，自己是

"女红妆"，可惜这头"呆头鹅"不开窍，直到临终时才恍然大悟。

据称，专家们现在已找到从杭州万松书院到宁波梁祝公园的"爱情之路"，找到了十八里相送的候潮门、贴沙河、双照井、观音堂和七甲渡，然后沿钱塘江从西兴古镇进入浙东运河，就能到达梁祝的家乡。

化蝶，是爱的终极之美，是爱的凤凰涅槃。梁祝悲剧，被誉为东方的《罗密欧与朱丽叶》。在江南，老人们看到双飞的蝴蝶时，总会说："哦，那是梁山伯与祝英台……"

…………

还有第四、第五、第六位……的女士：《断肠集》的作者、女诗人朱淑真，花魁女莘瑶琴，削发为尼的琴操，孤山别墅里的恋影者冯小青，李渔家班里的女乐，戴望舒笔下的丁香姑娘，革命者秋瑾……有名的与无名的，共同构成了西湖人文中的女性背景。阴柔、温婉、细腻之美浸润着西湖的山水，如此，苏东坡才会把西湖比作西子，才会写下：

　　水光潋滟晴方好，山色空蒙雨亦奇。
　　若把西湖比西子，淡妆浓抹总相宜。

2

这里是尘世许诺的天堂。

这里是马可·波罗所说的"天城"。这位伟大的旅行家说，它的庄严和秀丽，堪称世界其他城市之冠。

西湖无疑是属于女性的，是女性之美的化身。山入城，水入城，山水的灵气与城市的底气相融，构成了杭州的天生丽质和不凡气韵。西湖之美取自山水的眉目，女性的眉目。所谓点睛一笔，眉目传情，水光潋滟，等等，正可用于西湖。可以想象，如果没有西湖，杭州将是死气沉沉而不值得居住的。

西湖之美取自节气、阳光、雨水、植物、花卉，当然还有爱情、传奇、湖中的倒影与轻叹。四季登场的花卉是盛开不败的女子，堤岸、湖水、断桥与长桥，正好做她们的T型台。"正月梅花是新春，二月杏花叶儿红，三月桃花红飘落，四月蔷薇花儿香，五月石榴端阳跟，六月荷花伏中生，七月凤仙巧营生，八月桂花是中秋，九月菊花重阳中，十月芙蓉小阳春，十一月水仙盆里青，十二月蜡梅冷清清。"（杭州民歌）还有白玉兰、郁金香、樱花、杜鹃……组成西湖的四季花环。真可谓"四面青山皆入画，一年无日不看花"。

西湖之美需要疏浚。不疏浚的西湖是一潭死水，疏浚后的西湖就是碧水和活水。正如女人，疏浚的女人是洁净的大地，不疏浚的女人是可怕的沼泽。

白居易和苏东坡这两任杭州太守，更多不是因为他们描写西湖的诗篇，而是对西湖疏浚做出的贡献，而被人们纪念和称道的。白堤和苏堤，既是他们个人的户外作品，又是西湖对他们的褒奖——漂在西湖的勋章和绶带。

白居易和苏东坡之后，治理西湖第一人当属明初杭州太守杨孟英。他亲自指挥疏浚，历时一百五十二天，用了六百七十万个工日，拆毁被占田荡三千四百八十亩，使西湖恢复了往日生机。

有一年秋天，我见过西湖疏浚的场面。湖水抽干了，黑兮兮脏乎乎的湖底裸露出来，好像西湖的内脏被暴露了。淤泥，垃圾，残荷，死去的水草，看不见捡螺蛳的妇女们的面孔……你会想起法海和尚的偈语"西湖水干……白蛇出世"，没有了水，干涸的西湖是丑陋的，让人无法忍受的。——水是西湖的灵，西湖的魂。

西湖是演出人妖恋、人鬼恋的暧昧剧场。千百年来，这个湖水剧场不知上演了多少肝肠寸断、如歌如诉、感天动地的故事。它是从时光深处，从那些迷人故事的深处，升起来的一个湖泊。相对于别的湖泊，她不是一个母性的怀抱（她的确缺少一点儿母爱精神），更像青年女子的婚床。她保持着青春期妩媚秀丽、率性纯真的风韵，并且要永远保持下去。

——一个静止在青春期再也不愿成长的湖。

有时，西湖就像我们青春期的一场疾病。每次去杭州，我总是有意无意地回避她。莫非我是在回避生命中的某种疼痛？胡适在《西湖》一诗中写过："十七年梦想的湖，不能医我的病，反使我病的更厉害了！"忽然想起，我离开浙江移居新疆，恰好十七年了。

3

　　山外青山楼外楼，西湖歌舞几时休？

　　暖风熏得游人醉，直把杭州作汴州。

　　西湖养育了一种女性化的享乐主义和消费主义——无边的风月。

　　在西湖的湖心亭，有一块著名的"虫二"碑，意为"风月无边"。

　　南宋杭城，户二十多万，人口百万有余，俨然已是全国第一大城市。物质富饶，商业繁荣，生活奢靡，感官主义蔚然成风。到处都是瓦舍、酒楼、歌馆、茶坊，到处都是饮宴、歌舞、美妓，如同一个不会结束的狂欢节，如同国破家亡前的自暴自弃。一个"温柔乡"，一只"销金锅"，一座歌舞升平之城。"一勺西湖水，渡江来，百年歌舞，百年醋醉。"（文及翁：《贺新郎·游西湖有感》）周密在《武林纪事》中说，歌管欢笑之声通宵达旦，往往与清晨官员上朝的车马相接，即使是风雨暑雪天也不例外。柳永写杭州"市列珠玑，户盈罗绮，竞豪奢"，他本身也是一个"羌管弄晴、菱歌泛夜"的风流家伙，晚年穷困潦倒，流落街头，是好心的歌妓们集资买了棺木，为他下了葬。

　　元代，来自北方草原的统治者们也迷恋上了这个"温柔乡"。马可·波罗说，在湖上寻欢作乐，是这个城市君王的习惯。统治者造了许多游艇、画舫，它们五彩斑斓，五光十色。这是旅行者向往的城市，"他们沉湎于眠花宿柳的温柔乡中，真有乐不思蜀之感。但一回到他们自己家里，他们不说到过杭州，而说自己曾游过天堂，并且，希望有朝一日，能重返这人间仙境"。

享乐主义是一场瘟疫，四处传播，无孔不入，它同样传播到阴间，传播到地下幽冥世界。马可·波罗描写了那个时代的葬礼：把许多纸扎的男女仆人、马、骆驼、金线织成的绸缎以及金银货币投入火中。他们相信，死者可以在阴间继续享受这些物资和奴仆之利。

17世纪，美食主义开始抬头，杭州成为一个名副其实的"酒肉天堂"。那时的妓女，如果会做一手好菜，就会身价百倍。美食家们"眈眈逐逐，日为口福谋"。在《陶庵梦忆》一书中，张岱一口气列举了五十七种时常出现在杭州宴席上的土特产。它们当中有苏州带骨鲍螺、嘉兴马交鱼脯、塘栖蜜橘、萧山杨梅、龙游糖、台州瓦楞蚶、浦江火肉、东阳南枣、山阴河蟹等，还不包括从北方来的奇珍异味。

郁达夫对20世纪初的杭州人有负面评价，说他们"外强中干，喜撑场面；以文雅自夸，以清高自命；只解欢娱，不知振作"。

当然也有例外：李叔同在虎跑削发为僧，遁入空门。隐居孤山的林和靖，以梅为妻，以鹤为子。更遥远的，葛洪在葛岭上砌炉炼丹，一心求仙得道……有人说，一个人对待世界的态度就是世界对待他的态度。那么，对待西湖的态度就是我们对待世界、对待人生的态度。有人沉湎于西湖，有人在西湖上狂奔，有人转身离去，仿佛要摆脱某种致命的诱惑……

我总觉得西湖可以属于女人、老人和孩子，唯独不属于男人。对于女性来说，西湖是一个唯美的剧场；对于老人来说，西湖是一个归宿性的墓园；对于孩子来说，西湖则是一个新生的襁褓。而对于男人们，西湖这个感官与欲望的渊薮，会把他们的硬骨变成脆骨、软骨和无骨。西湖的女性气质，是对男人们的质疑、消弭和解构。

古往今来，生活在西湖边的历代女性，她们在一个爱的深潭里沉浮、挣扎，在一个美的祭台上赴汤蹈火。她们的泪水混合着雨水，夺眶而出。她们失败的爱情就像雨水一样，源源不断地注入西湖——一个欢笑与悲伤的容器。因此不必担心，西湖之水是不会干涸的——

> 你总在恋爱，所以要参与到雨水的哭泣中去
> 雨水太多了，再加上你晶亮的一滴
> 一种放肆的美，便溢出波光潋滟的西湖……
> ——拙作《杭州，一个故园》

风月无边。杭州依然是"欲望那绚烂的豹皮所覆盖的城市"。

生活在这座城市的男人们是无边风月正统的奴仆，是人妖恋和人鬼恋的直系后裔。有时有点儿厌倦，有时想抽身而出，感到爱情如同快餐和报纸花边新闻，向着消费主义投降，在百无聊赖和东张西望中，已丧失经典爱情那种榜样的力量和不可重复的美感——经典爱情已淹死在西湖里了。

　　后现代花花公子们出没于西湖边的酒吧、茶楼、夜总会，在一种无法摆脱的轮回中绕湖驾车狂奔，蒙眬目光中是一个幻觉的南宋，一个酒肉天堂里的竞技场。有时喃喃自语：斯世何世？有时睡去，有时惊醒，仿佛受了寒风的袭击，打着哆嗦，像一阵虚无，飘落到西湖这张绝世的婚床上。

2005年

东南高地

  颜真卿显然是一位极具亲和力的刺史。他性格耿直刚正，声音洪亮而有磁性——他就是一块儿巨大的磁石，吸引并团结了大批有才华的人士，他们当中有官宦、文士、僧人、道士、游子、隐士、平民等。宇文所安所说的"颜真卿圈子"是存在的，它就是以一代书法大家为核心的一个文人社团，一个饮酒酬唱、往来密切的社交圈子。8世纪下半叶的湖州，是与京城之外的诗歌高地和诗歌中心，拥有像诗僧皎然、《茶经》作者陆羽、苦吟诗人孟郊、隐逸诗人张志和、女道士李冶等这样的名士，他们集约式的文学气魄，足以与拥有话语霸权的京城诗人相抗衡。

  公元773年，颜真卿到湖州任上时，年届六十五岁。但他看上去不像一个垂暮老者，而是一个精力充沛的壮年，一个气贯长虹的领袖人物。他的书法艺术正处于巅峰状态，已达到炉火纯青的程度。颜真卿本人较少写诗，他将个人艺术表达化为碑铭和字帖上的"沉默"，但他鼓励和倡导诗人们发出自己的声音，乐意看到湖州成为一座百花齐放争奇斗艳的诗的花园。

颜真卿主事湖州五年，至少做了三件值得一书的事情：一、为纪念唐肃宗在长江流域建放生池的天子之孝和仁爱之心，在湖州建起了当时中国最大的放生池，立碑并亲自撰写《碑阴记》。这口占地数十亩的放生池，是对唐肃宗八十一口放生池的一次颂扬和总结。二、组织编撰《韵海诗源》三百八十卷，共有十多位江南名士参与了这项工程。三、岘山上的一次雅集，诞生了中国历史上最长的联句诗。参与者除颜真卿外，还有皎然、陆羽、吴筠等二十八人。众名士围坐在石头洼樽（一只天然的大酒杯）边，饮酒赋诗，共得二十九联五十八句二百九十字。这次雅集，堪与东晋时期王羲之的兰亭雅集相媲美。

如果说颜真卿是这一文人社团的"行政首脑"，那么诗僧皎然更像是一位"精神领袖"。《韵海镜源》就是在他住持的妙喜寺编撰的，尽管他没有参与具体工作，但无疑起过重要的指导作用。论诗名，皎然是唐代和尚中最高的。他写山水诗、以寺院生活为背景的诗，也写战争、男欢女爱。他是一个亦僧亦俗的人，修禅礼佛，又不拒绝社交生活，尤其留恋颜真卿圈子良好的艺术氛围和文人友情。到了晚年，则对诗墨酬酢的社交生活厌倦了，隐居妙喜，闭门苦修禅理，终成正果。

皎然自称是谢灵运的后代，并以此为荣。在诗学专著《诗式》中，他对京城诗人鄙弃六朝诗歌优秀传统的做法进行了抨击。作为一名"外省诗人"，皎然对京城诗人的话语霸权和文化炫耀是不满的。他说，他们"窃占青山白云、春风芳草，以为己有"。而他本人，则虚心学习六朝诗歌，深研五言古体声律的和谐流畅，大胆实践，得其精髓。《寻陆鸿渐不遇》是这方面的代表作："移家虽带郭，野径入桑麻。近种篱边菊，秋来未著花。扣门无犬吠，欲去问西家。报道山中去，归时每日斜。"

陆鸿渐就是陆羽。皎然找他时，或许上山采茶品茗去了，或许正脚穿藤鞋、披发疾走、击木高歌呢。其时，陆羽正在撰写修订他的心血之作《茶经》。他在湖州生活了三十年，主要住在皎然的妙喜寺里。多年前，两人在外地偶遇，结下毕生之缘。皎然比陆羽年长十三岁，陆羽对这位和尚兄长的诗才和佛学修养甚是敬佩。他移居湖州，多半是冲着皎然来的。好像是一次约定，两人在同一年（804年）去世。死后，陆羽墓和皎然塔相伴妙喜杼山。——这是一对儿患难与共、生死相依的奇才兼兄弟。

颜真卿也很器重陆羽，这位已将湖州作为第二故乡的湖北人，尽管他貌丑、口吃，但做事踏实认真，为了写《茶经》，把浙江、江苏、安徽三省交界处的产茶区都走遍了。陆羽的文笔，显然受到这个诗人圈子的浸润熏染，《茶经》里常有文采飞扬的诗意之笔："茶者，南方之嘉木也。……茶之为用，味至寒，为饮，最宜精行俭德之人。……聊四五啜，与醍醐、甘露抗衡也。"在一部枯燥的茶学专著中，我们隐隐听到了优美的诗歌之音。

去年夏天，我与湖州友人丁海生去妙喜（妙西）杼山寻访陆羽墓。找了半天，在山上找到了两座陆羽墓（自然就有两座皎然塔）。一座比较简陋，是当地村民集资修的，另一座豪华些，是湖州市茶文化研究会和日本友人建的。

海生兄有些疑惑："两座陆羽墓，两座皎然塔，不知哪座是真，哪座是假？"

"真真假假并不重要。狡兔还有三窟呢，一代茶圣和诗僧，拥有两处墓地、两座砖塔，也不算腐败啊。"我开玩笑说。

海生兄点头称是，释然了。

在颜真卿圈子的众声喧哗中，出现了一位女士的声音。她就是女道士李冶（李季兰）。《唐才子传》上说她"美姿容，神情萧散"。她性格放达，诗意也荡，称得上是妇女解放运动的一位先驱，在人群中是活力与快乐的一个中心。《全唐诗》录存其诗十六首，大多是写给往来唱和的男性的。或娇嗔，或戏谑，或炽热如火，或黯然神伤。传说她与陆羽有过一段恋情，一次生病时陆羽冒着大雾来看她，感动得她"欲语泪先垂"。她大概给皎然写过"示好"的诗，但和尚回赠她的诗显得凡心不动、不解风情："天女来相试，将花欲染衣。禅心竟不起，还捧旧花归。"

在唐代，道士的地位是很高的，唐太宗曾下诏"道士女冠可在僧尼之前"，后来又把道士女冠作为王室成员来看待。李冶属于那个特权阶层。通过一些零星史料和捕风捉影的民间传闻，就认为这位女冠诗人就是颜真卿圈子的"公共情人"，显然是一种臆断。但有一点是可以肯定的，李冶的确与众多男性诗人建立起了无拘无束的亲密友情，尽管友情中仍有暧昧的成分存在。这位"女中诗豪"性格外向，像个野小子，大大咧咧，爱开玩笑。有一则故事能说明她的性格，也显示了她与男性诗人间的融洽关系。诗人刘长卿患有疝气，李冶就开玩笑问他："山气日夕佳？"刘长卿答曰："众鸟欣有托。"举座大笑，论者美之。

还有张志和与孟郊。张志和是浙南金华人，但喜欢湖州的清远山水。这位自称"烟波钓徒"的诗人，认为陆地上太脏了，不配他居住，只有水里才是干净的，可以荡舟逍遥。于是浮家泛宅在西塞山下的苕溪里，隐逸于烟波浩渺之间。颜真卿作为一名地方长官，很关照这位外来的诗人，张志和的舴艋舟坏了，就赶紧送给他一条新船。"郊寒岛瘦"，孟郊是一位沉默寡言的人，自称"寒酸孟夫子"，总是一副忧心忡忡的样子。他的那些倾诉穷愁孤苦的作品感情真挚、发自肺腑，每每总能打动身边的朋友，使他们赞叹不已。

颜真卿圈子是一个活跃而有凝聚力的文人社团。频繁的雅集，各色人物穿梭往来其间，各种思想、观念和艺术追求色彩斑斓地交织在一起。这个圈子似乎尤为喜爱联句唱和这一社交形式。《全唐诗》存录联句诗一百多首，其中有一半儿出自这个文人社团之手。这些作品，大多属于游戏之作，没有太高的艺术价值。然而这并不重要，重要的是通过雅集和往来唱和所营造出来的良好的艺术氛围以及诗人间亲密坦诚的友谊，这才是令人羡慕和称道的。融洽的沟通与在所难免的争论，滔滔不绝与沉默不语，都建立在一个自由开放的艺术空间之上。一种圈内的小合唱，最终参与到中唐诗歌的大合唱中去。

"行遍江南清丽地，人生只合住湖州。"颜真卿时期的湖州，无疑是一个文学的清丽之地，也是诗的东南高地。众多雅集与交往的细节已不为我们所知，众多诗篇已湮没于尘埃与黄卷，众多诗人的声音隐去了，包括他们的形象、个性、曾经的喜乐与哀伤……但时至今日，仍有旷世之音萦绕在我们身边，8世纪下半叶的湖州，至少为我们留下了两首千古绝唱，即便幼稚孩童都能脱口而出、朗朗吟诵——

慈母手中线，游子身上衣。

临行密密缝，意恐迟迟归。

谁言寸草心，报得三春晖。

——孟郊：《游子吟》

西塞山前白鹭飞，桃花流水鳜鱼肥。

青箬笠，绿蓑衣，斜风细雨不须归。

——张志和：《渔父词》

2004年

破房子·水晶宫

　　二十年后才发现，我的初恋发生在赵孟頫家的一间破房子里。

　　那年我上大一，她读高三，正用功复习，迎接高考。我从学校偷偷溜出来，乘上船去看她。至今仍清楚记得，那是甘棠桥直街旁的一个院子。穿过一条局促的小弄堂，是七八间东倒西歪瓦房围起来的一个四合院，中间是一个共用天井。这里是湖州城里的贫民窟，是被社会遗忘的孤苦老人和安徽山区来的民工们的简陋避难所。我的女友和她母亲住在其中的一间房子里。

　　现在回忆起来，它应该是赵孟頫故居最靠里的一个院子，我猜想曾经不是赵家的仓库，就是下人们的居住区。所有的房子看上去都破败不堪，一副快要倒塌的样子。记忆中没有晴天，永远在下雨，屋内到处漏雨，女友家的地上摆满了脸盆、瓦罐、杯子、碗——一切可以用来接水的盆盆罐罐……

　　她是我二十岁之前认识的最美的女孩，爱画画，尤其爱画仕女画。现在我才知道，七百多年前，这里居住过一位了不起的女画家，喜欢用梅兰竹菊表达对夫君的思念、对世界的理解。她就是赵孟頫的妻子管道升。然而我对女友的痴情是无望的、一厢情愿的，她总是一副心不在焉的样子——我能感受到她内心绵绵不绝的阴雨：父亲刚去世，弟弟成了社会上的浪荡子，独自与母亲相依为命。只有在画画的片刻，她才是安静而快乐的。

　　从她的叹息声里，我听到了一种愁肠百结的痛楚，一个心事重重的女孩子身上散发的忧郁气息，使我早早学会了对女性的怜惜和体谅。我的倾诉是无言的，词不达意的。我给她带去一大堆高复资料，她送给我一把水果糖、一个青涩而潦草的吻。

　　这就是我短暂的初恋，如同一个慌乱的吻一闪而过，再不会重复，再不能回来。她的心事不在一个不知从哪儿冒出来的异性身上，而是两眼迷茫，张望着不可知的未来……二十年后，她已是一位成功女性，在经历一次失败的婚姻之后，远嫁大洋彼岸，相隔茫茫，音讯全无。

　　二十年后，我因为偶然的机会又一次来到甘棠桥直街。我记忆中的院子消失了，取而代之的是一座新建的小学。赵孟頫故居拆掉了许多大大小小的院落，只在临近月河漾边，保留了前后相连的二进深二层楼的廊屋。廊柱间拉着绳子和铁丝，晾着衬衣、裤衩、抹布，远远望去，像是被生活撕碎但又来不及撤下的万国旗。

我在那里徘徊。时近中午，有人在河埠头淘米洗衣，有人在廊棚下架煤炉，煤烟呛得人咳嗽。听得见从屋内传来剁肉、切菜、做饭的声音。穿过石砌通道，里面是一个院子，还有一个后厅。敞开的厅堂光线昏暗，堆满木料、杂物，有几个人影在忙碌，电锯发出断断续续的尖叫，原来是一家木材加工厂。一位老伯告诉我，院子里原来有一棵大银杏树，"文革"期间枯死了，后来就挖掉了。他还说，现在这里住了二十几户人家，大多是老人和外地来的打工者。……在廊屋左侧，我看到一块石碑，上面写着：湖州市重点文物保护单位赵孟頫故居。

　　这处宅第为赵孟頫父亲所建。在它鼎盛时期，是湖州城里最为气派豪华的建筑群。三进六开，四十多间房子，楼与楼之间有院落、天井和花园相连。在水乡的烟雨波光中，宛如溪上琼楼玉阁，又如玲珑通透的水晶宫。在月河漾对面，则是赵孟頫的别业——莲花庄庄园。有一位叫沈梦麟的元代诗人描述过这里的景象："莲花庄北长桥东，客来卜居水晶宫。参差楼阁烟尘外，窈窕山川图画中。"

　　"水晶宫道人"，这是赵孟頫最爱用的自称。1254年，他出生在这座"水晶宫"里。1322年，在这里去世。他六十年的生命，跨越宋元两代。

　　作为宋室后裔、赵匡胤十一世孙，赵孟頫仕元，官至一品，至翰林学士、荣禄大夫，历来备受争议，有人骂他是"贰臣""汉奸"，并以此贬低他多方面的艺术成就。然而，只要我们翻开中国书画史，像赵孟頫这样的集大成者寥寥无几，实属罕见，可以说，几百年才能出一个。

"吴兴（湖州）潇洒地，自古富人物。"赵孟頫是真正的湖州巨子，一位百科全书式的人物。论绘画，他是元代文人画的鼻祖，擅长人物和鞍马图，将王维、苏轼开创的文人画推向了一个新的高度。1986年，纽约拍卖行将他的一幅《惠兰图》拍出了三十三万美元的高价。论书法，堪称一绝，力诋两宋，师法晋唐，以遒媚秀逸之特色开一代风气，篆、隶、真、行、颠草均为元代第一。在诗文上也颇有造诣，古体诗有陶渊明、谢灵运的高古之风，现存诗作四百多首，文章三百多篇，有人说他"诗文清邃奇逸，读之使人有飘飘出尘之想"。他精通音律，爱好琴乐，是位出色的古琴家。在篆刻和文物鉴赏方面也是大家。晚年笃信佛教，曾在一年多时间里两次抄写《妙法莲华经》，还抄写了《藏经》和《金刚经》。

1286年，元世祖忽必烈首次见到这位三十多岁的江南才俊时，顿觉眼前一亮，"才气英迈，神采焕发，如神仙中人"（《元史·赵孟頫传》）。到了元仁宗爱育黎拔力八达时期，更是受到朝廷的赞赏和宠信。元仁宗说，赵孟頫至少有七个方面是他身边的人无法相比的：一是帝王苗裔，二是状貌昳丽，三是博学多闻知，四是操履纯正，五是文章高古，六是旁通佛老之旨，七是造诣玄微。

在大都、济南和杭州从政的日子里，赵孟頫一直处于仕与隐的矛盾纠葛与内心挣扎中。一方面，他受到几代皇帝的器重，青云直上，官运亨通，大有怀才报国的成就感；另一方面，深深厌倦了官场的倾轧、争斗，尤其是元朝官吏对他这个南人的嫉妒、排挤。他发出"徘徊白露下，郁悒有谁知"的感慨，觉得自己"在山为远志，出山为小草""昔为水上鸥，今为笼中鸟"。这时期写下的诗文，既像是检讨书，又像是忏悔录。

这个处于权力高层的"得志者"，渐渐变成了一个忧郁的思乡病患者。在梦中，故乡的山山水水清晰如画。当他拿起湖笔，远方的家乡又恍若隔世。记得早年写过一篇《吴兴赋》，画过一幅《吴兴清远图》，这是献给家乡的两首赞美诗，现在的诗文好像再也达不到那样的高度了。不是技巧不够，而是情感掺入了太多虚妄的杂念。他多么向往那种"一蓑一笠得自由，某水某丘犹可数"的生活啊。在他心里，清丽温润的湖州就是一个水晶宫，而月河漾边的美丽宅第则是水晶宫中的水晶宫。它还好吗？多年前种下的那棵银杏树，它已长大了吧？

在犹豫不决中，管道升推了他一把：回去，回到江南去！妻子写下四首《渔父词》，其中一首写道："人生贵极是王侯。浮利浮名不自由。争得似，一扁舟。弄风吟月归去休！"显然，妻子的态度比自己决绝、彻底。

赵孟頫很爱自己的妻子，也很听她的话。管道升是一位才女，能诗会画，聪明过人，他对妻子的评价是"天姿开朗，德言容工，靡一不备；翰墨辞章，不学而能"。多年前，他在杭州当儒学提举时，爱上了一位名叫桂香的青楼女子，想纳她为妾。在妻子面前不好开口，就拐弯抹角写了一封信，意思是：像我们这样功成名就的知识分子谁没有几个小老婆？苏东坡苏学士还有朝云暮云呢。我多娶几个吴姬越女也是不过分的。你已经四十多岁了，已不是吃醋的年龄了，只管过好自己的生活……管道升读了这封信，二话没说，转身回房间写了一首词：

> 你侬我侬，忒煞情多，情多处热如火！把一块泥，捏一个你，塑一个我；将咱俩个，一齐打破，用水调和；再捏一个你，再塑一个我；我泥中有你，你泥中有我；我与你生得一个衾，死同一个椁！

这首词，常被当作一首炽热的情诗来传诵。既对，也不对。一方面说明管道升对丈夫的感情至诚至深，另一方面也说明她的聪明劲：对付丈夫很有一套办法的，用一首一挥而就的词，轻易就解构了男人的风流杂念。总之，赵孟頫读后羞愧难当，表示要悬崖勒马，改邪归正。从此再不提纳妾的事了。

赵孟頫终于回来了，不过是含泪护送妻子的棺椁回来的。管道升死于南归途中。三年后，也就是1322年，赵孟頫追随妻子的亡灵而去。两人合葬在管道升的家乡德清山里，终于实现了"生得一个衾，死同一个椁"。

站在赵孟頫故居的破房子前，七百年前的故事与二十年前的往事一起涌上心头。模范的夫妻与失败的恋情，这之间有某种必然的联系吗？这世上有好的婚姻，但未必是一种极乐；有苦涩的爱情，但未必不包含丝丝缕缕的甜蜜。我感到七百年前的故事与二十年前的往事在同一个空间、同一个时刻发生。我希望破房子永远是水晶宫，好让我失败的初恋住在里面唱着逝去的、忧伤的歌，好让一个青涩的吻保存下来，并融入一种水的透明中去。

2004年

绍 兴 五 记

南 方 秦 腔

从地域的发声学去倾听，绍剧为绍兴定下了最基本的音色和调子。在板胡和笛子的率领下，大锣、大鼓、大钹节奏密集、声音铿锵，犹如狂风大作，暴雨骤至。演员，特别是男演员的演唱，总是全力以赴，他沉浸在一种炽热、悲壮的情绪中，他要高亢，再高亢，他的嗓音已出窍，飘荡于会稽山水之间。

绍剧粗犷、激越的唱腔使人想起秦腔，它与西北的秦腔有一定的渊源，却在越地找到了一个南方的胸腔，并成为绍兴的发声方式、绍兴流淌的血脉。这一血脉同样来自勾践的卧薪尝胆，来自《越绝书》《吴越春秋》中的复仇精神，来自徐渭的诡异狂怪，马臻的杀身取义，鲁迅的匕首和投枪……它们相互呼应，综合、凝聚成一种绍兴精神："夫越乃报仇雪耻之乡，非藏垢纳污之地。"（明·王思任）

"其事多忠孝节义，足以动人；其词直质，虽妇孺亦能解；其音慷慨，血气为之动荡。"（焦循：《花部农谭》）绍剧反复表达的是忠奸争斗、征战杀伐、神话鬼怪的主题，这种善恶二元论，成为绍兴人观察和评判世界的一种目光。

绍剧的唱腔是发自底层的彷徨与呐喊。它是阿Q的"我手执钢鞭将你打"，是狂人看到的"吃人"二字，是祥林嫂的"我真傻，真的"，是孔乙己的"多乎哉不多也"，是闰土的沉默无语。它是乱世中堕民的背井离乡、流离失所，他们走遍水乡的城镇、村庄，做戏文，挑换糖担，用饴糖、针线、火柴换取鸡毛、鸭毛、头发和布头。小时候，我总是盼着拨浪鼓的响声，可以用废旧物品换取心爱的糖果、蜜饯，从事这一营生的大多来自绍兴，现在我才知道，他们正是堕民的后裔。

还有社戏中的目连戏，它是专门演给鬼神看的。跟在蓝面鳞纹、手执钢叉的鬼王后面的是勾魂的使者活无常，紧随着的是吊死鬼、火烧鬼、淹死鬼、科场鬼、虎伤鬼。最后轮到女吊出场了，她吐着长舌，面目狰狞，唱着"呵呀，苦呀，天哪！……"一边要展示七七四十九种吊死法。她是"一个带复仇性的，比别的一切鬼魂更美，更强的鬼魂"（鲁迅语）。

当然还有越剧，也是本土的，它的清丽婉转代表了绍兴唱腔中阴柔可人的一面。它的缠绵悱恻、儿女情长是对绍剧的刚烈愤慨和目连戏的阴郁凄切的适度修正。然而它只是小小的一面，被当代趣味放大了的一面。在古老的越歌中，连唱给孩子们听的童谣也含有诅咒性的预言和训诫："爬树爬得高，跌煞像年糕。爬树爬得低，跌煞像田鸡。"

霉与臭与醉

穷人们的"享乐主义"总是容易得到满足，因为他们向生活要求的并不多。霉干菜，臭豆腐，黄酒，足以成为他们的口腹之乐——在生活温饱之上的一点儿小乐惠。在霉与臭与醉中，是他们对味觉与快乐的索求。除却是饮食的，霉干菜、臭豆腐和黄酒还是绍兴的文化符号。

霉干菜。它是对付饥荒和漫长冬季的"战略储备"。用芥菜、萝卜缨、尚未抽薹的白菜和油菜腌制，然后蒸熟，晒干，储存一两年都不坏。它无所不配，既是菜肴，也是调味品：烧汤，蒸肉，烧笋，烧鱼，炖鸡，蒸豆腐。它还是一种药：解暑热，洁脏腑，消结食，治咳嗽。"究竟绍兴遇着过多少回大饥馑，竟这样吓怕了居民，仿佛明天就要到世界末日似的，专喜欢储藏干物。""探险北极的人，因为只吃罐头食物，常常要生坏血病；倘若绍兴人带了干菜之类去探索，恐怕可以走得更远一点儿。"（《鲁迅日记》）

臭豆腐。臭卤坛子是老奶奶家的宝贝，有的人家的臭卤坛子比老奶奶的年龄还要大，是祖上几代人传下来的。邻里乡亲有时来讨要臭卤，老奶奶颤颤巍巍小心翼翼地舀出一碗，有点舍不得的样子。而讨要的人如获至宝，高高兴兴地回去了。她要用这碗卤汁做引子，做一个自己家的臭卤坛子。臭卤坛子有一种化腐朽为神奇的力量，普普通通的豆腐放进去半天或一天就变了，变得味道奇特而有营养了。蛋白质分解产生了丰富的氨基酸，还有大量的维生素B_{12}。在绍兴街头，卖臭豆腐的小摊最为吸引人，小块的豆腐在油锅里一炸，颜色金黄，外脆里嫩，闻起来臭，吃起来满口生香，所谓"臭名远扬，香飘万里"。妇女儿童尤为喜爱，把它当作价廉物美的零食了。当闻到臭豆腐飘香时，你才真正到达绍兴了。

黄酒。两条乌篷船靠在一起了，船间搭上一块小木板，上面放着几把茴香豆、一点儿小鱼干，两只大碗斟满了黄酒，两位老艄公开始喝酒，东一句西一句地拉着家常……这样的情景在绍兴十分常见，也十分动人。黄酒是绍兴的另一支血脉，是女儿的陪嫁，婚宴上的祝福，葬礼上的安慰，是穷人的食粮，王羲之、陆游、徐渭的灵感。黄酒是流动的杀伐、液体的武器。公元前473年，勾践出兵伐吴，将酒倒入河中，令军士迎河共饮，因而士气倍增，所向披靡。诗曰："一壶能遣三军醉，不比夫差酒作池。"莫非不是勾践和他的军队，而是绍兴酒和它的酒神精神战胜了吴国？

三 个 园

青藤、淡竹、金桂、芭蕉、石榴、葡萄、女贞、桃树……这些植物，都是主人生前喜爱的。青藤书屋，占地不足一亩，朴素得像一个农家小院，花草树木也是最普通不过的。三间旧式平房，画几、黑漆桌椅、笔墨砚台还在，宣纸展开在桌上，仿佛主人只是离开了一会儿，他还会回来……一副对联是他的自画像："几间东倒西歪屋，一个南腔北调人。"

他是神童、少年天才、颓废青年、穷秀才、狂士和怪杰，一生命运多舛，受尽磨难，晚年穷困潦倒，变卖字画、藏书、衣物为生。"半生落魄已成翁，独立书斋啸晚风。笔底明珠无处卖，闲抛闲掷野藤中。"然而在民间传说中，他被改编成一个阿凡提式的机智人物，一个咬文嚼字的绍兴师爷，一个游手好闲的逗乐者。人们只记得他叫徐文长，却常常忘了他的真名实姓：徐渭。

他谈到自己时说："吾书第一，诗二，文三，画四。"然而他是书、画、诗、文、戏曲五类艺术的通才，一个罕见的集大成者。他死后第六年，公安派领袖袁宏道读到他的诗文后惊呼："光芒夜半惊鬼神！"一百二十年后，另一位狂士，扬州八怪之一的郑板桥以他的学生自居，为自己刻了枚印章"青藤门下走狗"。

他认为"高书不入俗眼，入俗眼者非高书"，而且这样的话还不能给俗人说。他是寂寞的，曲高和寡的。他的艺术"外枯中腴"，犹如秋天的螃蟹，膏黄饱满。他将创造力投注在卑微事物上：杂花、野草、葡萄、萝卜、瓜、豆。他使它们获得超凡的生命，获得与宇宙万物平等的尊严。他将"大"浓缩并纳入到"小"，从而获得了一种泼墨式的爆发力和持续递进的活力。

一个胸有大千世界的人，只需一间东倒西歪屋，一个小小的园子，一个微不足道的空间。而他狂傲恣肆、凌厉险峻的精神，在杂花野草和方寸笔墨间，挥洒千秋，疾驰如电……

在陆游的《钗头凤》出现在一堵断墙之前，沈园只是绍兴城南一座名气不大的私家园林。在一对离散情侣如泣如诉的两首《钗头凤》唱和之前，这里的小桥、古井、池阁、土山、植物是沉寂而混沌的，沈园尚未拥有自己的个性和重要地位。

公元1151年，这对遭棒打、被拆散的鸳鸯在沈园见了最后一面，从此生离死别，相隔茫茫。不久，唐婉就郁郁而终。但两首《钗头凤》，就像两个相爱者的证词，在沈园的断墙上再不分开了，两个人的情殇成为千古绝唱："红酥手，黄滕酒，满城春色宫墙柳。东风恶，欢情薄，一怀愁绪，几年离索。错，错，错！……"（陆游）"世情薄，人情恶，雨送黄昏花易落。晓风干，泪痕残，欲笺心事，独语斜阑。难，难，难！……"（唐婉）

这是被爱情改造过的园林，也是被诗歌拯救了的园林。

晚年回到家乡的陆游常去沈园。这里是他爱情的起点，也是终点；是凭吊地，也是一座爱情墓园。在情感上，他一辈子都没有走出沈园，走出弥漫在沈园里的彻骨的伤与痛。这里有一根呜咽的琴弦，拨动他最脆弱的神经。这里有他失去了的唐婉，他再不回来的永恒爱人，她的音容笑貌仿佛还浮现在沈园的景物之间……七十五岁，他写下："城上斜阳画角哀，沈园非复旧池台。伤心桥下春波绿，曾是惊鸿照影来。"八十二岁，他写下："城南小陌又逢春，只见梅花不见人。玉骨久成泉下土，墨痕犹锁壁间尘。"

我们现在谈到陆游，总是强调他作为爱国诗人壮怀激烈、气宇轩昂的一面，往往忽视了他儿女情长、悲凉伤感的一面。这样的陆游是不完整的。当然，陆游是一个有抱负的诗人，同时也是一个复杂的诗人，一个多面体、多棱镜，一个不断自我否定、自我更新的诗人。他十分高产，但六十六岁他选定诗稿时，从四十二岁之前的一万八千首诗中只留下九十四首。现存诗词九千两百首，《钗头凤》传播最为广泛，也是中国古典诗词中最为脍炙人口的作品之一。

正如他的名字所示：陆游——陆地上的漫游者。他走过很多路，去过很多地方。在漫长的出仕从政生涯中，他喜欢结交剑客道士，出入酒肆歌楼，迷恋美酒佳人。然而唐婉在他心目中一直占据了女神般的位置。陆游身上令人不可思议的一点是：在逢场作戏中保持了对爱情的忠贞不渝。

兰亭是一种理想，一种中国文人生活与艺术的至高理想：郊游，雅集，呼朋唤友，对酒当歌，坐而论道……它代表了一种失传的生活方式和文化场景。现在的兰亭是明代重建的，王羲之时候的兰亭究竟是什么样子的，我们就不得而知了。正如《兰亭集序》的真迹陪着唐太宗长眠于地下，我们已无缘一睹它的真容。

它被称为书法圣地。正因为是圣地，我们只剩下朝拜的份了。称它为园林，却与江南城市园林的局促逼仄完全不同，它是放逐郊野的一个园林，开放，大气，将大自然纳入怀中——它几乎是大自然本身。"此地有崇山峻岭，茂林修竹，又有清流急湍，映带左右，引以为流觞曲水。"（《兰亭集序》）这样一个神怡心静的所在，无论是书画还是诗文，人的创造力会受到自然的加持和神灵的助佑。王羲之一口气写下的三百二十四字的《兰亭集序》，文采飞扬，字字玑珠，犹如神助。它被称为"天下第一行书"，也是散文中的精品。历代《兰亭集序》的摹本在一百二十种以上。

在兰亭，我们会联想：古人是否比我们更加苛求环境、依附自然？不，古人比我们更加尊重自然、爱惜自然，懂得向自然虚心求教，追求与自然"天人合一"的忘我境界。他们倾心并顺从自然的姿态，就是一种沉醉，一种优雅。

兰亭是消失了的，留给我们的是一个心驰神往却永远无法抵达的梦境。皇帝们喜欢在这里留下墨迹，但即使是皇帝，也逃脱不了陪衬人的角色。在今天，无论是远足的游人，还是慕名而来的文人墨客，都进入不了兰亭这个生活和艺术的遗址。我们无法到达兰亭，我们只是兰亭的思慕者和局外人。兰亭的门早已关闭了。兰亭的鹅很不礼貌，怒气冲冲地追咬着冒昧的闯入者，仿佛要把我们驱赶到兰亭之外的喧嚣和混沌中去……

故乡的逃离者

童年对一个人来说是永不终结的存在——

正如浪子以离开的方式接近故乡，一个人以他的成长回到童年。当他足够老了，牙掉光了，走路有点儿踉跄，像孩子那样需要搀扶。这时，他离童年更近了。到了晚年，他与童年相依为命。他倒在自己的童年里——童年变成了一种抚慰，一种个人宗教，一个可以取暖的地方。

与世界文学中那些高龄的大师（如歌德、托尔斯泰）相比，鲁迅活得不够漫长。五十六岁。他用加速度——一种呕心沥血的思想和写作——透支了自己的晚年。那么他的童年呢？童年对他来说又是什么？

童年是一出生就尝到的五味：醋、盐、黄连、钩藤、糖。是迷宫式的老台门和新台门。是蜜饯、牛痘、万花筒、"射死八斤"漫画、与弟弟们演出的童话剧。是长妈妈的鬼故事，闰土送来的贝壳、羽毛。是安桥头的外婆家，种田，打鱼，酿酒，摇着小船去看社戏。是父亲的病与死，家道的败落……童年是从百草园到三味书屋的路，一头是儿童乐园，另一头是启蒙学堂。

从百草园到三味书屋，从菜畦、皂荚树、蟋蟀们的歌，到孔子牌位、四书五经、先生的摇头晃脑，如同从旷野到书斋，从一个星球到另一个星球，是一个人一辈子都无法走完的。

鲁迅没有走完的路，游人们装模作样跟着在走。从百草园到三味书屋，就是从一个景点到另一个景点。百草园早已不是鲁迅描述的样子，增加了一个盆景园，古戏台变成了小卖部。蜡像馆搬进了鲁迅家，一些人物他在小说中写过，更多的人物他从未见过。周作人终于拥有了一间小小的展室。家门口改成了步行街，店铺林立，如同集市，霉干菜和臭豆腐的香味阵阵飘来。三味书屋前的小河里，乌篷船在为旅游业忙碌……

　　本质上，鲁迅是童年和故乡的逃离者。"灵台无计逃神矢，风雨如磐暗故园。"有一次，郁达夫告诉他，孙伏园又回绍兴了。鲁迅笑着说："伏园的回绍兴，实在也很可观。"意思是，绍兴又凭什么值得这样频频回去的。从1912年2月离开家乡，到1936年10月去世，整整二十四年，鲁迅没有回过绍兴。

　　他的逃离，是决绝者的硬骨头对思乡病的逃离，是"一个也不放过"的愤怒对宽容的逃离，是战斗的热情（匕首和投枪）对隐喻、寓言和叙述的逃离，是杂文对小说的"逃离"。有时我会想，如果鲁迅少写一点儿杂文，把更多的精力放在小说上，沿着《呐喊》《彷徨》和《故事新编》开辟的个人传统走下去，他的文学又会是怎样的景观呢？或者沿着《野草》的方向走下去，又会诞生怎样的一个鲁迅呢？当然，如果有这样的如果，鲁迅就不是我们今天看到的鲁迅了。"卡夫卡手里没有真理，而只有关于真理的寓言。对于鲁迅来说，情况颇为不同：对手的卑劣凶残使反抗者加倍地感到真理在手。他抓住了他认为的真理或真话，牺牲了叙事因素。"（耿占春：《被喝彩的愤怒》）

2004年5月竣工的鲁迅纪念馆新馆。一个多亿的投资。这是中国给予一位作家的最高礼遇了。纪念馆里有一份鲁迅著作统计表：杂文十六本，小说集三本，散文集两本，理论著作两本，书信一千四百封，译著三百万字，日记七十万字……共计一千万字。——三十八点七公斤！这是鲁迅去世时的体重，一个十多岁孩子的体重。"在生活的路上，将血一滴一滴地滴过去，以饲别人，虽自觉瘦弱，也以为快活。"（《两地书》）。他枯槁的遗容是一个苦难民族的纪念碑！一个耗尽了自己的鲁迅，终于以一个孩子的体重（和轻盈），回到故乡，交还给童年。

老台门客栈

老房子是一种可以触摸的时间，是空间化和实物化了的时间，是时间的砖瓦、石头、木梁、廊柱的配置与组合。老房子是对时间的囚禁，使时间驯服得如同一个影子般的家奴。"精神的生命始于死亡。"（黑格尔语）在经历了足够漫长的岁月后，老房子已是一种"精神的生命"。有关鬼魂出没、蛇与乌龟成精或者死去的亲人又回来了的传说，常常与老房子联系在一起，如果不是出于我们的幻觉，那么，正是老房子活的说明书。它不是被我们，更多是被消失的生命占据着。

绍兴有许多老台门，从前都属于大户人家，属于光宗耀祖的官宦或者做生意发达起来的富人。大的台门是宫殿式的，小的台门只是一个四合房而已。好的台门能代表主人家的地位和身份，有多个进深，呈横向展开，除了大厅堂外，卧室、书房、花房、灶头间、杂屋都比较小而紧凑，由或明或暗、或长或短的弄堂连通，就像大家族的几代人相依为命、错落有致地处在一起。

与江南小镇的老房子昏暗带点阴森的样子有所不同，绍兴的老台门显得明亮而开敞。这是封闭的院子（天井）造成的。许多老台门往往有多个天井，这给整个布局留下了足够的空间，也给了建筑呼吸的机会。住在老台门里，推开门窗就是宽敞的院子，不像在江南小镇，那些老房子多少给人压抑、憋闷的感觉。

我与女儿投宿的这家老台门客栈位于鲁迅故居对面的新建南路，有三个进深，两个大院子。房间就在院子边，大木门，花格窗棂，墙上移动着对面和两侧建筑的阴影……房间从前可能就是主人家的卧室，却是按现代要求设计的，老板说是三星级的。里面摆了一张八仙桌，客人可以去厨房点菜，在屋内用餐。

女儿在院子的石桌上画一幅黑白画。旁边有人在打乒乓球，似乎也没有影响她。对于一个孩子来说，这个院子太复杂了，有那么多的线条、光与影、不可捉摸的细节。画完这幅画，她用了整整半天时间。后来女儿在日记里写道："在绍兴，我和爸爸住在一个古董里……"

"古董"里下了一整夜的雨。女儿睡得很香，我被雨声几度吵醒，感到我们睡在一口深井的崖壁上，院子里积蓄的雨水正在一点点儿上升。雨水悄然降临，并不想打扰人们的睡梦，只是为了把我们送到时光和夜晚深处去。

……一大早，雨停了。打开门窗，阳光刺目得耀眼，院子里明晃晃的一片，如同一轮出浴的太阳滚了进来，猛地推开了我们的门窗……这样的一天你感到是新的，自己也是新的……而在客栈最里头的一堵墙上，留有太平天国时期的壁画，用红土和松油烟画成，有点阴森怪诞，在龙飞凤舞中渲染血腥的杀伐和根深蒂固的帝王崇拜。许多人并不知道它的存在。在这阳光明媚的一天，我也几乎忘了它的存在。

2005年

西 施 地 图

　　打开一张古吴越地图，也就是现在苏南浙北太湖流域一带，如果你怀着足够的真情和爱心俯身去看，西施就会在这张地图上复活，在水乡的细雨烟波间显现她的天姿真容。如同五月的荷花，突然绽放令人吃惊的美。

　　也许真的像太湖渔民所说的，西施之魂变成柔软无骨、纯洁如玉的浪里银鱼了，但通过一张地图，现世的我们得以与一位死去的经典美人在内心深处发生一场轰轰烈烈的恋情。

　　西施正是通过一代又一代人的恋爱活下来的，并且因一代又一代人爱的滋养而鲜活、生动、饱满。我们的想象力需要一张地图来导航、帮衬，才能挽留她永不凋谢的绝世之美。

　　诸暨、萧山、绍兴、德清、嘉兴、苏州、无锡、宜兴、三山岛……一张吴越地图上到处有她的漂泊与足迹，传说与归宿。地名分享了西施的荣光，死后的西施也找到了一个又一个故乡——她的故乡多得不计其数呢。

　　关于她的归宿之谜，"西施随范蠡返五湖而去"之说影响最大。它源自《越绝书》，经司马迁《史记》记载，再经后世善意文人的附会、演绎和各种民间传说的融合，成为最流行的说法。在无锡五里湖，西施与范蠡打鱼为生，范蠡写下我国最早的《鱼经》，从而成为养鱼鼻祖；在德清西施兜村，有一座"西施画桥"，西施和范蠡在这个山清水秀的地方过起了男耕女织的隐居生活；在嘉兴，西施和范蠡曾来这里开店做丝绸生意；在宜兴丁蜀镇，有慕蠡洞、西施洞，范蠡夫妇又成了制陶鼻祖，现在烧陶使用的"火焖法"就是西施发明的……传说中的范蠡被放大了，居于主角地位，而西施，则成为男性中心主义的一个配角。

传说是一种庇护，来自民间世界对美的珍爱与挽救。但传说中一厢情愿的好意很可能掩盖了历史的真实：对悲剧的规避。

墨子离吴越之世最近，他就说："西施之沉，其美也。"一些诗人也同意墨子的看法："肠断吴王宫外水，浊泥犹得葬西施。"（李商隐）"不知水葬今何处，溪月弯弯欲效颦。"（皮日休）在《红楼梦》第六十四回中，曹雪芹也借林黛玉之口说："一代倾城逐浪花，吴宫空自忆儿家。"因为太美，就必须装进革囊沉入水中，因为美得无辜，就必须将她一笔勾销，让她销声匿迹，省得留下什么"麻烦"。这，符合我们文化中最阴暗部分的逻辑。

我在太湖三山岛时，有人指着离岛不远水面上的一丛芦苇说，那就是西施的水葬台。很早的时候，岛上有一座娘娘庙，庙里供奉着西施，她是小岛的守护女神。而水葬台上长着一株巨大的柳树，不知是哪个年代长出来的。"文革"期间，娘娘庙被毁，柳树随之就死了。

如果是夫差水葬了西施，那是他在自刎之前，将亡国的愤怒和羞愧发泄到曾经的热爱者身上。石榴裙被撕碎了，它是被跪倒在她脚下发誓做牛做马为她建起官娃宫百般献出殷勤的多情男人撕碎的。将亡国之耻转嫁到一位弱女子身上，才是真正的耻。

勾践同样脱离不了将西施沉潭的嫌疑。既然他能十年卧薪尝胆，做人质期间为讨好夫差而品尝仇人的粪便，是一个潜藏的复仇者，那么，他身上必然有一种更加令人不可捉摸的性格倾向。还乡美人的处理成了一个难题——她会不会是新的红颜祸水？吴国的灭亡会不会是越国崩溃的一个信号？作为一国之君，这样的问题会令勾践寝食不安。

不过，明代冯梦龙在《东周列国志》中有不同的看法，他认为是勾践夫人嫉妒西施的美貌而将她沉潭的。特别是西施回到越宫并得到越王的宠爱的话，嫉妒会使一个年老色衰的女人容不下另一个年轻美貌的女人。冯梦龙说："勾践班师回越，携西施而归。越夫人潜使人引出，负以大石，沉于江中，曰：'此亡国之物，留之何为？'"诸暨的一位女作家对我说，女人的嫉妒之心是一条毒蛇，不仅会咬人，还会杀人。所以她同意冯梦龙的看法。我觉得她有自己的道理。

以古代君王和政客为代表的"红颜祸水论"，遭到了一个人最为强烈的质疑、最为鲜明的抨击。这位西施的"辩护律师"就是唐代诗人罗隐。他在《西施》一诗中写道——

家国兴亡自有时，吴人何苦怨西施。
西施若解倾吴国，越国亡来又是谁？

诗人们总习惯于赞美，称西施"鸟惊入松萝，鱼畏沉荷花""秀色掩今古，荷花羞玉颜""一双笑靥才回首，十万精兵尽倒戈"等等，历代这样的诗篇可以车载斗量。但美，除了赞美，更需要辩护。"为美一辩"，罗隐做到了。

为美而死，是西施的悲剧。向死而生，则是西施的必然。在美与血腥的角逐中，两个杀伐的男人（勾践和夫差）成为西施身上的寄生者——被美蔑视的人。因为西施之美，是超越人的世仇和国家敌意之上的。

西施之美是一张地图上的流亡之美，是采自故乡山水间的乡野之美，是香草、荷花、露珠之美。在浙江诸暨，家乡人为她建起了漂亮的西施殿，匾额上是无穷的赞美：荷花女神，红粉天地；越中女娲，国色天香；苎萝明珠，绝代佳人……西施是重的，因为她身上有各种身份的叠加：浣纱女，政治贡品，远嫁者，打入敌人内部的女间谍，以倾国倾城之貌灭掉一个国家的人。这样的西施的确是一种重，是君王强加在她柔弱肩头的重，是偏狭者津津乐道的重。

与此同时，西施是一种轻。正如传说中，"母尝浴帛于溪，有明珠射体，感而孕"。正如她的原名夷光，闪耀着月宫明珠的光华和美丽。

有一个不完全的统计，历代以来，写西施的古诗词有四百多首，戏曲二十多部，民间故事和长篇小说十多部。她是艺术家们取之不尽用之不竭的一个灵感源泉。清代编撰的诗文词典《佩文韵府》，与西施有关的词条就有四十多条，如西施石、西施乳、西子醉、西子鼙等。

作为美人中的美人，西方有海伦，东方有西施。美在东方和西方保持了它的平衡。但海伦与西施有所不同，在希腊人眼里，她常常是一个幻象——

　　海伦：我从未去过特洛依；那是一个幻影。
　　仆人：什么？你的意思是我们仅仅为一个影子而斗争了那么久吗？

　　　　　　　　　　——欧里庇得斯：《海伦》

埃利蒂斯说，每个时代都有自己的海伦。那么在中国，每个时代也在创造自己的西施。两千多年过去了，我们心目中的西施，只有一小部分是西施本人的，极大部分则属于我们想象力的范畴——一个在美的领域里说不完、道不尽的西施。

　　　　　　　　　　　　　　　2005年

泰伯与二胡

　　看到这个标题，读者朋友大概会问：泰伯与二胡有关系吗？难道二胡是泰伯发明的？没有必然联系，二胡也不是泰伯发明的，两者之间几乎风马牛不相及。但是，他们之间有一个共性：都是江南的"外来者"。没有这两个"外来者"，我们今天特征鲜明的江南文化和吴越文化，会出现族源和艺术上的两个黑洞。人群的迁徙，民族的融合，文化的混血，艺术上的"拿来主义"……早在泰伯时代和胡琴时代已经开始了。

　　在无锡梅村（梅里）的泰伯庙，泰伯开凿的水井还在，亭子石柱上有一副楹联"井邑依然旧山水，荆蛮乃是新天地"。泰伯开凿的江南第一条人工河伯渎河，缓缓流过庙前，流过叶落似黄金般舞蹈的银杏树下。不远的鸿山（《史记》中的"平墟"）上，有泰伯墓。梅村一带，还有荆村、蛮巷等古老地名。这些历史遗存，替我们记住了泰伯。每年农历正月初九是泰伯生日，要在庙里举行祭祀活动，前来赶庙会的民众来自太湖流域的四面八方，最多时达数十万人。"岁时致祭奉祀，历代不废。"三千多年过去了，句吴后裔没有忘记自己的先祖。

我的老家浙江湖州在太湖南岸，与无锡一水之隔，旧称吴兴，属东吴故地。小时候，常听太奶奶说，不要忘记泰伯，泰伯是我们的老祖宗。到了爷爷奶奶一辈，也是这么说的。村里死了人，子女和后代要披麻戴孝、腰间束麻绳，据说源自泰伯去世时人们哀悼他的方式，慢慢演化为一种丧葬礼俗。据说泰伯生前最喜种麻，将中原先进的桑麻技术带到江南，加以发扬光大。

《史记》《吴越春秋》《越绝书》等对"泰伯奔吴"都有记载。泰伯是周部落首领古公亶父（周太王）的长子，仲雍和季历是其二弟、三弟。季历和他的儿子昌（姬昌，即后来的周文王）是贤明圣瑞之人，古公亶父有意立季历为王，以便传位给姬昌。泰伯深知父亲的心意，携二弟仲雍南下，同避荆蛮，定居梅里，建立了江南第一个国家——句吴。《吴越春秋》如斯记载这段史实："泰伯、仲雍……知古公欲以国及昌。古公病，二人托名采药于衡山，遂之荆蛮，断发文身，为夷狄之服，示不可用。"

孔子从"泰伯奔吴"这一行动中看到了一种美德——"让"。"泰伯，其可谓至德也已矣！三以天下让，民无得而称焉。"（《论语·泰伯》）孔子这一一锤定音的评价刻在梅村泰伯庙仿古青铜器上。大道无痕，至德无名。泰伯庙也叫作至德殿，梅村被誉为"至德名邦"，可谓实至名归、恰切妥当。

泰伯奔吴，是避让，也是逃离。与其内心纠结痛苦，还不如远走他乡。作为南迁先祖，泰伯和仲雍完成了夏商覆灭之后中国历史上中原人第一次南迁的壮举，一次史诗般的远行。动物的迁徙是为了生存，而人类的迁徙，既为了生存，又包含了超越生存的意义。从三千多年前的现实去看，中原北方已拥有成熟发达的农耕文明，而南方处于渔猎社会。海水退去，土著先民在滩涂上讨生活。因此北方人称南方是荆蛮，南方人是南蛮、夷狄。泰伯奔吴，是从"发达地区"向"落后地区"的一次迁徙，从"文化中心"向"边疆地带"的一次人才输送。"江南文明梅里始"，北方向南方贡献了伟大的泰伯，引发了外来文明与土著文明的接触和交融，诞生了璀璨的东吴文明。

　　泰伯到了吴越之地"断发文身"，这是当时南方民族的一种风俗。"常在水中，故断其发，文其身，以象龙子，故不见伤害。"（《史记·吴太伯世家》）这说明泰伯很懂得尊重土著民族的生活习俗，便于自己尽快融入其中。他带来北方先进的农耕技术，凿井开河，兴修水利，养蚕桑，种稻谷，以北方礼俗教化乡民，"以石为纸，以炭为笔，以歌为交，以礼为教"（泰伯庙文物管理处主任毛剑平语），受到土著民族的热爱和拥戴，很快就有近千户土著家庭归顺他。这是句吴国的雏形。

　　泰伯奔吴，不是一次久远的"族群迁徙"可以概述，他带来的文化的交融、混血和新生，是一个影响深远的开端，从而实现了蛮荒江南的首次文明飞跃，一次质的飞跃。他初到江南时，听不懂当地民族的语言，就用歌声与他们交流、沟通。战国史料中的"吴吟"，楚辞中的"吴歈"，大概就是"吴歌"的远祖了。今天的"吴侬软语"中，也一定包含了泰伯时代的发音和口吻。据说《诗经》中《七月》《公刘》等都是泰伯的作品，他也一定把这些北方的"风雅"带进了吴歌，融入进吴侬软语。

> 七月流火，九月授衣。
> 春日载阳，有鸣仓庚。
> 女执懿筐，遵彼微行，
> 爰求柔桑。
> 春日迟迟，采蘩祁祁。
> 女心伤悲，殆及公子同归。
>
> ——《七月》

二胡作为"外来者"传入江南，时隔"泰伯奔吴"两千年之后，已是唐宋时候的事情了。在近代之前，二胡一直叫胡琴，也即奚琴、嵇琴。是无锡的刘天华，这位现代音乐天才，《良宵》《病中吟》《光明行》的作者，借鉴西方乐器的演奏技法，将二胡定位为五个把位，发明了二胡揉弦，扩展了二胡的音域范围和表现力。二胡由此从民间伴奏中脱颖而出，成为现代独奏乐器，也脱离了它的古称——胡琴。

但凡中华文化中带"胡"字的，都是"外来者"，如胡笳、胡姬、胡腾舞、胡旋舞等。植物也一样，胡瓜（黄瓜）、胡椒、胡萝卜等，都是"植物移民"。西瓜西来，榴花西来，丝绸之路三大名果葡萄、石榴、无花果，都是从异域、从中亚西亚而来的。二胡的前身胡琴，最早的文字记载是在唐代边塞诗中，"中军置酒饮归客，胡琴琵琶与羌笛"（岑参：《白雪歌送武判官归京》）。宋人诗词中写到胡琴的，渐渐多了起来，如欧阳修《试院闻胡琴》中有这样的句子："胡琴本出胡人乐，奚奴弹之双泪落。"说明胡琴是一种善于表达离愁别绪和思乡之情的乐器。

　　欧阳修诗中写到的"奚奴"即为北方奴隶，胡琴也叫奚琴，"奚琴本胡乐也，出于弦而形亦类焉，奚部所好之乐，善其制，以竹扎之，至今民间用焉，非用夏变夷之意焉"（宋·陈旸：《乐书》）。非夏变夷，即夷变夏，这是陈旸没有说出的。由此可以推断胡琴起源于北方少数民族"奚部"。但是且慢，这只是二胡起源说之一。宋代陈元靓所著《事林广记》中说："嵇琴本嵇康所制，故名嵇琴。二弦，以竹片轧之，其声清亮。"并明确地记载嵇琴是拉弦乐器。这样就有了二胡起源说之二：嵇康的发明专利。多年前，我曾在上海地铁站观赏过一家民乐乐团的二胡与艾捷克合奏，十分精彩，维吾尔男乐手演奏艾捷克，汉族女乐手演奏二胡，两人配合默契，琴与琴之间像是深情的对话和倾诉，路人纷纷停下脚步，被打动了。从形制、音色和拉弦方法上看，新疆少数民族使用的艾捷克和江南二胡十分接近，像是一对不折不扣的孪生乐器。艾捷克起源于波斯，由此我们是否有了第三个大胆的起源说：二胡起源于西域和波斯？

在梅村，我们参观了已有近百年历史的古月琴坊。这里的二胡制作沿袭古老的传统工艺，每一道都是手工精制，工序繁多，十分考究。做出一把二胡需要一个多月时间，每把琴的售价少则数百元，上好的要一二十万元。古月琴坊的产品远销海外，尤受东南亚华人喜爱。琴筒所需木料大多是东南亚的紫檀木或红木，琴弓采用内蒙古、新疆的马鬃和马尾毛。一位正在给琴筒前口蒙皮的师傅告诉我们，琴皮以蟒皮为佳，一般蛇皮就次等了。蟒皮又以肛门附近的最好，这个部位的蟒皮稳定性好，发音浑厚圆润。蟒皮的鳞片越大，音色就越好。越南、缅甸的蟒皮最理想，海南和云南的要差一些……原来，制作一把好琴，同样需要这么多"外来品"！

现代二胡到了刘天华、华彦钧（阿炳）、赵寒阳等这批大师那里，制作工艺和演奏技法达到了炉火纯青的程度，多有经典曲目留世。被叫作"南琴"的二胡，从此与南方气质、南方性格联系在了一起。它柔美、温婉、凄切、悲凉……一根敏感的战栗的南方神经！2004年，我第一次到无锡，去参观阿炳纪念馆，其时纪念馆正在改扩建，只看到一个机声隆隆的工地。此次到无锡，返程时雨中赶火车，又错过了拜谒阿炳的机会。找出2004年写的短诗《无锡吟》，以为纪念吧：

从锡山和惠山深处流出的二泉映月

从呜咽的二泉流出的二泉映月

从破败的道观流出的二泉映月

从如墨的无锡之夜流出的二泉映月

从刑具般的月亮流出的二泉映月

从一只瞎眼流出的二泉映月

从酒精、鸦片、梅毒流出的二泉映月

从两根难兄难弟的琴弦流出的二泉映月

——这是被侮辱被损害的南方神经上

流出的二泉映月……

　　泰伯奔吴，开创江南文明之始；二胡外来，书写江南艺术华彩乐章。每一种文明，包括地域文化，都不是封闭的、单一的，唯有开放、接纳、融汇，新文明的诞生才有可能。我们今天赞美唐朝，希望梦回盛唐，因为唐朝有一种海纳百川的胸襟和气度，是一个融合型、国际化的黄金时代。这与它的高度开放有关。唐代胡风盛行，是一个胡服、胡食、胡乐备受青睐的时期，长安有多个胡人社区，仅丝绸之路中介民族粟特人就有五万之多。对"舶来品"的接受和热爱是唐代生活的一大特征。美国汉学家谢弗的《撒马尔罕的金桃》一书，是专门研究唐代"舶来品"的，写到了十八类、近两百种"舶来品"。"舶来品"是唐朝高度开放的精彩缩影和象征。泰伯和二胡，貌似风马牛不相及，但作为"外来者"，二者为蛮荒江南、蒙昧江南注入了新的血液、新的活力、新的光。因此，泰伯的故事，二胡的流变，具有人类学和文化史的意义。改革开放四十年，我们讲中国梦、民族复兴，追溯泰伯奔吴、二胡演变，具有重要的现实意义。任何一种文化和文明，封闭起来，就是死路一条，唯有更加开放，打开大门去拥抱广大的世界，才是坦途和正道！

2018年12月

丰子恺与缘缘堂

1938年1月，两架日军飞机前来轰炸江南小镇石门，一枚炸弹落在离缘缘堂书房不远的地方。随着一声震天动地的巨响，缘缘堂几乎被夷为平地，只剩下一个烧焦的烟囱孤零零立在废墟上。数千卷珍贵的藏书，四十扇长窗，一百二十五只抽屉，书画和家具，大风琴和打字机，孩子们的玩具……统统被大火烧成了灰烬。被炸毁的是一位作家的"安息之所"和"归宿之处"，是"灵肉完全调和的一件艺术品"！

此时，缘缘堂主人丰子恺正避难在江西萍乡。两个月前，他率亲族老幼十余人，逃出火线，浮家泛宅，迤逦西行，已辗转漂泊数地。情急之中，从缘缘堂带出的只有两网篮书和两担铺盖。获悉缘缘堂被炸的消息，逃难路上，丰子恺一口气写下了三篇"祭文"：《还我缘缘堂》《告缘缘堂在天之灵》和《辞缘缘堂》。

丰子恺愤怒了。他写道："料想它（缘缘堂）被焚时，一定发出喑呜叱咤之声：'我这里是圣迹所在，麟凤所居。尔等狗彘豺狼胆敢肆行焚毁！亵渎之罪，不容于诛！应着尔等赶速重建，还我旧观，再来伏法！'……在最后胜利之日，我定要日本还我缘缘堂来！东战场，西战场，北战场，无数同胞因暴敌侵略所受的损失，大家先估计一下，将来我们一起同他算账！"

他称缘缘堂是"灵的存在"。一次，他和弘一法师做文字游戏，将写了字的许多小纸团撒在释迦牟尼画像前的供桌上，抓两次阄，拿起来的都是"缘"字，几年后建新居时就叫它"缘缘堂"了。"我给你赋形，非常注意你全体的调和，因为你处在石门湾这个古风的小市镇中，所以我不给你穿洋装，而给你穿最合理的中国装，使你与环境调和。……故你是灵肉完全调和的一件艺术品！"

"我曾和我的父亲永诀，我曾和我的母亲永诀，也曾和我的姐弟及亲戚朋友永诀，如今和房子永诀，实在值不得感伤悲哀。"语气中已是超然，一位艺术家的超然——生死都在度外，财产（财富）更是身外之物。

缘缘堂建成于1933年春，在梅纱弄8号，大运河拐弯处的一条支流旁。丰子恺亲自担任建筑设计师，其认真投入不亚于写诗作画。连家具也是亲手绘图，再交由木匠定做。他的建筑要求是：高大，轩敞，明爽，具有深沉朴素之美。构造用中国式，取其坚固坦白，形式又是近代的，取其单纯明快。他认为只有这样全体正直、光明正大的环境，才适合他的胸怀，涵养孩子们好真、乐善、爱美的天性。

建筑就是心灵。缘缘堂是丰子恺个人情趣和美学理想的一次物化，是生活艺术化的一个具体呈现。高高的包墙，三开间二层楼的主屋，屋前一个大天井，扇形和半月形的两个花坛，种着芭蕉、樱桃和蔷薇。后堂三间小屋，窗子临着院落，院内有秋千架、葡萄棚、冬青和桂树。……丰子恺对自己的"作品"是满意的，在"安乐之乡"的石门，在温润灵秀的江南，他的生活和艺术从此拥有了一座坚固可靠的"城堡"。他说："我只费了六千金的建筑费，但倘秦始皇要拿阿房宫来同我交换，石季伦愿把金谷园来和我对调，我决不同意。"

春、夏、秋、冬，丰子恺一家在这里度过了多少其乐融融的好日子啊。冬天也是温暖的，屋子里一天到晚晒着太阳，炭炉上时闻普洱茶的香味。坐在太阳旁边吃冬春米饭，吃到后来都要出汗解衣裳。廊下晒着一堆芋头，屋角里藏着两瓮新米酒，菜橱里还有自制的臭豆腐干和霉千张。星期六的晚上，孩子们伴着坐到深夜，大家在火炉上烘年糕，煨白果，直到北斗星转向……在流亡的日子里，丰子恺只要一闭上眼睛，就无处不是魂牵梦萦的缘缘堂。

缘缘堂的五年，是他创作的丰产期。随笔和漫画就像是一对孪生兄弟，一条并肩齐发的双桨船。在看似随意散漫的艺术样式中，是他对艺术的严谨态度和赤诚情怀——随笔不是"随便"，漫画更不是"漫然"。它们始终贯穿了"率真"二字，贯穿了对世间万物的悲悯、爱惜和赞美。

他写家乡风物，写节气变化，写宗教沉思，写人性之美，写给孩子们看的故事，写自己的"理想国"。再卑微琐碎的事物，一经他的表达，就拥有了一种不可思议的风韵和气骨。

他画农民、小贩、村妇，画酒鬼、赌徒、乞丐，然而画得最多的还是孩子——将新鞋穿在凳脚上的孩子，将两把蒲扇当自行车骑的孩子，哭嚷着嫌花生米不够的孩子……他们是那样生动可爱，令人一眼难忘。"我的作画不是作画，而是作文，不过不用言语而用形象罢了。"他乐意将画作送人，因此当时的石门镇上，从理发店到缝纫铺，甚至是小小的浆粽铺子，常有他的漫画出现。

"子恺从顶至踵，浑身都是个艺术家。"（朱光潜语）而我们在这位艺术家身上读到了智慧和天真。一种中国式的智慧，一种"将诅咒变成葡萄园"的智慧，一种哀而不伤的智慧，他的以小见大的参悟方式，他的佛教信仰，以及身体力行的修行——三十岁后，他成了一个素食主义者。与高僧大德的交往。历时半个世纪完成的《护生画集》，它源于李叔同的嘱托："以优美柔和之情调，令阅者生起凄凉悲悯之感想。"弘一法师对他影响最大，是他的恩师，也是精神标尺。"他做教师，有人格作背景，好比佛菩萨的有'后光'。""他不是'走投无路，遁入空门'的，是为了人生根本问题而做和尚的。他是真正做和尚……是'行大丈夫事'。"

而他的天真是因为他有一颗孩子的心！他是彻头彻尾的

儿童崇拜者，认为孩子能撤去世间的因果关系网，洞悉事物本身的真相。孩子是"灵"的化身，是"出肝肺相示的人"，他们才是真正的"人"。他把八指头陀"吾爱童子身，莲花不染尘"的诗句刻在烟嘴上，把儿童当镜子，以此对照、自勉。过了六十岁，他还说："我的身体老大起来，而我的心同儿童时代差不多。我情愿做'老儿童'，让人家奇怪去吧！"我称他是"中国的婴儿"——在现代作家中，丰子恺，也只有丰子恺，才真正称得上是"中国的婴儿"。

2005年

酒之秘仪

　　他酿造液体葡萄酒送给人类，弥补营养的不
足，减轻那些可怜人的忧愁，在他们喝足了葡萄酒
的时候；他还奉送睡眠，使他们忘却每天的痛苦，
此外再没有什么解除痛苦的药物了。

　　这是欧里庇得斯悲剧《酒神的伴侣》中先知忒瑞西阿斯
对狄俄尼索斯的颂歌，表达了酒神为人类减轻痛苦的好意一
面。所有的希腊神都具有人神同形同性的特点，但在他们良善
的另一面，却往往是一个凶神、恶神、暴力神，狄俄尼索斯
也不例外。作为宙斯的私生子，狄俄尼索斯在印度山林中长
大，后因天后赫拉作怪，像一个疯子，到处狂奔、漫游，曾到
过埃及和亚细亚各地。在路上，他成为植物神、果实之神和葡
萄的发现者，教人们种植葡萄、酿造葡萄美酒，并吩咐人们建
立神龛把他供奉起来。他给服从他的人带来伟大的慈爱，给不
敬他为神祇的人带来巨大的灾祸。

漫游的狄俄尼索斯回到了亡母的家乡忒拜城。这是《酒神的伴侣》的开始。酒神的到来，绝非是一次习常的游子还乡，而更像是一种报复，其目的是颠覆秩序，搞乱世道人心，尤其是搞乱妇女们的芳心。他以宙斯的名义鼓动全城的人狂欢，怂恿妇女们"一个个溜到僻静地方，去满足男人的欲望"。姑娘们一个个从童贞女、乖乖女变成了狂女，即便已婚妇女和老年妇女，也加入了狂女的行列。"那狂欢的领队高擎着熊熊的松脂火炬，冒着叙利亚乳香那样的香烟，火炬在大茴香杆上曳着一道光。……她们先把头发打散披在肩上，然后把松开的鹿皮捆好，把舔着自己脸的蛇束在梅花鹿皮上，有的扔下自己的婴儿，把小鹿或野狼崽抱怀里，喂它们白色的奶。……她们在约定的时刻舞着棍子，同声呼唤宙斯之子的名字，以致整个山林和山中的野兽都欢欣鼓舞，大自然也随着她们的奔跑而活跃起来。"

忒拜国王彭透斯闻此伤风败俗的狂欢，决定加以阻止。酒神又使出一招，让国母阿高厄成为狂女的领袖。在迷幻癫狂中，阿高厄领着狂女们撕碎了儿子彭透斯的身体，还以为是获得了一次狩猎的成功。当阿高厄从迷幻中警醒，看见一块块拼凑起来的儿子尸体时，大声恸哭："是狄俄尼索斯害了我们！"她和狂女们接受了流放外邦的命运。而狄俄尼索斯，在导演完这出恶作剧后，离开忒拜，继续漫游四方去了。具有哲学家头脑的欧里庇得斯在剧终写道："神明的行为是多样的，他们往往做出许多料想不到的事。凡是我们所期望的往往不能实现，而我们期望不到的神明却有办法。"

《酒神的伴侣》再现了酒神节的起源和雏形，它是一个有暴力倾向的狂欢节，也是妇女解放的节日。这与公元前7世纪末发端、一年一度在春季举办的雅典酒神大节是不同的。在大酒神节上，临时口占和歌队颂歌渐渐发展、演变为希腊悲剧，诞生了三大悲剧家：埃斯库罗斯、索福克勒斯和欧里庇德斯。希腊悲剧除酒神主题外，触及命运观念、宗教信仰、战争、民主制度、社会关系、家庭伦理等问题，有力提升了古希腊的文化水平，重建了希腊人的心灵。希腊悲剧使酒神节升华了，痛极生乐，乐极生悲，他们将千古之恨的悲鸣化作了生存的颂歌。

据说在现在希腊的一些偏远乡村，每两年要在夜间举行一次只有妇女和未婚女子参加的酒神节。这大概是欧里庇得斯描述的原始酒神节的残余，是神话时代酒之秘仪的当代延续。到了公元2～3世纪，另一种秘仪——俄耳甫斯教诞生了，其秘仪上焚香诵唱的祷歌，被誉为希腊神话的三大源头和原典（此外为《荷马史诗》和赫西俄德的《神谱》）。公元3世纪的一位先知曾记载了俄耳甫斯教秘仪的情景："他们长笛为音，猥亵狂舞，间以俄耳甫斯的诗或颂曲，一会儿装神，一会儿扮仙，一会儿疯迷狂醉。"（引自《俄耳甫斯教祷歌》前言，华夏出版社2006年版）流传至今的俄耳甫斯教祷歌共八十七首，献给酒神的就有七首，狄俄尼索斯也成为俄耳甫斯教的神。通过这些祷歌，酒神的形象就固定下来了：

我呼唤狄俄尼索斯，咆哮的神，呼喝着"呜哎"，

双重天性，三次出生，神王巴克科斯，

神秘而野性，一对角，两种形态，

浑身常青藤，纯洁威武的牛脸神，呼喝着"呜哎"！

你食生肉，葡萄为饰，树叶作衣，双年来庆，

最智慧的欧布勒斯，宙斯和珀耳塞福涅

在难言的爱里孕育了你，永生的精灵哟，

听我说吧，善心的神，温柔完美的神！

带着你欢悦的随从，降临于我身吧！

——俄耳甫斯祷歌之三十

试想一下，如果古希腊人的心灵沿着酒神狄俄尼索斯之一维发展下去，将是狂乱的、非理性的，也是残缺的、不完整的，是无法达到歌德惊叹的"宏伟""妥帖""健康""崇高""纯真""有力"的。这时，日神阿波罗出现了。"使希腊人保持安全的，是那光荣而伟大的阿波罗向那些粗野而奇异不可思议的狄俄尼索斯势力展示其狞恶头脸时，压制了这种狂欢。""一旦酒神冲动终于从希腊人的至深根源中爆发出来时，就很难加以阻挡甚至根本就不可能阻挡了。这时，日神的作用就是：通过及时缔结的和解，使强有力的敌人缴出毁灭性的武器！"（尼采：《悲剧的诞生》）这就是希腊精神的和解、平衡与升华。

狄俄尼索斯是一个葡萄酒神，到了罗马时代，他有了另一个名字——巴克斯，继续在欧亚大陆奔走、漫游。他到过古波斯，波斯人称葡萄为"生命饮料之树""月亮的圣树"。在波斯王宫中，司酒是一个很体面很重要的职务，享受大臣待遇。希罗多德说，波斯人习惯于在陶醉状态中讨论重大事情，认为喝醉酒通过的决定要比清醒时做出的决定更加可靠。在促进波斯诗歌、音乐、舞蹈的繁荣方面，葡萄酒的确发挥了很大作用。巴克斯到过阿拉伯人那里，教他们种植一种果实大如鸡蛋的葡萄，树干有两人合抱那么粗，一串串的葡萄有两腕尺长。阿拉伯人继承了波斯人善饮的传统，想象葡萄树是一只酒杯，死后要葬在葡萄树下，就有永远也喝不完的葡萄美酒。巴克斯显然也到过中国人地理概念中的西域，现今新疆的维吾尔、哈萨克、塔吉克等民族中，还流行巴克斯崇拜。在我2010年创作并获全国舞台艺术精品工程奖的哈萨克歌舞诗《阿嘎加依》第三场"爱情达斯坦"中，就出现过一个老年巴克斯，并融入自然崇拜和动物舞蹈，表现了人、神、兽的同乐。伊斯兰教传入之前，西域民族嗜酒如命，毫无禁忌。收录在《突厥语大词典》中的一首民歌证实了这种豪饮："让我们吃喝着各饮三十杯。/让我们欢乐蹦跳，/让我们如狮子一样吼叫，/忧愁散去，让我们尽情欢笑。"

　　这些豪饮的人喝的是西域最古老的葡萄酒——穆赛莱斯，也即唐诗"葡萄美酒夜光杯"中的美酒。公元2世纪，张骞"凿空"西域来到大宛（今费尔干纳），发现这里俨然已是中亚葡萄种植中心。"宛左右以蒲萄为酒，富人藏酒至万余石，久者积数岁不败。俗嗜酒，马嗜苜蓿。汉使取其实来，于是天子始种苜蓿蒲萄肥饶地。"（《史记·大宛列传》）张骞从大宛带回了葡萄种子和苜蓿种子，但未获得葡萄酒酿造技术。公元384年，北凉将军吕光征龟兹（今库车），他报告说，这里有许多葡萄园，葡萄酒总是被大桶大桶地享用，人们在酒窖里日夜酩酊大醉，连守城的士兵也不例外。"胡人奢侈，厚于养身。"以吐火罗人为主的龟兹居民在信仰佛教的同时也不忘纵情享乐。西晋张华所著《博物志》上说："西域有葡萄酒，积年不败。彼俗传云，可至十年。欲饮之，醉弥日乃解。"

穆赛莱斯作为西域葡萄酒的"活化石"，以现今新疆叶尔羌河流域刀郎地区酿造的为最佳。与现代工艺酿造的葡萄酒不同，穆赛莱斯的颜色有些暗淡、混浊，有点混沌初开的样子，又好像有一场沙尘暴钻进去把它搅浑了。这种原始葡萄酒无疑具备这样的特点：质朴、天然、醇厚，喝着它，会使人产生回归自然和乡野的感觉。

今天的刀郎人在酿造穆赛莱斯时喜欢加入鸽子血，还有枸杞、新疆红花、丁香、肉苁蓉等药材。据流行在刀郎地区的一则民间传说，穆塞莱斯不是巴克斯发明的，而是魔鬼麦力吾尼发明的，他在酒中添加了狐狸、老虎、野猪和公鸡的血，因此人喝了穆塞莱斯，就变得像狐狸一样狡猾、老虎一样勇猛、猪一样肮脏、公鸡一样淫荡。这则传说大概是基督教、伊斯兰教之后产生的，打上了两教烙印并具西域色彩；也可能是西方《罗马人的事迹》中一个故事的翻版："当诺亚发觉葡萄酒是酸的，便找来狮子、羔羊、猪和猿四种动物的血，在血里加上泥土，于是做成一种肥料，便给葡萄树施了这种肥。就这样，血使葡萄酒变甜了……"

刀郎地区几乎家家户户都酿穆赛莱斯，像江南水乡人家过年要做米酒一样普遍。在已经失传了的穆塞莱斯秘仪上，每户刀郎人要献出一坛子上好的酒，倒在一个大缸里，混合成一种供部落同饮的穆塞莱斯。这象征了团结。大家本是同根生，就像缸里的酒，血脉里流淌的是同一种血。人们用木碗和土陶碗开心地喝着这种"百家酒"，谁也不例外，连刚会走路的小孩子也来凑热闹尝一尝。下酒菜是大锅里煮着的几个热气腾腾的牛头。人们喝酒，唱歌，跳舞，持续三天三夜。第三天，部落里德高望重的长者要出来说话。人们围坐在他身旁，认真倾听。长者话里的意思是，穆塞莱斯代表的是遗忘，大家喝了它，要把邻里之间、人与人之间的误会、怨恨和不愉快统统忘到九霄云外。忧愁的人从现在开始要快乐起来，贫苦的人要祈祷上苍，明天一切都会好起来的。即使是罪人，穆塞莱斯已洗涮了他的灵魂，从现在开始就做一个新人吧。

巴克斯走到西域大概就折返西方了，没有继续向东土汉地前行。因此，在中国文化中，没有酒神节，也没有酒神崇拜。中国人有酒圣（杜康）、酒仙（刘伶、李白）、酒徒、酒鬼，但就是没有酒神节，也没有一种完备的可称之为"酒神精神"的文化。尽管有"酒醪"诞生于伏羲时代和夏禹时代两种说法，但白酒（蒸馏酒）的发明是在汉代之后，而考古发掘的最早的蒸馏器则是宋代。汉代以降，酒风日盛，但还是没有形成可以传承的官方或民间的酒节。或许，中国人的酒之秘仪已经转化了，转化成了曹操的《短歌行》："对酒当歌，人生几何""何以解忧，唯有杜康"；转化成了以"竹林七贤"为代表的魏晋风度；转化成了李白的以"斗酒诗百篇"和"与尔同销万古愁"……有关酒的诗篇，在中国古诗中可以车载斗量，不要说写出《将进酒》的酒仙李白了，连陶渊明这样的隐逸诗人和田野诗人，酒诗在他全部诗作中也占了相当大的比重。但陶渊明饮酒有节制，以快意为目的。"当时饮酒的风气相沿下来，人见了也不觉得奇怪，而且汉魏晋相沿，时代不远，变迁极多，既经见惯，就没有大感触，陶潜（陶渊明）之比孔融嵇康和平，是当然的。"（鲁迅：《魏晋风度及文章与药及酒之关系》）

　　上皇、仪狄或杜康，均不是白酒鼻祖。最早的酒，一定是自然发酵而成的，有点像今天南方的醪糟酒和西北的稠酒，古人称之为"醴""鞠蘖""曲蘖"等。在云贵高原，还存在"猕猴造酒"的传说。但很快，中国就变成了一个白酒国度，到今天，俨然已是世界第一白酒大国。据统计，中国人每年要喝掉二百三十亿瓶白酒，不分男女老幼，每人每年要喝十多瓶。换一种说法，中国人每年都要喝掉一个青海湖的白酒！

含蓄的东方人爱上了烈性的白酒，富有行动感的西方人却沉醉于浪漫的葡萄酒。这是一种有趣的文化现象和文化反差，也许在民族心理上，是缺啥补啥的需要和表现。而经由酒达到的快乐、自由精神以及巅峰体验，在东方人和西方人那里，其实是相通的。即使在一个酒鬼遍地的时代，喝酒的境界也是多样化的、高深莫测的。穷人喝穷人的劣酒，富人喝富人的好酒，达到的境界可能是大同小异的。像大湖那般深的忧愁、痛苦和不幸，也很快会被人类喝干的。喝干了这个大湖，还有新的苦难盈满其中……酒在中国圆桌，酒在风月场，酒在温柔乡，酒在人情里，酒在朋友中，酒在愁眉间……酒，是人们克服地球引力的精神力量，能为呆板单调的尘世生活插上翅膀，它是迷狂的梯子、梦幻的骏马，所以波德莱尔才会写下"以酒为马，直上苍穹"这样的句子。

我们一直没有为白酒设立一个节日或一种仪式，这是我深感遗憾的。仪式不仅仅传承文化，更带来一个充满象征的、安慰人心的、值得居住的世界。酒之仪式，不是为了唤醒一个中国式的酒神（白酒神），而是提醒我们不要忘了酿酒的先祖列宗，不要丢失了自己的来路和去踪。直到今年重阳节，当我在茅台酒厂参加过"第十届茅台酒文化节"后，这个遗憾才得到了一次补偿。茅台酒文化节其实是一个祭祀典礼，庄重，朴素，复古。在赤水河畔，在空气中弥漫的醉人酒香和阵阵鼓乐声中，祭者先后敬献高香、老酒、高粱、小麦、净水、鲜花六种物品，祭者黄服着身，心怀虔诚，每个动作都毕恭毕敬。年轻人自编自演的古乐舞，也成了第七种敬献。这一仪式，缅怀和祭奠历代酿酒先祖列宗，宣告新一个酿酒季的开始，更重要的，传达了对天地万物的尊重和爱惜。其寓意是深刻的，而强烈的仪式感，感染并震撼了在场的每一个人，这是与饮酒之醉完全不同的一种体验，具有追怀先人、沐浴古风、净化心灵之奇效。

我将这个祭祀典礼，称之为"茅台秘仪"、云贵高原上的"酒神节"。

2013年11月9日于乌鲁木齐

神树·鬼树

北方民族有一个"世界生命树"和"宇宙中心树"的古老理念。在北方，树木和森林构成了一个完整的植物神灵系统。受萨满教万物有灵观念的影响，北方民族将树木神圣化了。

与此同时，在南方，特别是热带雨林地区，一些树木（毒木）经历了一个漫长的鬼魅化过程，并重归神秘、幽闭和禁忌。鬼魅化是最朴素的民间信仰，是复魅与不祛魅，是"魅"的残留物。森林通常是教堂、庙宇的象征，是木质的、有年轮的、放大了的教堂和庙宇。北方森林近似露天剧场、植物歌剧院，热带雨林则更像时光深处的迷宫和迷宫群。

"敞开"与"密闭"，构成了我们文化版图和精神意义上的"北方"和"南方"。

受禁忌文化的影响，汉民族诞生了四种鬼树：桑树、柳树、杨树、苦楝。中原地区有一首宅忌民谣："前不栽桑，后不栽柳，门前不栽'鬼拍手'。""桑"与"丧"谐音；

"柳"多用作殡葬的"哀杖""招魂幡";"鬼拍手"是指大叶杨,迎风哗哗作响,似鬼拍手。在我的家乡江南地区,香樟树也是鬼树,"香樟树上鬼魂多",尤受女鬼、吊死鬼青睐,因此它是不能种在房前屋后的,大多用作了道路两旁的绿化树。

汉民族的鬼树均非毒木,而是文化习性中的禁忌之树,将人的繁文缛节附加于树木之上,并时常发出漏洞百出或自相矛盾的戒令。这是先人传下来的规矩,是不可冒犯的。而到了南方少数民族那里,鬼树归于单纯、明晰——专指有毒之树。

林树蓊郁的南方雨林是原始乐园,也是险域困境;是阳光与雨水的聚集地,安全与危险的代名词。那里出产甜美的水果,长满奇花异草,拥有印度紫檀、花梨木等名贵树种,恐龙时代的桫椤存活至今;同时,那里的温暑湿热中出没毒蛇、猛兽和无名虫豸。死去的动植物腐烂了,散发的毒气名叫"瘴"。"南州水土温暑,加有瘴气,致死者十必四五。"(《后汉书·南蛮传》)有形的瘴如云霞、浓雾,无形的瘴或腥风四射,或异香袭人,实则都是山林恶浊之气。鬼树与瘴气相伴而成,并在瘴气中茁壮成长……

> 在横倒的大树旁,在腐烂的叶上,
> 绿色的毒,你瘫痪了我的血肉和深心!
>
> ——穆旦:《森林之魅》

参加过赴缅远征军的诗人穆旦领教过南方雨林的困厄凶险。在那里，毒烈的太阳和深厚的雨展开原始的秘密，在毒虫啮咬的痛楚夜晚，所有的讲述都是无效的，因为"欣欣的林木把一切遗忘"。

在海南岛，最著名的鬼树当属"见血封喉"。单听它的名称，就够吓人的了。想当初，人类必然是胆战心惊或咬牙切齿说出这四个字的。它的汁液剧毒，接触人的伤口，会使人血液凝固、心脏骤停；溅到人眼里，会使眼睛立即失明。民间所说"七上八下九不活"，指的是，中了见血封喉的毒，上坡只能走七步，下坡只能走八步，九步之内必定倒毙。这是名副其实的"死亡之树""毒木之王"。

至于海南雨林中究竟有多少棵见血封喉，谁也说不清道不明。有的说只在儋州和兴隆发现了两棵，后来在三亚又发现了一棵。另有一种说法是，仅在琼北就一次发现了六七百棵。谈论见血封喉，既令人兴奋，又使人讳莫如深。三千年前乘葫芦、渡海峡踏上琼州的黎族祖先，是海南的第一批移民，也是最早认识见血封喉的人。他们的规矩是，发现了见血封喉不能碰触它、砍伐它，用荆棘做篱墙围拢它，以示提醒和警告。敬鬼树而远之，让它在隔离中生长、衰老、死亡。

如果鬼树是有等级的，见血封喉无疑占据了最高级别，是鬼树之王。在海南，次一等级的鬼树应该是橡胶树和凤凰木。橡胶树的种子有毒，小孩误食六七颗会昏迷、休克；凤凰木的花好看，红艳似火，却是一种能置人于死地的毒花。只不过，经济价值和审美需求遮蔽了橡胶树和凤凰木的"鬼树魅影"。——它们继续留在了人间，而见血封喉却被打入了阴曹地府。

一般来说，观赏性花木或多或少具有"毒性"，从寻常百姓家的夹竹桃到佛教中的曼陀罗花（洋金花），莫不如此。除了猪笼草等少数食虫草，从来没听说草木花卉会主动出击，袭击人、动物、昆虫。动植物两界，植物是真正做到了"人不犯我，我不犯人"，它们随身携带毒性，是出于自我保护和正当防卫的需要，就像家禽、牲畜被宰杀时，在末日的极度恐惧中会瞬间分泌"肉毒"一样。只不过，植物的毒性是与生俱来并缓慢升级的。相对于人和动物，植物保有更古老的基因记忆和"防身术"。

大自然的奇妙在于：毒性与善性同在，毒药与解药并存，以此维护自然的、生态的平衡，生存与死亡的正常交替，并向人类提供心灵与精神和谐的某种暗示。《神农经》包含了中国人认识世界的古老智慧，认为药物有五种有毒，但解药得来并不费工夫。"药种有五物：一曰狼毒，木占斯解之；二曰巴豆，藿汁解之；三曰黎卢，葱汤解之；四曰天雄、乌头，大豆解之；五曰班茅，戎盐解之。毒菜，小儿溺、乳汁解之，食饮二升。"

毒木之王的见血封喉，它唯一的解药名叫"红背竹竿草"，是一种生长在鬼树周围的很小的野草，非经验丰富者难于觅见。更为奇妙的是，作为鬼树的见血封喉自身就是解药：当树的毒汁溅入人眼睛后，用树叶和树根煮水喝，毒性立马可解。还有，海南的黎族、苗族，云南西双版纳的傣族、基诺族等南方雨林的少数民族，很久以前就用见血封喉的树皮制作毡毯、褥垫和衣服，它们舒适、凉爽、防虫，毒树皮做的衣服穿在身上，还能防毒解毒。这是南方雨林民族对鬼树的转换利用，是实践与死亡中诞生的民间智慧。危险的毒树皮变成了安全的衣服和用品，这是鬼树的悖论。

　　毒木恶草存在于自然界，是自然界维持自身完整性以及微妙平衡的需要。在人与自然之间，毒木恶草是这个命运共同体中不可或缺的要素和环节之一。基督教和伊斯兰教常用毒木恶草来发咒、祈祷、开示。"愿这地长蒺藜代替麦子，长恶草代替大麦。约伯的话说完了。"这是《旧约》中约伯悲怆的旷野呼告。蒺藜在《圣经》中有时是荆棘、刺草和枳棘，有时是荒漠干旱地区常见的荨麻——俗称蜇人草、蝎子草、植物猫。荆棘算不上毒木，却地位低下，是毒木的难兄难弟，在《古兰经》中，荆棘是与火域连在一起的。《古兰经》还说，一句良言好比一棵优良的树，一句恶言比如一棵恶劣的树，在大地上被连根拔起，绝没有一点儿安宁。

　　面对恶草毒卉，佛教的"转换利用"是最为有效和成功的。譬如曼陀罗花，原本是洋金花、山茄花，毒性很大，中国古人用它来制作"蒙汗药"。两千年前的华佗，曾用它作麻醉剂，为病人施行刮骨、剖腹手术。等到佛教出现，有毒之花得以洗心革面、脱胎换骨，成为圣域之花。佛经云，释迦牟尼成佛之时，天鼓齐鸣，发出妙音，天雨曼陀罗花，满地缤纷。曼陀罗也演变为坛城，是藏传佛教僧众日常修习秘法时的"心中宇宙图"，代表了一种最高的精神秩序。佛教感化万物，强调人人皆可成佛，面对恶草毒卉，也有一颗慈悲心。

今天，我们面临的最大险境已不是为生存而战的原始丛林，人类分泌和制造的毒素，已远远超过自然之毒、见血封喉之毒。"毒"的平衡被打破了，即意味着"善"的遁隐以及"天人合一"的溃败。毒品的毒、食品的毒、空气的毒、垃圾的毒、噪音的毒……都是我们自身的分泌物，并被我们排泄到大自然中。自然已被毒害。在人类之毒面前，自然之毒已是小巫见大巫。

> 然而我们体内的毒
> 我们内分泌排出的毒
> 我们每个毛孔渗出的毒
> 终将
> 毒死我们周围的毒
>
> ——翟永明：《我们身边的毒》

曾经，一滴自然之毒、见血封喉之毒有效地维系了自然的平衡、人与自然的和谐。当它们中的最后一滴干涸、消失之时，我们身上的解药也同时丢失了，所有的"排毒解毒"和"以毒攻毒"药方就成了天方夜谭。鬼树魅影退而成为一道远古景观，在地平线尽头，新的"鬼树"将要诞生，那就是我们人类自己。

南方的鬼树，永远变成不了北方的神树。它们之间的凝望已是告别，它们之间的对话已是遗言。或许暂时地，在神树雄姿和鬼树魅影之间，还有漫游者的"在人间"——一个"七上八下九不活"的人间！

2013年7月28日于乌鲁木齐

行走的仙人掌

仙人掌的别称"火掌""火焰"，在碗窑变得尤为贴切。当燃烧了四百多年的窑火渐渐熄灭的时候，两株两百多岁的美洲仙人掌——苍南人称它们为"公婆树"——代替火焰在继续燃烧。这带刺的植物火焰、绿色火焰，虬曲、硕大、升腾，经历时日、台风、湿气、病患，生生不息，生生不灭。它们远离了沙漠故土，像资深游子，用足够漫长的时光，在异乡扎下根，并在干旱的另一端，在亚热带的天空下，锻造出自己外刚内柔的异相和魂魄……

苍南桥墩碗窑古村，旧称蕉滩，这个名称也透露了它的地理位置——靠近东海和海上丝路。"碗知山语，窑藏千秋"，说的便是碗窑。走进碗窑村，仿佛走进了一个过去时，一座微型山城，一段静息在深山里的幽微时光。这里至今完好地保存了龙窑、水碓、工坊、古戏台、三官宫等三十五幢三百多间明清建筑。山谷幽静，树高林密，山道蜿蜒，拾级而上，泥寮错落，层层叠叠。许多建筑的屋顶压着砖石，是为了防止台风吹走瓦片。浙江最南端的苍南，属亚热带季风性气候，夏日台风很大，据说有一年的龙卷风特别凶猛，居然把一条渔船卷到了山顶。

第一个在此开窑烧瓷的人，是福建移民巫人公，外号"黑人老"，志书记载的时间是明万历三年（1575年），他为躲避倭寇侵扰避难到此。此后，陆续有余氏、江氏、华氏、胡氏等烧窑制瓷大户前来落户。碗窑这弹丸之地，渐渐成为商贾云集、万众衍聚、市井兴旺之地。到清代，这里是浙南地区烧纸民用青花瓷的主要基地，鼎盛时期曾拥有十八条生产龙窑。民国时期，青花制式和坯釉工艺已非常成熟，以"铁血十八旗""五色旗"为代表的碗、瓶、壶等产品蜚声海内，远销海外。

苍南旧属平阳，《平阳县志·食货志》载："烧造业最早者为南港三十七都蕉滩，清雍正年间……有十二窑，产值约银圆八万。出口销路……浙、苏、皖、鄂以及山东牛庄，台湾诸处。"事实上，台湾只是一个中转站，经由台岛，碗窑村的产品远销到菲律宾和新加坡等南洋诸国，产品有酒盏、茶瓯、瓮子、穿花大斗、鹅中水、各寸盘子等十多个大类。

当碗窑村的瓷器经由海上丝路远销海外的时候，美洲的仙人掌正远渡重洋，登陆中国东南沿海，包括我们在碗窑村所见的"公婆树"。

今天，仙人掌的分布范围包括南美洲、非洲、中国南方和东南亚地区。墨西哥沙漠是仙人掌的故乡，是一个多浆植物宝库。植物分"多点起源中心"和"唯一起源中心"两大类，墨西哥沙漠是仙人掌的唯一起源中心。

墨西哥被誉为"仙人掌之国"，有两千多个品种的仙人掌。该国最大的仙人掌在北部下加利福尼亚，有二十多米高，十多吨重，要用两辆大卡车才能把它运走。仙人掌是墨西哥的国花，墨西哥人还将它作为盘中美食。在墨西哥，仙人掌是作为蔬菜在集市和超市出售的，辣炒仙人掌、蛋煎仙人掌和仙人掌沙拉是三道墨西哥名菜。仙人掌还用来做饼食点心，用仙人掌酿造的酒就是男人们青睐的龙舌兰酒。

美洲还有一种会行走的仙人掌，叫"步行仙人掌"，在秘鲁沙漠。一身的软刺就是它的腿脚，它随风移动，居无定所，随遇而安，软刺也是它的根须，通过这些根须它在空气里吸收水分存活下来。"步行仙人掌"使我想起新疆沙漠戈壁的风滚草，随风滚动，走走停停，四处为家，在极端干旱、恶劣的环境里，顽强地生存。

那么，作为"植物移民"的仙人掌，是什么时候走出墨西哥沙漠、走向世界的呢？

1492年至1502年，意大利航海家哥伦布受西班牙国王资助，四次横渡大西洋到达美洲，开辟了欧洲到南美的海上通道。新大陆的发现，是欧洲海外殖民和海上霸权的开始，带来人员、商品、物资乃至动植物物种的交换和传播，世界进入了一个风起云涌的海洋时代。其时，"中央帝国"却是另一番景象，虽然郑和七下西洋要早于哥伦布发现美洲，但这次"试水"却很快被农耕文明的保守意识阻挡回去了。明朝明令海禁，封锁海洋，从明至清，闭关锁国的中华错失了一个开放而活跃的海洋时代。当然，闭关也不是铁板一块，民间的海上交往依然存在，这是由胆魄非凡的商人、具有先见的官员、民间探险家，甚至包含了三成"真倭"、七成"外倭""假倭"这么一股暗潮般的力量，用野心和梦想、鲜血和生命开辟出来的海上丝路。

我们已知，土豆和红薯大约是在明末传入中国的，并从"贵族美食"逐渐变为"穷人食粮"。一种说法是经过菲律宾先传到中国沿海地区，另一种说法是先传到爱尔兰，然后由欧洲人传到中国内地。印第安人培育的五颜六色、花样繁多的土豆，传到中国只是少数几个比较单一的品种了。据此我们可以推断，仙人掌传入中国，不会早于明末清初，但也不会大大晚于土豆和红薯的传入时段。

在中国，"仙人掌"这个名称早在唐代就出现了，但它指的不是植物。唐代窦牟有诗"仙人掌上芙蓉沼，柱史关西松柏祠"，诗中的仙人掌，指的是陡峭而嶙峋的山崖和岩石。许多草木花卉都一样，先是指别的事物，然后为某一种植物命名，成为专属。譬如玫瑰，晚唐温庭筠《织锦词》中"此意欲传传不得，玫瑰作柱朱弦琴"的玫瑰，是指玉石。他的另一首诗写"杨柳萦桥绿，玫瑰拂地红"，这里的玫瑰才是植物了。宋以后，"玫瑰"一词才为植物所专属。

再回到仙人掌故乡——美洲。兴起于20世纪六七十年代的拉美"爆炸文学"，一度改写了以欧美为中心的世界文学版图。因此，当我注视一株球形、团扇形或蟹爪形仙人掌时，会不由自主地想到"爆炸文学"，或者仙人掌就是扎根在干旱或潮湿中的"爆炸文学"，有着烛台状的分枝、肥硕繁多的叶掌和火焰般的摇曳、扭摆、升腾……帕斯的"批评的激情"，博尔赫斯的"迷宫"，马尔克斯的"百年孤独"，福恩斯特笔下的干旱平原和罕见的肥大雨滴，等等，无不具有一种外刚内柔的魔幻的仙人掌风格。拉美"爆炸文学"，犹如一匹匹披着仙人掌盔甲和钢刺的黑马，杀向世界文坛，其振波和影响传递到了改革开放后的中国，使习惯于喝"母奶"的中国作家、知识分子开始喝上了异国的"狼奶"——异常好喝的、汁液充沛的仙人掌之奶。

"美洲的爱，与我一起攀登!"是一株巨子般的仙人掌，是仙人掌之爱，与聂鲁达一起攀登马楚·比楚高峰。

我站在碗窑村五六米高的两株仙人掌跟前——

一公一婆，一阴一阳，耳鬓厮磨，相伴而生，这带刺的纠缠和恩爱，这内心的超级柔软，旷日持久，直到海枯石烂、地老天荒。叶掌在每年春天和秋天开两次花，好看的橘黄色花朵，像一盏盏不灭的小灯笼，仰天或倒挂，招蜂引蝶，绕树飞舞。秋天叶掌开过花后，就干瘪、收缩、硬化了，渐渐变成枝干的一部分。尔后，新枝干又长出新的叶掌，上下左右节攀、延展，等待下一年的花期。像烛台，像宝塔，仙人掌就是这样自我更新、生生不死的。它们，活过了人的天命和大限，超然而顽强地站在那里。

这一沙漠干旱地区的植物，是如何适应亚热带季风性气候的？这简直不可思议，是一个谜。难道经历了漫长的异乡生活后，已发生基因突变，变成了另一物种？一种超级仙人掌？仙人掌惊人的适应力，已经以潮湿为干旱，以狂风为港湾，以异乡为故乡。如此，它们才能在异域建立起自己的新故乡。

据碗窑出生的苍南本土作家朱成腾介绍，"公婆树"为单刺仙人掌，属丛生肉质灌木。三年前，公树得了大病，主干根部严重溃烂，整树奄奄一息，婆树也变得萎靡不振。后来村民们给公树做了一次外科手术，清除烂根腐肉，消毒培土，并做了支撑架。公树奇迹般地活过来了，婆树也仿若重生。"公婆树"依旧茁壮而蓬勃。

村里的老人还记得，"公婆树"是1902年由一对烧窑的王氏夫妇从附近山上移植到村里的，移植时它们已是百岁老人了。仙人掌是多浆植物，它的汁液能够治愈烫伤。这就能解释移植碗窑的原因了。事实上，仙人掌是一种很好的药物，能清热解毒、健脾补胃、清咽润肺、护肤养颜，还能降血脂、血糖、血压，是治疗"三高"的奇药。碗窑村里还有一种名叫薜荔的古老植物，攀爬在门廊和老宅屋顶，结的果子像青涩的无花果。薜荔也是多浆植物，俗称凉粉子、凉粉果，它鲜牛奶般的乳液，加糖、加荷叶汁，可以做成炎夏里窑工们最爱吃的凉粉。

碗窑一带，从前多古木、大树，但杉树、松木里的巨子消失了，基本上都成了烧窑的柴火。与两百多岁的仙人掌一起存活至今的，是一株三百多年的香枫树。民国年间，香枫树的主人打算把它出售给南洋商人。伐木工来了，第一斧砍下去只砍掉一点儿树皮，第二斧砍下去却砍在了自己小腿上，鲜血淋漓，嗷嗷大叫。围观者纷纷说这是一棵神树，不能卖掉，于是这棵老枫树得以保留下来。

"土著"和"移民"，一起构成了苍南葱茏的植物景观和绿色宝库。樟树和杜鹃，是苍南的县树和县花。在南宋镇大园村，有一株千年香樟，树下立有"苍南樟王"的石碑。金乡卫，曾与天津卫、威海卫齐名，从明洪武至嘉靖年间，是东南沿海抗倭史上的名城，民间有"一亭二阁三牌坊，四门五所六庵堂，七井八巷九顶桥"之说。今天，它的城门、城墙都消失了，但四个城门外，依旧屹立四棵明清时期的大榕树。榕树被苍南人视为风水树、地标树，房前宅后要"前榕后竹"。在另一座保存完好、老百姓仍在生活居住的古城蒲城，东门城墙上的无柄小叶榕已经一百六十五岁了，锈褐色气根穿透城墙石缝，盘根错节、虬曲有力，巨大的树冠，像一把天然遮阳伞。鹤顶山是苍南最高峰，曾是一座活火山。火山熄灭了，山腰乱石间，开始长出杜鹃花，花瓣奇大，清明前后，一簇簇，一蓬蓬，漫山遍野，红红彤彤。我在写苍南的诗里，称杜鹃花是"岩浆之花",模糊了地质学和植物学的边界。还有苍南出产的四季柚、荔枝、香瓜、火龙果、葡萄等,在浙江和江南地区都是十分出名的。

夏多布里昂说,森林是人类最早的神殿原型。古木大树犹如神殿的巨柱。世界上不少民族,尤其北方民族,都有一个"世界生命树"和"宇宙中心树"的理念,这是人类最古老的万物有灵信仰。

当我们站在碗窑村两株仙人掌跟前时,凝视就是一种尚未丢失的信仰,一种对自然神灵的虔敬膜拜。

一到苍南,我就把"东海之滨,玉苍(山)之南"修改成"大洋之畔,苍天之南"。苍南是个小地方,只有一千两百多平方公里的土地,但它的山岳风光、河川秀色和黄金海岸令人流连忘返、经久难忘。浙闽交界,濒临东海,通达海上丝路,它的文化呈现出一种开放、多元、包容的气象。不说别的,就说苍南的方言,就有闽南话、瓯语、蛮话古语、畲语、金乡话和蒲城话六种之多。苍南文化的多样性,如同它植物的丰富性,不啻是沿海文明的一个微缩样本。

有人曾说,当你从头到根弄懂了一朵小花,就懂得了上帝和人。我想说,当你弄懂了仙人掌的一根刺、一片叶掌、一朵橘黄色小花,就懂得了自身之外广大而丰盛的世界。

2020年7月20日于湖州庄家村

诺 日 朗

　　四百多公里，不算遥远，这一次却被拉长了。从大盆地到大高原的过渡带，海拔渐渐抬升，一车风景朝圣者置身于朗朗晴空下，白云是我们的向导之一。晃晃悠悠、不急不躁的大巴穿越在崇山峻岭，绝美的景致迎面而来、汇聚而来，这时候，时间慢了，旅途长了，空气也让人心情舒展了。在风景画卷中旅行，旅途本身就是一个个的目的地。一路上，圣洁的雪山、天空中滑翔的鹰、大森林、羌人石堡、白马山寨、河道、飞瀑、草甸上的野花、路边一对亲密的白牦牛……都是不容错失的细节。光线在一天中的变幻，应和旅人的呼吸和心跳，一点点暗下来，到黄昏，驶入哪一片风景、哪一座小城、哪一个村庄，都好比游子还乡、重返故土。更何况我们的目的地是九寨沟。

　　这样的旅途，就像偶尔闯入的异度空间，未离开已开始思恋，祈愿旅途的永不终结。成都—郫县—都江堰—汶川—茂县—松潘—南坪（现九寨沟县）的勿角、罗依、保华……一路上我念叨着、思慕着和祈祷着的是："诺日朗""诺日朗"……几次提醒领队和司机停一停的是"诺日朗"。入九寨沟景区不久，有人喊：诺日朗，诺日朗！垮塌的诺日朗瀑布像一座遗址，在窗外一闪而过。我站起来喊：停一停！车没有停下来，反而加快速度，好像要去前方办一件急事。我打了个趔趄，抓拍到一张模糊照片，黯然而失望地跌回到原座……

十年前的汶川大地震对九寨沟影响甚微，去年8月8日的7.0级地震对九寨沟却是一次重创。"这是我国第一次发生在世界自然遗产境内的地震，属走滑型地震，释放能量相当于一百六十颗广岛原子弹。"九寨沟县县长陶钢对我说。

翠海和叠瀑是"九寨六绝"之一，构成九寨沟魅力独具的高山岩溶水景。堰塞河道蓄水成湖，有了童话世界般的海子群，高处跌水成瀑，有了气象万千的瀑布群。人们说"五岳归来不看山，九寨归来不看水"，表达了对翠海和叠瀑的难忘记忆和由衷赞叹。水是九寨沟的精华，九寨沟的魂灵之所在。但一场印度次大陆北进导致巴颜喀拉块体边界断裂造成的地震，使翠海、叠瀑受损最严重。火花海崩堤，露出干枯的湖床。两天后，诺日朗瀑布突然垮塌，三百多米宽的瀑布变成几股泄流，跌下裸露的惨不忍睹的钙化层……如同一部风景大片出现了毁灭性结局——"世界就是这样结束的：不是砰然一响，而是呜咽一声。"（艾略特语）

于是，九寨沟风景变成了受伤的风景，诺日朗瀑布变成了"瀑布遗址"。风景朝圣者们怀揣各自的心思和向往，千里迢迢而来，万里迢迢而来，希望向大自然请教，从它那里获得治愈、慰藉和启迪，却遇到一个受伤的大自然、一片受伤的风景。其中一位，因未能在"瀑布遗址"前逗留、凭吊，心中徒添额外的惆怅和神伤。

诺日朗，藏语意为"高大伟岸"。它是中国最宽的瀑布，陡坎跌水、多级下跌的"叠瀑"，因瀑中树、树中瀑的混融特征，成为十分典型的"森林瀑布"。诺日朗瀑布与西藏的藏布巴东瀑布、广西的德天瀑布、晋陕交界的黄河壶口瀑布、云南的罗平瀑布、贵州的黄果树瀑布一道，曾被《中国国家地理》评为"中国最美六大瀑布"。作为一处开放性钙华瀑布，它比钙华洞穴更稀有，形成的时间也更为漫长。

从文字、影像和未曾相遇前的想象中，诺日朗瀑布在我心中的地位已是独一无二的了。就像我在白马山寨英各村见到的两千岁的青杠树和一千两百岁的将朴树，我只能将它们尊为"树中之神"。诺日朗同样是一个神，一个"瀑布之神"：是男神，也是女神；是白马人的神，也是汉、藏、羌各民族共有的神；是万物有灵之神，也可能是葛水平所说的"磨神"。

但现在，我们的神受伤了。当我们的神受了伤，人类总是无力相助。古人会歌哭、呼告，而我选择了默默祈祷，祈祷我们的"瀑布之神"早日痊愈、康复。受伤和苦难，本身就是神祇不可抗拒的命运之一。

高原如猛虎，焚烧于激流暴跳的万物的海滨

哦，只有光，落日浑圆地向你们泛滥，大地悬挂在

空中

　　强盗的帆向手臂张开，岩石向胸脯，苍鹰向心……

　　牧羊人的孤独被无边起伏的灌木所吞噬

　　经幡飞扬，那凄厉的信仰，悠悠凌驾于蔚蓝
之上……

——杨炼：《诺日朗》（1983年）

　　这是杨炼《诺日朗》的开头，大一读到这首诗时很受
震撼。杨炼取"高大伟岸"之意，将诺日朗写成"高大、雄
健、主宰新月"的男神，是"所有江河的唯一首领"，他无疑
是欲望和骚动、奔放和热情的混合体，"流浪的女性，水面
闪烁的女性／谁是那迫使我啜饮的唯一的女性呢……在世界
中央升起／占有你们，我，真正的男人。"《血祭》部分写
"杀婴的血，行割礼的血，滋养我绵绵不绝的生命""用自己
的血，给历史签名"，死亡意识和语言狂欢达到高潮："赴
死的光荣，比死更强大……你们解脱了——从血泊中，亲近
神圣。"

　　有人评介《诺日朗》"在对人类历史奥秘的追寻与探究
中充满了生命力的骚动，恢宏地展现了生命的萌动和人类起源
的壮美景观"，有道理的。《诺日朗》的确写得霸气十足，极
具原创力，从历史与文化的维度，它写的是毁灭与创世、死亡
与重生，但结合现实遭际和今天语境，时隔三十多年后，重读
此诗，令人百味杂陈，更多地读出了一种残酷和不安——诺日

朗接近一个原始神和暴力神，就像《旧约》中毁灭性极强的耶和华。列维-斯特劳斯曾在《忧郁的热带》中分析过世界三大宗教，认为佛教、基督教具有阴柔的女性特征，伊斯兰教具有阳刚的男性色彩。当然我们不能仅凭诗中"新月""割礼"等语词去指认这种"阳刚特征"和"男性色彩"。即便诗人自己今天去重读这首诗，仍陷入语言的狂热与轮回，无法得到解脱和告慰，如果没有《煞鼓》中这一超越性的煞尾：

> 在黑夜之上，在遗忘之上，在梦呓的呢喃和微微呼喊之上
>
> 此刻，在世界中央。我说：活下去——人们
>
> 天地开创了。鸟儿啼叫着。一切，仅仅是启示

诗人、作家对同一事物给出不同的命名和解读，从而带来文学的丰富、多元和差异性活动力。近读赫尔曼·黑塞的小说《悉达多》，感到他的思维方式有着某种神秘绮丽的东方色彩，他对异文化、对佛的理解不亚于东方人。"河水无所不知，求教河水可以学会一切。"他写道，"无论在源头、河口、瀑布、船埠，还是在湍流中、大海里、山涧中，对于河水来说只有当下，既没有过去的影子，也没有未来的影子。……一切都是本质和当下。"书中写到一个场景：一次，正是雨季，河水暴涨，水势凶猛。悉达多过河时，听到了水中成千上万的声音：王的声音、卒的声音、牡牛的声音、夜

莺的声音、孕育者的声音、叹息者的声音……"你可知道，"悉达多问船夫瓦稣迪瓦，"当万千声音同时响彻耳畔时，它所说的是哪个字？"瓦稣迪瓦幸福地微笑着，附身靠近悉达多，在他耳畔说出神圣的"唵"。这也正是悉达多听到的。

我更愿意从黑塞的视角去看河水、看瀑布、看诺日朗，一个流动的"本质和当下"。在我眼里，诺日朗不是男神，也不是女神，而是雌雄同体、刚柔并济的"混合神"。超越性别，成为群山中的尊者、菩萨。诺日朗的银色飞瀑是万千声音的混响，当它们声震山谷、响彻耳畔时，天地忽然安静下来，风景朝圣者凝神期待一个声音、一个词中之词——"唵"。这个词久久吐纳在诺日朗的呼吸间，然后轻轻地化为从群山深处、从天地万物向我们送来神圣的"唵"的时刻。

令人欣慰的是，尽管"8·8"地震使九寨沟身受重创，但大自然的自我修复能力是惊人的、超乎我们想象的。地震后，许多海子的水是浑浊的，但随后几天，湖水一天比一天清澈，不久就恢复以前的样子了。植物也一样，特别是"先锋植物"，从第二年开始就在被毁的地方迅速生长，本能地防止水土流失，恢复土地的"原生态"。诺日朗的涓涓细流渐渐涌现，瀑布已恢复了近百米的宽度……据陶钢县长介绍，九寨沟景区的修复坚持"自然修复为主，人工修复为辅"的原则，绝不介入太多的人工干预。"等到明年，诺日朗瀑布康复如初，你一定再来！"他说。我们之间有了一个约定。

我想起我的朋友、曾在九寨沟景区挂过职的新疆散文家康剑的一个生态保护观点——"大自然的事交给大自然自己去办"。在《喀纳斯自然笔记》一书中，他对地质灾害提出了与众不同的看法："当今人类在发生大大小小的地质灾害后，总是急于疏通河床中形成的堰塞湖，这是否科学和必要？试想，如果当年喀纳斯周围大大小小的湖泊形成时也有人类存在，而那时的人们和现在的人们一样，及时清除了形成这些湖泊的堰塞体，那么，我们今天还能看到如此美妙的山河湖泊吗？其实，我们人类经常会犯一些自以为是、自作聪明的毛病，动不动要和大自然做一番战天斗地的抗争。当自然界发生了灾难的时候，我们是不是应该把大自然的事交给大自然自己去办，让它自我修复和完善，或许不失为最佳选择。"

　　九寨沟美景源于大自然的长期造化，是大自然鬼斧神工的产物，是冰川、地震、崩塌、滑坡、泥石流等内外力共同作用的结果。辩证地说，破坏力也是伟力和造化能力之一。大自然总是不加选择地欢迎所有的命运、承担所有的命运，然后以绝佳的形态和景致，向风景朝圣者们展现他们渴慕的安详与镇静、美丽与爱意。这种爱意堪称一个"神圣源泉"，此刻正从诺日朗受伤的身躯汩汩涌出、飞奔而下，流向山谷、盆地、城池、人群，提醒我们：对风景的朝圣是一次求教，也是为"爱"效犬马之劳。

　　　　一个为爱效过犬马之劳的人
　　　　在今天被视为失踪的人

正往旷野和荒凉中去

独自面对孤寂、衰老和死亡

而爱，会跌跌撞撞活下去

获得一次次的重生

——拙作《我为爱效过犬马之劳》（2016年）

　　诺日朗还在那里，并且永远会在那里。窗外一闪而过的诺日朗，失之交臂的诺日朗，疗伤、康复中的诺日朗，我会再来，看你涅槃和重生！

2018年7月2日 于乌鲁木齐

洛克的旅行

　　旅行是自己把自己搬运到别处去，当我们把自己搬运回原地时，带回了土特产、手工艺品、书籍以及新结识朋友的点滴记忆。土特产可以与人分享，书归个人独享。自从有了数码相机和智能手机，影像的价值犹在，其稀有性和珍贵性却已大打折扣。而书籍，特别是旅行新目的地有关人文、史地、方志类的书籍，在我看来是途中最好的收藏了。那年写完《柔巴依：塔楼上的晨光》一书后去了俄罗斯，在圣彼得堡一家书店发现了欧玛尔·海亚姆《柔巴依集》的四五个俄文译本，其中最为袖珍可爱的只有火柴盒那么大，于是大喜过望，统统拿下，如获至宝。而以色列之行带回的藏品，除了橄榄木耶稣像，就是希伯来文《圣经》了，虽读不懂，却为我收藏的数个《圣经》版本增添了"正宗"的一个。今年秋天去丽江，买回的一摞书中有《东巴文化通史》《东巴经故事集》《纳西东巴画概论》等。在古城四方街，两位女诗人对我慷慨：海男送我一个精美的东巴纸笔记本，"要在上面写诗哟！"她认真地说。宋晓杰送我顾彼得的《被遗忘的王国》和詹姆斯·希尔顿的《消失的地平线》，两本轻便的适宜路上阅读的口袋书。回到新疆不久，丽江快件到，诗友鲁若迪基寄来一部沉甸甸的大开本著作——约瑟夫·F.洛克的《中国西南古纳西王国》。这是"纳西学之父"洛克最重要的著作，我找它已多年了。

奇人？怪人？强人？狂人？美籍奥地利人约瑟夫·F.洛克兼而有之。孤独、高傲、专断、固执、暴躁、睿智、正直、勤勉、冒险……都是他的性格特征，构成其反复无常、神经质的内心世界。他曾在日记中写过："忧郁的沉思又会将我带向何方？"使人想起里尔克的诗句："何处，啊，何处才是居处？"洛克似乎一生都在逃避早年的不幸和阴影（六岁丧母、与父亲的冲突、肺结核的折磨），永不停息地在路上，没有一个地方能使他真正安顿下来：与死神频频相遇，每每都能化险为夷；一意孤行、百折不回，却身心疲惫，受着消化不良、肠梗阻、脸部神经痛等多种疾病的折磨；热爱工作，高度敬业，却常怀有自杀的冲动；一生没爱过一个女人，也不愿与任何人陷入任何亲密关系；一方面用西药为穷苦百姓治病，一方面又骂这些人是"臭虫""退化的种族""爬满跳蚤的狗的灵魂"；痛恨中国乱象，又厌恶西方文明，在中国和西方之间不停地来回折腾，过着动荡不羁的生活。断断续续在中国西部生活和旅行了二十七年，丽江几乎是唯一一个能安妥他内心的地方。丽江，是洛克的驿站、栖息地和香格里拉。

　　"我将在来年视局势的发展，如果一切正常，将返回丽江去完成我的工作。与其躺在医院凄凉的病床上，宁愿死在玉龙雪山的鲜花丛中……"1949年8月被迫离开丽江后不久，洛克在加尔各答写给哈佛大学植物学家默里尔的信中如是说。然而这一去，是与中国、与丽江的永诀。1945年，他在《中国西南古纳西王国》一书的序言中同样流露过对丽江深深的怀恋之情："当我在这部书中描述纳西人的领域时，逝去的一切又一幕幕重现在我的眼前：那么多美丽绝伦的自然景观，那么多不可思议的奇妙的森林和鲜花，那些友好的部落，那些风雨跋涉的年月和那些伴我走过漫漫旅途、结下深厚友谊的纳西朋友，都将永远铭记在我一生最幸福的回忆中。"

　　洛克的西部中国探险，以丽江为总部，先后到过云南、四川、青海、甘肃等边境省份。这些偏远地区，那时还鲜为西方世界所知，甚至在中国内地知识界尚是认知上的"盲区"。洛克到达中国的身份是一位植物学家，先后受美国国家农业部、美国国家地理学会和哈佛大学植物研究所委派，采集这些边远山区的植物和鸟类标本，并进行摄影和勘察活动。"最后当我自己能全力以赴地从事纳西部落以及他们的文献、他们的居住区域的研究时，我进行了个人的独立考察。"（《中国西南古纳西王国》序言）这里是指自己从一位植物学家和探险家向着史地学家和人类学家华丽转身。

　　转折点发生在1923年的丽江，洛克观赏到东巴巫师为一位病妇驱魔治病的神秘仪式，从而激发了对纳西文化的极大兴趣，并渐渐从"自然"转向对"人文"的关注和研究。其硕果是《中国西南古纳西王国》和《纳西—英语百科词典》两部巨著的诞生，呕心沥血，耗时二十余年而成。洛克由此成为中外学界公认的"纳西学之父"。

《中国西南古纳西王国》是关于中国滇川纳西地区的一部实证民族史地杰作，译成中文有五十五万字，分《导言—云南省》《丽江的历史》《丽江的地理》《丽江迤西和西北部区域》《永宁区域的历史和地理》《盐源县的历史和地理》六章，配有洛克亲手拍摄的二百五十五幅黑白照片，这些照片是我们今天能够看到的那个地区最早的图像资料，十分珍贵。史料引用＋实地考察，是洛克的方法论，也是此书的明显特色。涉及历史，洛克总是旁征博引，引用了大量中国历史资料（正史、野史、地方志、家谱等）、外文资料以及地方口碑传说；而在实证考察方面，他几乎走遍了滇川纳西族居住的所有区域，对那里的山山水水、沟沟壑壑、村村寨寨都有细致、详尽、准确的记录。

洛克在书中用的是一种科学严谨、事无巨细的史地笔法，但在不露声色的客观描述中，常常流露出他的性情和爱憎。永宁的内容在《中国西南古纳西王国》中占了四分之一的篇幅。他在泸沽湖的湖心岛上度过了颇为愉快的一段时光，能专心于《纳西—英语百科词典》的编撰。他称泸沽湖是全云南最漂亮的一个湖，"小岛像船只一样漂浮在平静的湖面上，一切都是宁静的，真是一个适合神居住的地方"。这得益于永宁总管阿云山的殷勤款待和周到安排，"阿云山的友好亲善，使人真正感到自己受到热情的欢迎"。在洛克眼里，阿云山是一位慈父，一个富有正义感的、敢为穷人承担重任的人，对他的回忆是书中的温情段落，是他唯一一次提到的人与人之间心无芥蒂的亲密友情，以至于对这位总管老人将所有钱财、珠宝和几位年轻太太藏在泸沽湖湖心岛上的做法，他都表示了极大的理解。而对盗匪和无能的地方官吏，他的愤怒溢于言表，认为中国边地的贫穷不是因为远离统治中心，而是地方官吏对人民的冷漠造成的，"在中国这个地方存在着多么可怕的一种情况：官员们对于农民的可悲命运和苦难，以及在他们管辖境内的无法无天的行径，是怎样地漠不关心"。第五章《活埋一个麻风病患者》一节文风大变，惨烈骇人，悲剧发生在滇蒗土司区域内（现云南宁蒗）：

……人们在距麻风病人所坐的牛皮不远的地方挖好一个大圆坑，病人已处于昏迷状态。人们准备一个大木桶，放在圆坑附近。然后，亲戚们围着牛皮和病人坐下，开始表达他们的哀痛，告诉他离开的时辰已经到了，因为没有任何办法摆脱病魔，他只有离开他祖先的这块土地。他们一面痛哭，一面呼号，并大口地饮烈酒以麻痹自己的感情。可怜的麻风病患者也不得不参与这肆意的饮酒，让他饱餐

痛饮，事实上就是给予他安慰。饮宴结束后，把最
后一杯溶了鸦片的酒递给麻风病患者，他的最后时
辰已经到了。

当病人饮下毒酒后，亲戚们赶紧将他缝在牛皮内，抬起
来放入木桶里，又将木桶放进预先挖好的坑中。人人参与，手
忙脚乱，因为患者在牛皮里断气之前，必须被活埋掉。

除了他的重要著述，我感兴趣的是洛克矛盾冲突的个
性，仿佛他身上活着多个自我，常常到了撕裂和崩溃的边
缘，又能在间歇性的暴风骤雨过后回归心智的平衡。所谓性格
即命运，在他身上表现得十分明显。他的不安分，他的无处栖
居，他的永在路上，他的东西方之间的时空穿越，乃是个性驱
策，个性使然。譬如他对中国的感情，就十分复杂，可谓爱恨
交加。一方面，很小的时候就自学了汉语，向往东方，去过
中国回到西方，却感到茫然、失落、不适应，魂牵梦萦地想
返回中国，回到西南的崇山峻岭中去；另一方面，中国令他
失望、愤怒、痛恨，他说"在中国唯一的定数……就是不稳
定"，"在我路过的二十多座城市中，适宜有教养的人居住
的恐怕只有一两座"。他痛恨鸦片、破烂的公路、腐败的官
员、军阀、土匪、传教士和混乱的货币制度，也痛恨四处爬行
的虱子和那些不明中国真相的西方人。他认为"冷漠"一词可
以概括中国的状况，"独一无二的冷漠，极端的冷漠，促成了
中国的混乱现状。……冷漠滋长了自私的心态，而自私的心态

又导致人的物质欲和残忍心"（1928年11月11日日记）。

洛克曾带两位纳西族侍从到美国玩过一趟，但不能说明他与纳西人的感情如何亲密、笃深。他与侍从、助手、东巴译经师的关系，更多是雇佣和被雇佣的关系。他本能地疏离人，不与任何人建立亲密关系，与永宁总管阿云山的友谊，可能是唯一的例外。

1985年，美国小说家布鲁斯·查德维到丽江寻访洛克的足迹，一位纳西族老中医劈头盖脸就问他："告诉我，洛克为什么这样恨我们？"查德维愣了一下，赶紧说："他并没有恨你们，他生来就是一个愤世种子。"在第二年发表于《纽约时报》的《在中国：洛克的王国》一文中，查德维为洛克做了如下辩护："或许我本应该告诉他，洛克愤恨的对象实在太多：《国家地理》杂志（仅仅因为修改了他的文章），他唯一在维也纳的外甥，哈佛大学，女人，政府部门，政党，那些装腔作势的官样文章，传教士，宗教僧侣，中国山区的土匪，以及西方没落的文明，等等。"

尽管丽江的美景和纳西人的善良不在洛克痛恨的行列，但他仍在反复抱怨丽江城的贫乏和单调、肮脏和混乱。顾彼得是与洛克生活在丽江几乎同时期的一位俄国人，1949年8月与洛克乘同一架飞机离开这里。他的眼光不一样，所以看出去的世界就与洛克有所不同，美丽的丽江坝子使他为之倾倒，需要人们下马凝视这"天堂的景色"。他笔下的丽江城区整洁、高雅，用水非常方便，没有灰尘，没有臭味，如同一幅幅热气腾腾、生气勃勃的市井风俗画。你看他写丽江的猪："猪是家庭妇女的好伙伴，它总是哼得那么好听，两只小眼睛闪烁着，用嘴轻轻碰一下勤劳的主妇，点点头表示对她的同情。"他写到丽江没有小汽车、马车和人力车，不论贫富，不论将军或士兵，也不分社会等级，大家都走路。由此他说"运动方式的一致，对各阶层的人有一种奇妙的平衡作用，从而在人际关系上促进了真正的民主"。当他看到纳西妇女十分勤劳而男人比较休闲懒散时，有些困惑不解，于是有了下面有趣的对话：

　　　　"太太，你们为什么不得不背所有这些沉重的东西，而你们的男人几乎总是空着手骑马回去呢？"

　　　　她转过脸来对我说："晚上哪个女的会喜欢一个疲惫不堪的丈夫呢？"

　　　　　　　　　　——顾彼得：《被遗忘的王国》

　　洛克总是高高在上，而顾彼得把自己放得很低，有一种朴实的、民主的姿态，对人与事有更多的包容和体谅，对世界有着尊重和欣赏的目光，因而能与远方、与陌生族群平等相处、融为一体。

　　今年秋天，诗友鲁若迪基陪我去了一趟雪嵩村。在丽江的大部分时间，洛克是在丽江坝子最西北的这个纳西族村庄度过的。村庄位于玉龙雪山扇子陡脚下，纳西语叫嗯鲁肯（意为"银石之脚"），外国旅行家通常称这个村为古鲁根村。村里很安静，一条地势缓高的碎石路是村里的主街道，石墙瓦房构成纳西民居的最大特色，墙壁用砂石、火山石、钟乳石砌成，五颜六色，煞是好看。村庄散发古朴安详的旧年气息，仿佛还停留在20世纪上半叶洛克生活的那个时代。站在海拔近三千米的村里，丽江坝子的美丽风光（洛克称它为"大棋盘"）一览无余，抬头则是云雾缭绕的玉龙雪山。

村里有四百多户人家（洛克那个时候有近百户）。七八十岁的老人，大多记得洛克，有的还见过洛克。在村口长寿亭，遇一位抽旱烟、听收音机的老人，名叫和学诚，今年八十五岁。他说几次见过洛克，觉得他性格有点古怪，个子不高，架子大，脾气也大，看上去像一个大官、一个教授。"我的叔叔还是洛克学东巴文的一位老师。我二十岁时，他坐飞机离开了。"老人说。据和学诚回忆，除了六位侍从和助手，洛克较少与纳西人往来。每当杀猪过节，热情的村民会请他。他去村民家做客，也是礼节性的。大多时候，他在住所二楼独自用餐，喜欢吃鸡，煮熟了整只地吃，而且他是村里唯一使用刀叉的人。

在"三房一照壁"的洛克故居，六十五岁的和正元先生独自管理故居已有十来个年头。他带我们参观了一楼的陈列室，里面主要是洛克拍摄的黑白照片和少量生活用具。二楼是卧室、书房兼餐厅，床、餐桌、书架、唐卡、地毯等都是原物。他细声细气地为我们讲解。当鲁若迪基无意间提到，有一位云南诗人认为洛克可能是同性恋时，老先生好像受了冒犯和刺激，很生气，提高声音嘟哝："这不可能，不可能！"他急匆匆下楼，翻箱倒柜找出一本书：上海辞书出版社2013年出版的《苦行孤旅》，作者是美国哈佛大学阿诺德植物园的斯蒂芬妮·萨顿。老先生激动地翻书给我们看，一边说："书是译者李若虹从哈佛大学寄给我的，目前唯一的、最权威的洛克传记。我已读过两遍了。书里说得很清楚了，同性恋，不可能！是污蔑！"在他看来，"同性恋"是一个不好的词汇。但从他的语气和神情中，我看到了纳西人的宽厚、包容，以及对洛克这位外来"闯入者"的尊重和呵护。《苦行孤旅》写到了洛克的独身主义、禁欲、对女性的轻蔑，以及单身绝后带来的丝丝罪恶感，洛克自言"必须努力创造自己的生活而不至于给祖辈丢脸"。斯蒂芬妮·萨顿写道："单身是个人能获得自由的一个最基本的条件，而自由正是他最为珍惜的生活方式，为他提供了无限的个人活动空间。"当我对这一看法表示理解和赞同时，和正元先生显得轻松和高兴了，后来在"玉湖人家"农家乐共进午餐时，他特意为我买了一杯好喝的马卡酒。

孤独和孤傲，是洛克的性格底色，是骨子里的，与生俱来的。丽江奇人、纳西古乐的整理者宣科先生称他是一个"恃才傲物又有魅力的人"。洛克的孤傲（常常是傲慢）还表现在，每次出行都十分讲究排场和气派，把自己虚拟成一位王子、一个显贵、一个大人物，希望遇到的人尊敬他，不敢轻视他，多多少少带点儿白人种族主义和西方文化的优越感。埃德加·斯诺曾两次与洛克结伴而行，他看不惯洛克讲究排场的"奢侈的游牧生活"，而洛克则认为斯诺对中国下层贫苦大众表现出太多的同情是一种毛病。两人的志趣和性情差距很大。

1931年春，斯诺和洛克第二次同行，从昆明出发长途跋涉去大理。斯诺目睹了洛克浩浩荡荡的旅行阵势，感到不解和吃惊。在1950年代出版的《复始之旅》一书中，斯诺回忆并写道："整个行程中，洛克率领着的众多侍从分成两队——先锋队和后卫队。领队的有一位厨师、一位厨师助理、一位大管家，他们沿途选择驻足休息地点时，既要顾及安全，又要保证有好的视域。一旦选好地点，仆人们就摊开一张豹皮地毯，然后在上面架起一张桌子，一块干干净净的亚麻布铺上桌，放上瓷器、银质餐具和餐巾。当随后的人马到时，饭菜差不多已做好了。一般晚餐会有好几道主食，并辅以茶和开胃酒结束。"作为一名同情穷人、怀有悲悯之心的记者，斯诺为洛克在中国旅行时享用的各类奢侈品感到脸红。

洛克小时候拒绝了父亲让他当一名牧师的安排，而选择了自由无拘的人生旅途，但僧侣的禁欲主义、苦思冥想和宁静状态，对他有着强烈的、内在的吸引力。每年元旦钟声敲响时，无论在旅途上，还是丽江家里，他都要举行一个虔诚的仪式——双膝跪地，大声祈祷："我父，不要照我的意思，只要照你的意思！"他把这句话写在本子上，并郑重其事签上自己的名字，作为与上帝的一份契约。但与其说这是与上帝立约，还不如说是与大自然面对面的盟誓。对于洛克来说，大自然就是一座宏大的寺庙，神秘，壮丽，而有威力，上帝正是通过大自然时隐时现的。而西南中国纳西地区的自然景观，它原始的崇山峻岭，它的化外自足，乃至它的封闭性，不啻是一座神圣的殿堂，一种启示录式的背景。自然的恢宏吸引并呼应着一位行者内心的交响。只有面对眼前运行不息的自然界，洛克才会心甘情愿地向这一比自己伟大的力量俯首称臣。"自然界中能打动洛克的并不是其巧妙的结构，或是复杂的、内在的艺术感染力，而是一股让洛克倾心热爱的、无可抗拒的威力。这就是为何洛克要用宏大、壮观、魄力和伟岸等词语来描述这个大千世界。他心中的上帝无非就是一个延伸的自我，一股完全美化了的自我威力。"（斯蒂芬妮·萨顿：《苦行孤旅》）

狄更斯的《大卫·科波菲尔》和尼采的《查拉斯图拉如是说》是洛克旅途上的枕边书。少年科波菲尔的遭遇常使他想起自己不幸的孩提时代，"科波菲尔经受的痛苦和我的非常相似……而我的悲剧色彩更浓一点儿"。尼采的著作和"超人哲学"，则引起了洛克的强烈共鸣。查拉斯图拉在森林中修隐十年，终于走下山顶，向人群撒播新福音，宣布自己是"闪电的预告者"，并宣告"超人"的诞生——"超人的意义就是大地。让你们的意志说：超人的意义必将是大地！……他就是闪电，他就是疯狂！"如果说尼采以《查拉斯图拉如是说》开始了自我崇拜，洛克则以异国他乡大地上的漫漫长旅去寻找自我、确认自我，这是世上失败的生命的绝望的出路。旅途上，洛克的沉思常有一种超验的、形而上的色彩，一种查拉斯图拉式的意味：

> 心灵无边无际，包容万物，而物质却是有限的。正是心灵和物质的分离，我们才会死亡。死亡也许就是我们进入智慧之门的渠道，或者说得更准确一些，死亡实现了所有的智慧，对了，死亡也就是智慧本身……存在意味着局限，而死亡意味着从这一局限中超脱出来，也就是无限的知识。
>
> ——洛克日记，1931年

洛克的口吻，使我想起另一位独身主义者、瑞典探险家斯文·赫定。从1893年到1935年，赫定四次到达新疆，他在亚洲腹地"死亡之海"的沉思，具有同样的穿透力和震撼力，有关生与死、心灵与世界、有限与无限……天地万物、日月星辰、沙漠瀚海在化为思想元素和内心乐章的同时，也化为意志、忍耐和力量，化为一部行动的大书。或许洛克不是一个行走在西南中国的"查拉斯图拉"，赫定也不是一个闯入塔克拉玛干大荒的"超人"，但他们用自己数十年的探险生涯，用九死一生、独一无二和卓越著述，完成了对自我和有限的双重挑战，向人类提供了一门有关异域的"无限知识"。我们至今受益于这种旷野知识的启迪和教诲。一定程度上来说，西部中国的当代探险，止于这两位强力探险家，并且念天地之悠悠而不见来者。

2015年12月30日 于乌鲁木齐

武 隆 散 章

一

隧洞是武隆的欢迎词。

从重庆到武隆，要穿越十四个隧洞——十四句或长或短、忽明忽暗的欢迎词。

秋天了，山峦明净，阳光盈满山谷，渝东南仍是连绵的绿色，偶尔点缀着红叶和黄叶。当我们穿越隧洞，瞬息的黑暗带来瞬息的迷失，空间突然时间化了，变成了一种忽明忽暗的隧洞里的时间，头脑里断断续续延长的时间。迅疾而过的隧洞灯和泛光灯：线性的向导，闪烁的时间链条……

有人说，旅行是从自己活腻的地方到别人活腻的地方去。在我看来，旅行是与时间结盟，进入另一个空间，去体验远方，体验他人的生活。这正是旅行的魅力和要义。

隧洞是一种便捷需要，符合现代生活对长途跋涉的厌倦，对迂回抵达的不耐烦，以及对难度的抛弃。现在，隧洞就是一个向导，将一伙参加"世界自然遗产笔会"的作家导向远方，导向自然的武隆。

如果隧洞是人工的，远方是自然的，穿越隧洞奔向武隆的人们，究竟是自然的还是人工的？抑或是自然与人工的一体化样本？

隧洞：现代愚公们的杰作。如果它不是当下的造诣，那么还需多久才能成为自然遗产的一部分？

二

大多数县城都有一个平庸的相貌。

半个多世纪的发展和破坏，已大体消灭了中国县城的个性与特点。破损的街道，蓬勃生长但严重缺乏美感的建筑群，粗糙的水泥栏杆，肯德基，大型超市，电信广告，音像店里传来的刺耳音乐，萎靡而匆忙的生存……这些，构成了我们常见的县城景观。正如一种平庸可以被另一种平庸替换，在大江南北，特别是在同一个区域，县城A可以被县城B或县城C替换，反之亦然。

方言、饮食和土特产，如今已是许多地方仅存的一点儿地方性了。作为县城的武隆，也完全可以用另一座县城来替换，因为趋同化已是时代洪流。与当地领导层和知识分子接触，感到了他们的忧心。所以在一次座谈会上，我提出：武隆守着一大笔上苍给予的自然遗产，首先要打造好县城，使之有个性、有特点，使人愿意逗留、不忍离去。

大都市好啊，却是繁华与冷漠的一个怪胎。小县城尽管偏远，却是一种依偎，一种温暖，是历史、文化、人情的基本单元。小城镇就像一个离自家不远的亲戚，而大都市里住满了与己无关的陌生人。

其实，每一个地方都是无法被别的地方替换的，哪怕是再小、再偏僻的地方。就像在武隆，依山傍水的地理位置无法被替换，清澈的乌江水无法被替换，街头的小蜜橘、冬枣和猕猴桃无法替换，餐桌上"农转非"的乌江鲶鱼和小卖部里好吃的羊角豆干无法被替换……一个由溶洞、天坑、地缝组成的地下武隆，更是无法被替换的。

地平线却被山脊线替换了。在黄昏柔和的光线里，山梁上展开了流畅、起伏的线条和简洁的美感，有时会出现一两棵小树，就像一幅写意画，随着视角的变化而变化。"远山无石，隐隐如眉。"（王维）而居住在县城里的人们，他们依山傍水的梦境，是无法被替换的。

可替换的与不可替换的，构成了武隆的唯一性。

三

江面上飘过好听的苗族民歌。

江是芙蓉江，也叫盘古河。前者有美感，但没有历史感。而后者，大概与远古神话和记忆有关。当一切的人和事烟消云散，只有几个地名挽留了失去的时光，如同遥远记忆的残余物。

三位小巧玲珑的苗族姑娘，唱起了不古老也不现代的民歌。游船逆流而上，又顺江而下，穿行在喀斯特峡谷，两岸是茂密的原始森林。在歌声转调的地方，游船也在微微摇晃、默默拐弯。

> 画郎画在纺车上，
> 纱锭上头画情郎。
> 锭动见郎来身旁，
> 车响听见郎歌唱。

民歌是旅游项目之一，就像姑娘们身上的服饰和手中的斗笠，只是符号和道具，是可以辨认的一道旅游风景。歌声中有那么多的"郎"，我们就是男女老少满满一船的"郎"了。来到了古夜郎国的边界，或许才真正称得上是"郎"了。但我们只是观看与被观看的"郎"，与某种深刻的内心交流无关，更与原住民的生存状况风马牛不相及。

——过客般的"郎"，蜻蜓点水的"郎"。

山顶上出现了一棵高大的黄葛树，一副孤傲的样子。密林中闪现一座灰瓦石基的苗寨，一副孤零零与世隔绝的样子，看不出有人烟，大概是一座遗弃的寨子。而几叶停泊江面的小舟上，没有渔翁，只有几只鸬鹚在打盹，仿佛厌倦了看与被看。

我们中的"郎"，一位德高望重的老作家，被请上前台与姑娘们互动。黄梅戏之后是流行歌曲，仿佛民歌之后的一次嬉戏。欢声笑语中，一种看不见的距离横亘在游客与景观之间。

像一位拙劣的游客，我在芙蓉江上学会了两句苗语：啊喔不必——一二三四五；喂佳梦——我爱你。

四

悬崖电梯是一项伟大的发明。

确切地说，是"悬崖"与"电梯"的组合，诞生了词的神奇和魔力。

它只是城市观光电梯的一次移植，却足以构成对那些飞崖走壁身怀绝技的古代侠客们的致命反讽。不是武林高手，而是悬崖电梯杀死了《满城尽带黄金甲》中的蒙面刺客，只在天坑中留下驿站遗址。

与树木的生长正好相反，悬崖电梯迷上了垂直的飞翔，带着钢铁、玻璃、一些肉身、几颗惊悸的灵魂，飞向深渊。它爱好这种游戏，并乐此不疲。

惊险的，刺激的，眩晕的……不断地下降：十米，三十米，五十米，八十米……有几十秒钟，对面的悬崖变成了上升的瀑布，而远处的群山被挪移，侧身搬进了更高的天空。

坠落，再坠落，几乎是去一个无底的深渊，几乎要放弃了自己……但悬崖电梯突然停住了，被不是地面的地面托住了。我们来到了天坑，并稳稳地站在了另一个地面上。

抬头望去，天空又上升了八十米。

回过神来，不禁要问：如果悬崖电梯无限下降，我们到达的将是地心，还是阴曹和地狱？

五

天坑和地缝，一个地理的负数。

存在两个武隆：地面之上和地面之下的。地面之上是连绵的群山，茂密的森林，川流不息的江河，点缀其间的城镇和村落。地面之下则是天坑和地缝。地质学上说，这是岩溶地貌塌陷后，经雨水常年冲蚀、切割造成的。因此天坑也叫岩溶漏斗或喀斯特漏斗。

负喀斯特地貌：大自然的负建筑和前现代作品。武隆有它的负金字塔、负马楚比楚、负长城。北纬三十度被称为是一道魔幻线，贯穿埃及、美索不达米亚、印度和黄河四大文明区域，附近有百慕大、金字塔、珠穆朗玛峰、马里亚纳海沟等。而武隆，正处于北纬三十度附近。

晋代张华在《博物志》中说："地以名山为之辅佐，石为之骨，川为之脉，草木为之毛，土为之肉。三尺以上为粪，三尺以下为地，重阴之性也。"天坑、地缝具备真正的"重阴之性"，女性于此回归本源，男性从中获得阴阳平衡。

我们有着登高望远的古老传统，那么多险峻的高峰都被人类攀登过，征服过了。而现在，人类或许已到了去地下、进天坑、钻地缝的时代。如此说来，武隆是一个好去处、是未来的时尚之地。

登高可以祭祀，望远，可以一览众山小，产生豪情壮志。那么进天坑、钻地缝呢？如果不是出于普遍的羞愧，便是对大自然的一次深度请教。当一个人摆脱了地面的乱象和喧嚣，来到地面之下，进入大自然的内部，一种从未体验过的幽静和清凉将其笼罩，他终于发现了自己，回到了自己，那些碎片化了的迷失的灵魂又回来了，回到了一个凝聚的核心……

一个地理的负数，是大自然对心灵的减法与减负。

植物也向着低处而去。原来植物是可以像人一样旅行、搬家的。在武隆的天坑里，我认识了几种从未见过的植物：火棘、花红、青钢、鹅掌楸、银鹊树……低处的植物，并不比高处的长得逊色。

同样道理，人往低处去也并不比往高处走要怯懦、愚蠢和灰心丧气。向上的路和向下的路，本是同一条路啊。

六

大雾中看不见仙女山草原。

一夜有雨，早晨起来雾气更浓了。草原躲在大雾深处，跟我们玩起了大面积的捉迷藏。花红（一种灌木）不红，如漆如墨，影影绰绰。含露的虫鸣、鸟鸣，分外悦耳动听。

看不见的草原。看不见的仙女峰。看不见的南国第一牧场。看不见的牛羊和南方矮种马。看不见的人们称道的"东方瑞士"和"落在凡间的伊甸园"。

沿木栈道走了一大圈，我放弃了欣赏草原美景。大雾是唯一的风景。模模糊糊闯进一家土特产专卖店，撇开那些野鸡、野兔、野猪肉什么的，花六十元买了一斤松茸蘑菇。

上得车来，有人察看松茸的成色后说："可能是真的。"

另有人闻了闻蘑菇的味道曰："也许是假的。"

冉冉轻描淡写地说了句："即使是假的，也当它是真的吧。"

冉冉说得对，她的话说到我心里去了。这一斤松茸蘑菇，可是大雾的礼物啊，是我向仙女山草原的大雾采购而来的。是真还是假，显然不重要了。

路上带着阿尔巴尼亚作家卡莱达的《梦幻宫殿》（高兴译），读到这么一句："……恰如牡鹿奔跑着穿过雾霭，无视时空的法则！"

七

空间正把自己关闭，渐渐石化。

在溶洞中，石化了的空间是一个绝对的空间。一个关闭的、隐藏起来的空间，天长日久，秘而不宣。直到有一天被人偶尔发现并闯入，他们短暂的探索和逗留，由勇气陪伴，并模拟了祖先们的穴居。

而时间呢，在幽暗的地下溶洞中没有边界，也无始无终。一种空间化了的时间，一种停滞的、凝固的时间，却又是弥散的、虚无的时间。人的主体性在丧失，年岁、经验、身份、性别、荣誉等，都被溶洞取缔了，只剩下了头脑和心跳——他是在经历了长久的地面住居后为重返穴居而心跳吧？

如果把溶洞比作山的内心，一个人的内心此刻可与之融为一体了。那些光怪陆离、千姿百态、非导游们的象形描述能表达的石笋、石花、石瀑、石幕，此刻也长到一个人的内心去了，比古老还要古老：一种幽闭的古老。

徐霞客没有到过武隆，《徐霞客游记》也没有任何关于芙蓉洞的记载。徐氏一生独游三十年，纵横数万里，最后一次出游的大部分时间是在湘、桂、黔、滇的岩溶地区度过的，总计考察了一百多个南方溶洞。他晚年对溶洞的兴趣到了痴迷的程度，这位独行的侠客、地理学的巨子，大概厌倦了地面上的行走，而要一意孤行地回到洞穴的隐秘幽闭中去。这是一种伟大的自闭症。

芙蓉洞是1994年由六位农民发现的，此后中外洞穴专家陆续进行了探险考察，探明长度十公里，目前开放两公里。但专家们认为，这个溶洞的长度是难以预测的，它与芙蓉江并行延伸，很可能通向贵州。也许当年徐霞客在贵州考察时，说不定进入过芙蓉洞的另一端呢。

与徐霞客的"洞穴迷恋"相比对的是柏拉图的"洞穴隐喻"。柏拉图在《理想国》中借苏格拉底之口说：在一个想象的洞穴里，有一群囚徒，他们面朝洞壁，后面有一群人举着火把和道具来回走动。时间久了，囚徒们就认为洞壁上的影子就是实物，哪怕一个过路人发出声音，他们也会认为是他在对面洞壁上移动的影子发出的。柏拉图的意思是：每个人都有自己的洞穴，是洞穴的囚徒、自我的囚徒；而在囚徒们的自由之日，实物就是影子，世界则变成了虚幻的影像。

洞穴迷恋，重返母腹，再次发现石化之前的自我……唯有洞穴了解并能治愈人类多样性的分裂与痛苦。在溶洞中闭上眼睛，是自然的提醒，是一种向内的探照与发现——

你闭着眼睛
从内部照亮自己
你是不透明的宝石

——帕斯：《闭着眼睛》